文學
我來了

歐陽文達◎著

原書名：關於文學的100個故事

文學—人類生活和情感的鏡子

你問我，文學是什麼呢？得到的答案可能有千百種。

在科學的領域中，為名詞定義是重要且必要的。以數學為例，如果不替「點」、「線」、「面」下定義，幾何學便無法展開。但就人文學科的領域而言，為「文學」下定義是一件吃力且不討好的事。

有人說：「文學是一個廣泛的名詞，是用文字書寫或印成書本的一切著述的總稱。」

有人認為：「文學是思想經由想像、感情、及趣味構成的書面表現。」

但如果你問我，我會說：「文學，無法定義，只能感受。」

文學是反映人們生活跟情感的鏡子，在現實生活中所產生的情緒反應，透過語言文字而抒發表達——這就是「文學」——涵蓋了人類的精神活動，心靈的作業。

以中國文學而言，最早的流傳的民謠——「詩經」，就像一幅遠古的生活畫卷，反映了周朝政治社會、農牧漁獵、愛情婚姻、生離死別等各方面的生活形貌，「蒹葭蒼蒼，白露為霜，所謂伊人，在水一方……」這些清麗的字句，就像長江邊拍打的水聲，反覆吟詠著生命的節奏。

唐朝，則是中國詩歌發展的巔峰，七言絕句的發展開始盛行，此時湧現出無數前無古人，後無來者的絕代才子，如李白、杜甫、白居易、孟浩然等，均有上乘佳作流芳百世。

　　至宋朝時，詩句的字數打破了統一的限制，發展出詞曲這一類新型體裁。豪放派代表蘇軾、辛棄疾，作品豪情萬丈，婉約派代表李清照、柳永，作品柔婉含蓄。唐詩宋詞是中國古代文學的高峰之一，被譽為「文學史上的兩顆明珠」。

　　到了元朝，社會動盪，漢族文人的地位大不如前，儒生們不滿統治階級的腐朽和暴政，紛紛以筆為武器，創作出揭露現實黑暗的戲劇。

　　元曲四大家之一的關漢卿就創作出不朽名篇《竇娥冤》，控訴官僚與惡霸勾結、民不聊生的悲慘局面。

　　明清時代，小說這一新穎的形式開始流行，且出現了各種分類，如神魔小說、世情小說、英雄傳奇小說、歷史演義小說等，反映了當代了社會的黑暗跟真實。

清代曹雪芹的《紅樓夢》被評為中國古典章回小說的巔峰之作，思想價值和藝術價值極高，結局設定更是出人意料，留下許多謎團讓後人探究，也構成了一門學問——紅學。

這些文學作品都是當代生活的鏡子，反映著人類的情感與思想，巨大的文化影響力持續發酵至今。

文學是我們人生中不可或缺的精神糧食。書中把眾多的文學故事結集成冊，猶如把一顆顆散落在文學之海的閃耀遺珠，串成一條光澤圓潤的珍珠項鍊，敬獻給您，邀您一同細細欣賞與品味。

文學─穿越古今的心靈的共鳴

在我讀大學的時候，總是認為唸中文系，就是天天與古人打交道；艱澀難懂的詞彙；聲音平板的背誦；枯燥乏味的註解；與世隔絕、死氣沉沉。甚至曾經有想要轉系的念頭，不過在古典文學浸淫日益長久之後，我得到了一個新的想法： 文學沒有所謂的新舊之別，跨越時代用語的障礙，這些文學中的情感、悲歡離合、社會現象，其實古今都相通。

以唐詩為例，詩仙李白的：「花間一壺酒，獨酌無相親。舉杯邀明月，對影成三人。」這首小詩，真切生動地展現了我們祖先的生活情景；攜著一壺酒來到花間月下，與明月共飲，與影子跳舞，人們與大自然的關係是多麼親密和諧，生活方式又是多麼優美愜意呀，唐宋詩詞告訴我們，先人在生活中時時刻刻都注意與自然環境的和諧相處，他們熱愛自然，對照今人與大自然漸行漸遠的生活，這樣的作品有巨大的啟發意義。

而白居易的「綠螘新醅酒，紅泥小火爐。晚來天欲雪，能飲一杯無？」被流放在異地的詩人，用短短的二十個字，描繪了在寒冷的冬天，烤火飲酒的冬日情趣。我們又何嘗不是如此？在不順遂的生活中，尋找一點點的微光，自在自樂的經營著我們的小確幸。

「朱門酒肉臭，路有凍死骨」，從杜甫的詩裡，我們看盡人間所有最

卑微的角落，哭聲、戰亂、饑荒，他們心中的孤獨與無助，痛苦與掙扎，和今日那些流離失所，必須遠離家園的人們並無兩樣。

時間過去，閃亮亮的文字留了下來，人世間的各種情感、悲歡離合、社會現象，古今中外都相通。在漫漫長途中，我們彷彿不是在讀文學，而是一點一點讀回自己生命的內在元素，時而迷惘，時而快樂，時而憂傷；學會把吞不下去的苦澀吞進腸裡；學會把嚥不下的傲氣嚥入腹中，即使是大唐盛世的李白、杜甫；即使是今日的你、我。

文學表達了一個人的內心世界，包括對生活的感受和思考，也包括對萬事萬物的價值判斷。好的作品可以幫我們抒情的，緩解內心的鬱悶，為我們帶來安慰和共鳴，這也是文學的重要意義。

時間匆匆走過，未來的文學會發展成什麼模樣，我們都不得而知，但有一點，可以確定：古人的感情，離我們從來不遙遠。

我從浩瀚的文學之海中，精選了 100 個關於文學的故事，有充滿機智的快人快語，有一閃而過的萬丈光芒，把這些大師名家請下案頭，請下高不可攀的文學殿堂，走入生命裡的小角落，用平實的語言，講述著他們人

生中的酸甜苦辣，悲歡離合，以情感喚起對文學的共鳴，作為我們心靈的鏡子，讓我們能夠自省其身，領悟人生的真諦，並在文學裡學會尊重生命，在生命裡體會文學之美。

如同法國小說家福樓拜所言：「文學就像爐中的火一樣，我們從別人家借得火來，把自己點燃，而後傳給別人，以致為大家所共同擁有。」

謹以此為序。

目　錄

第五章　文學史上的里程碑—元曲、明清小說和近代文學

第二卷　波瀾壯闊的外國文學

第一章　英雄頌歌宛如陽光 — 史詩與神話

第二章　理性光輝終將閃耀西方 —
　　　　中世紀到文藝復興時期的文化之旅

第三章　百家爭鳴 — 近現代西方文學的巨匠

第一卷

詩情畫意的
中國文學

周南

關關雎鳩在河之洲窈窕淑女君子好逑

毛傳曰關關和聲也雎鳩王雎也鳥摯而有別水中

可居者曰洲窈窕幽閒也淑善也孫炎云相求之匹也疏云窈窕者謂幽閒也淑女所居之宮形狀窈然以淑女鄭箋曰摯

已為善稱則窈宜為居處善也

之言至也謂王雎之鳥雌雄情意至然而有別震按

箋說非也古字鷙通用摯夏氏正鷹始摯曲禮前云

摯獸是其證春秋傳剡子言必暉以鳥名官鵙鳩氏

司馬也說曰鷙而有別故為司馬主法制此義之兼

第一章

古詩三百首的情愫 —《詩經》

1　庶民對女神的渴望
中國第一封情書

在古老的西周，有一個貧窮的青年，他是一個漁夫，每天當東方的曙光開始點亮灰暗的天際時，他都會帶著魚叉和魚網，來到漢江河畔捕魚。儘管設備簡陋，可是青年的技術好，幾乎每次都能滿載而歸。不過，隨著秋意的加深，天氣開始壞起來。

某天早上，當青年起床時，他發現屋外布滿濃霧，很難看清楚四周的環境。

他有些沮喪，但迫於生計，仍抱著試一試的想法來到河邊。結果不出所料，他一條魚也沒捕到。

在經過多次徒勞的嘗試後，他決定轉身回家。

就在這個時候，忽然之間，對岸的雎鳩敞開美妙的歌喉，在白色的霧氣中鳴叫起來。

青年一愣，停下腳步。

他重新來到河邊，在一片白茫茫中看到河對岸有個模糊的身影。很明顯，那裡有一個少女，從她的姿勢來看，很可能正在撈河邊的荇菜。

青年的心不由為之一動，他也一邊撈荇菜，一邊等待大霧散去。

然而，少女卻不知對岸有一位痴痴望著她的男子，不久之後，她便帶著一籃子荇菜離開了。

青年懊惱地看著少女漸行漸遠，開始期待起明天的相遇。

當天晚上，他輾轉反側，腦海裡不停想像那少女的模樣，情到深處，情話不由得脫口而出：「關關雎鳩，在河之洲。窈窕淑女，君子好逑。參差荇菜，左右流之。窈窕淑女，寤寐求之。」

青年一夜無眠，第二天，他比平常更早出門，看到沒有大霧後，就興沖沖地往老地方奔跑過去。

他默默祈禱，希望昨日的少女來到自己面前。也許是上天為滿足他的願望，在焦灼地等待之後，一位明麗如晨露的女子果真挎著一個籃子，娉婷來到河邊。

她低垂蛾首專注於水面上的荇菜，偶爾，她會因疲憊而小憩一下，伸出纖纖玉指抹掉額頭晶瑩的汗珠。

青年為少女驚人的美貌而震驚，他瞬間覺得胸中有什麼東西在敲盪，一時間忘了捕魚，竟呆呆地看著少女，活似一尊木頭人。

河對岸的少女不傻，她很快就發現青年的異常，於是更加害羞，採集完荇菜後，就匆匆離去。

青年不死心，從此每日在河邊尋覓少女的蹤跡，當對方出現時，他欣喜若狂；而當對方不在時，他又悵然若失。

為了討得對方歡心，他努力克服內心的自卑和怯懦，主動對著少女唱歌，可惜對方往往不領情，從未用正眼看過青年一下。

青年很失望，在極度痛苦中，他又感慨道：「求之不得，寤寐思服。悠哉悠哉，輾轉反側。參差荇菜，左右採之。窈窕淑女，琴瑟友之。參差荇菜，左右芼之。窈窕淑女，鐘鼓樂之。」

逐漸地，河岸兩邊的人都認識了青年，而青年也打探到了少女的一些消息。他得知，這位美麗的少女叫萍姑，年方二八，家境不是很寬裕，所以萍姑早上才會來河邊採集荇菜。

青年以為他和萍姑門當戶對，可以喜結良緣，於是他更加努力地捕魚賺錢，想多賺點錢來娶萍姑為妻。

然而，某一天，萍姑突然消失了，從此再未出現過。青年傷心極了，

他四處尋找萍姑的下落，最終得知，萍姑嫁給了鎮上一戶富裕人家，有了錢之後自然不用採荇菜了。

青年大病一場，躺在病榻上的他再度回味寫給萍姑的情詩，不由得心中充滿苦澀，沒過多久，就憂鬱而死。

然而，青年的痴情和他的詩歌一樣，在人群中流傳開來，並在春秋時期，被儒學祖師孔子取名為《關雎》，收錄進先秦三百首詩歌集—《詩經》中，成為開篇第一首詩。

除此之外，《關雎》也是中國歷史上的第一首告白情詩。

【說文解惑】

《詩經》是中國第一部詩歌總彙，收錄了自西周至春秋中期的三百零五首詩歌，遂又被稱為「詩三百」。西漢時，該書被統治階級尊為儒學聖典，於是改名為《詩經》。

其之所以能整理成書，當歸功於儒學大師孔子。

《詩經》中的詩歌大多來自於民間，描述了很多古人質樸的情感。比如《桃夭》，唱出了待嫁女子的喜悅和期盼；《氓》則是中國首部女權覺醒的詩歌，充斥著女子被丈夫背叛後的控訴。

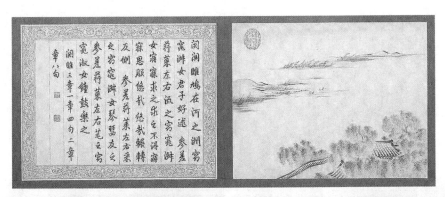

《御筆詩經圖》，乾隆皇帝御筆寫本

本故事所講的《關雎》，史學家給予了極高評價。司馬遷認為，《詩經》始於《關雎》；《漢書·匡衡傳》也說：「孔子論《詩》，一般都是以《關雎》為始……此綱紀之首，王教之端也。」

【朝花夕拾】《關雎》的毛氏説法

西漢初年，學者毛萇認為，《關雎》實際上是周文王的妻子太姒的一首頌德之歌，講述太姒如何沒有私心，幫文王在漢江一帶尋覓美妾的事蹟。然而，此種説法有些牽強，充斥著封建社會女子三從四德的訓誡，不能為後人所信服。

2 晨霜因誰而冷
中華詩祖尹吉甫

「尹大人，你有什麼遺言嗎？」宦官冷眼斜睨跪在地上的一個滄桑老人，迸出這麼一句。

老人仰天長嘆，兩行渾濁的老淚滾出眼眶，他緊閉雙目，牙縫中咬出重重的兩個字：「沒有！」

「那就好！」宦官指著托盤裡的一杯毒酒，皮笑肉不笑地說，「請大人上路吧！」

老人沒有動彈，此刻，他的腦海中又浮現出一個離去多年的身影，那是他的大兒子伯奇，是他心中永遠的痛。

這位老人就是有「中華詩祖」之稱的名臣尹吉甫，他輔佐周朝三代帝王，立下赫赫戰功，其品德為眾人稱頌。他對所有人都好，卻唯獨辜負了自己的兒子伯奇，並犯下了不可彌補的錯誤。

伯奇是尹吉甫和前妻之子，後來前妻不幸病死，年過六十的尹吉甫娶了一位年輕漂亮的女子，隨後有了第二個兒子伯卦。

儘管是同父異母，但天性善良的伯奇並未排斥伯卦，相反，他還很照顧年幼的弟弟。然而，繼母卻將伯奇視為眼中釘，處心積慮要除去他，想讓自己的親生骨肉伯卦獨佔家產。

於是，繼母哭哭啼啼對尹吉甫告狀，說伯奇見自己長得漂亮，三番兩次想圖謀不軌。一開始，尹吉甫不太相信，可是後來禁不住枕邊風的連番吹送，他的內心產生了動搖，竟然真的懷疑起孝子伯奇來。

某天清晨，尹吉甫藏在妻子屋內，觀察前來請安的伯奇。繼母偷偷取出事先準備好去掉毒刺的蜜蜂，將其藏在自己的衣服裡，當伯奇靠近時，

她故意慌亂地說：「哎呀！有蜂螫我！」

伯奇趕緊幫繼母捉蜂。

然而，這一幕在尹吉甫眼裡，卻成了長子與後妻亂倫，一大早就行苟且之事的齷齪情境。

尹吉甫氣得跳出來，對著兒子就是一頓耳光，可憐那伯奇莫名其妙，就被父親轟了出去。

伯奇想和父親解釋，可是暴怒的尹吉甫不僅避而不見，還命僕人把伯奇趕出家門。

伯奇見父親始終不肯回心轉意，只得含淚離開了家。他從小精通音律，臨走時僅帶了一把父親送給他的古琴，在一個寒冷的冬日清晨，黯然離去。

當時，地面上結了一層厚厚的白霜，伯奇穿著單衣，赤著雙腳在地上踩出一個又一個悲傷的腳印。想到自己的遭遇，他悲從中來，把古琴放在石凳上，開始哀戚地吟唱出一首《履霜操》：「履朝霜兮采晨寒，考不明其心兮聽讒言。孤恩別離兮摧肺肝。何辜皇天兮遭斯愆，痛殁不同兮恩有偏，誰說顧兮知我冤。」

正巧周宣王的馬車經過，宣王被歌聲打動，嘆息道：「這肯定是一個孝子在哭訴。」陪同在側的尹吉甫苦笑，他隱約感到自己做了錯事。

後來，尹吉甫終於查明真相，他氣得手腳發抖，派人趕緊去找伯奇。可惜的是，僕人帶回來一個噩耗：伯奇心灰意冷，已經投水身亡。

尹吉甫陷入深深的悲痛中，他處死了貌若天仙的後妻，卻依舊不能平息心中的傷痛。他開始去民間收集詩歌，並將《履霜操》收入其中，此後，他變得多愁善感，在戎馬邊疆之時寫下了《崧高》、《烝民》等著名篇章，這些詩句，都收錄進一本詩歌集中，這就是《詩經》的前身。

周宣王死後，即位的周幽王聽信讒言，毒殺了尹吉甫，這就出現了故事開篇的那一幕。

【說文解惑】

也許有人會疑惑，尹吉甫的兒子為何會叫伯奇，其實，「尹」是官名，尹吉甫姓兮，字伯吉甫，河北滄州人。他是有名的政治家、軍事家和文學家，為西周三代帝王效命，因其採集《詩經》中的大部分詩歌，所以被後人尊稱為「中華詩祖」。

《小雅》中的《六月》對尹吉甫進行了極高的評價，稱「文武吉甫，萬邦為憲」。

在《詩經》中，尹吉甫作了《大雅》中的《崧高》、《烝民》、《韓奕》、《江漢》諸篇，導致有後人斷言他是《詩經》的唯一作者，當然，這種說法是極其片面的。

【朝花夕拾】兮甲盤

宋朝出土的著名青銅器「兮甲盤」上，就刻有一百三十三個文字，大意為淮夷百姓需向周朝交納財物，否則將遭到周朝的征伐。

相傳，這篇銘文為尹吉甫所作。

兮甲盤上的文字拓本

3 傳承與破壞在一念之間
孔子的功與過

冷清的青石磚上，忽然傳出一陣凌亂的腳步聲。

一個神色焦慮的中年男子急匆匆地奔向書房，他眉頭緊鎖，髮髻因為走得太快而略有鬆散。

「老師，你為何要拒絕季康子的召見？」剛一進屋，這個男子就迫不及待地發問。

書房中央那張巨大的漆木書桌旁，一個眼神灰暗卻精神矍鑠的老人緩緩搖了搖頭，苦笑道：「不必去了！」

「為何？師父你不是一向希望參與國事嗎？」這個名叫子路的中年男子大惑不解。

老人微微一笑，對自己的弟子說：「子路啊，你忘了我們為什麼會周遊列國嗎？」

男子黯然，知道辛酸往事又勾起了師父孔子的無限愁緒。

十四年前，五十四歲的孔子開始代理相國之職，當時他躊躇滿志，覺得自己追求了半生，終於可以一展治國平天下的宏願，於是他加倍用心去參與政事。

果不其然，他僅僅花了三個月，就讓魯國的面貌一新，百姓們交口稱讚朝廷的作為，人人安居樂業，整個國家呈現出一派欣欣向榮的景象。

然而，此情此景卻讓齊景公甚是擔心。他怕魯國因孔子而強大，便想方設法要讓魯定公冷落孔子。於是，他專門挑選了八十位能歌善舞的美姬，讓她們穿上花團錦簇的華服，再配以一百二十匹駿馬，送給魯國做為禮物。

魯定公貪圖享樂，竟然不問緣由地將禮物收下。從此，他天天沉溺於聲色犬馬之中，早忘了治國二字怎麼寫。孔子屢次勸說，不僅毫無效果，反而讓魯定公懷恨在心。

子路氣憤不過，對老師說：「我們還是走吧！」孔子卻猶猶豫豫，對魯定公依舊心存幻想。過幾天，朝廷在郊外舉行祭祀活動，輪到分肉環節時，魯定公卻沒有按照禮法將烤肉分給士大夫們。

孔子這才明白，國君是無法改變了。哀莫之心大過死，他只得帶著徒弟們離開魯國，開始了十四年的流亡生涯。

在這些年中，孔子周遊列國，希望各諸侯國能接納他的政治思想。可是，各諸侯雖然對孔子讚不絕口，卻始終對其敬而遠之。

孔子蹉跎十四載，終於在六十八歲時重新回到魯國。此時魯國由魯哀公統治，季康子輔政。然而，季康子對孔子心存猜忌，只給他高官厚祿，卻不讓他參與國事。

年近七旬的孔子在經歷多年的漂泊後，一腔熱血早已平靜，他用整理史書和文獻來慰藉自己的失落之心。他收集了先秦時期流傳下來的大量詩歌，編撰成一本詩集，即為《詩經》。

不過，孔子是儒家鼻祖，自然在挑選詩歌時會選取與儒學相關的詩篇，結果千餘首詩，在他的大力刪減下，最後僅存得三百零五首。而後，《詩經》便成為儒家典籍，逐漸成為科舉考試的重要內容之一。

《孔子聖跡圖》，清朝畫家焦秉貞所畫，現藏於美國聖路易士美術館。此圖表現出孔子周遊列國，遊說諸王的典故。

孔子曾對弟子說，以一言描繪《詩經》，即為「思無邪」，他認為詩歌可以淨化人的心靈，他甚至說「不學詩，無以言」，因此儒家弟子都會被要求學習《詩經》。明朝以後，隨著程朱理學的興起，「存天理滅人慾」的思想讓《詩經》帶上了禮教的枷鎖，此時《詩經》失去了原有的淳樸風情，被解讀成僵化的八股文，這一點，恐怕連當年的孔子都沒想到吧？

【說文解惑】

《詩經》不僅被儒家視為經典，也被先秦諸子引經據典，以增強自己的演講魅力。

梁啟超給予了《詩經》極高的評價，認為其中的詩句「字字可信」，是「真金美玉」。

《詩經》還備受國外藝術家的推崇，被公認為是一部無可爭議的文獻，甚至可以稱為「東方的聖經」。

【朝花夕拾】《風》、《雅》、《頌》

《詩經》一般按《風》、《雅》、《頌》的類型歸類。《風》是民歌，分十五國風，表達百姓對愛情和生活的熱愛之情，這類詩歌在《詩經》中的成就最高；《雅》則是貴族的祭祀詩歌，也有部分民歌；《頌》分三頌，即宗廟對周、魯、商三國的祭祀頌歌。

---

4 逃離那場文化災難
大小毛公的詩書情懷

在蒼茫的冀中平原大地上，有一個名叫三十里鋪的小村莊，此地較為偏僻，所以人煙稀少，卻也因此生出一段傳奇。

某天早上，村裡忽然來了一位流浪漢，他蓬頭垢面、衣衫襤褸，卻能從骯髒的包裹裡掏出一大把錢來向村民們買食物，讓淳樸的當地人備感不解。

「肯定是個小偷！瞧他那慌亂的樣子！」人們紛紛竊竊私語。

流浪漢到處打聽村中毛家的下落，可是所有人見了他都避而遠之，彷彿他是個掃把星似的。

流浪漢哀嘆著，在村中徘徊。好在村子不大，經過一番折騰，毛家的大門終於呈現在他眼前。流浪漢不禁渾身顫抖，使出全部力氣去敲響毛家的大門。

「吱呀！」長久的等待後，門打開了一條縫，一個稚氣的小腦袋鑽了出來，好奇地盯著眼前這位塵土滿面的中年人，撲閃著大眼睛問：「你是誰呀？」

流浪漢看著孩子與自己有幾分相似的面容，頓時淚如雨下，哽咽道：「姪兒，我是你叔叔毛亨啊！」

碰巧此時，孩子的爺爺也回來了，老人家見到兒子，手中的農具「啪」一下就掉在地上，瞬間熱淚盈眶。

毛亨抱住老父一頓痛哭，孫子毛萇見狀，也「哇」地一聲哭將起來，祖孫三代人抱著哭成一團。

待好不容易平靜後，毛亨才告訴父親和姪兒，秦始皇在兩年前開始大

肆屠殺儒生，去年還挖了一個大坑，將四百多人集體活埋，釀出「焚書坑儒」的慘劇，讓無數文人膽顫心驚。

毛亨尤其害怕，因為他花了大量時間去研讀孔子的《詩經》，他還為《詩經》注釋，在咸陽已經小有名氣。

西元前二一三年，秦始皇採納丞相李斯的建議，大量焚燒《詩》、《書》，還規定民間全部上交《詩經》，否則一概格殺勿論。

毛亨雖將自己收藏的《詩經》和全部注釋交公，心裡卻仍舊恐慌，他擔心秦始皇看到他對《詩經》的注解後勃然大怒。在經歷了數個不眠之夜後，他終於無法承受，收拾好細軟，帶著妻兒奔上了逃亡之路。

誰知天有不測風雲，就在一家老小逃難時，一夥強盜突然出現，將毛亨一家悉數殺死，只有毛亨一人僥倖撿回一條性命。在萬般無奈之際，毛亨想起了自己的故鄉三十里鋪村，於是費盡周章來到老家，只為求得一席棲身之地。

毛亨的父親老淚縱橫，村子雖然小，他也聽說了「焚書坑儒」的事情，這兩年來，他寢食難安，日夜擔心兒子死於非命，如今見兒子安然無恙，這才放下心來。

從此，毛亨就在村裡住了下來，他將自己對《詩經》的體悟悉數傳給姪兒毛萇。毛萇經叔叔教導，也成了一個大學問家，他長大後在村子附近設立了一個講學的地方，該地後來被人們稱為「君子館」。

短命的秦朝在歷經兩世後終於滅亡，漢朝建立，冀中平原上迎來了河間王劉德。巧的是，劉德對儒家典籍如痴如醉，不僅命人日夜謄抄，還四處求

毛亨與毛萇

賢。

　　毛萇大喜過望，趕緊去投奔河間王，他因其對《詩經》的深刻領悟而被劉德重用，還被封為博士，擁有了一間專屬於自己的君子館，開始廣收弟子，傳授古文知識。

　　從此，毛萇的名字和《詩經》一起，在古文史上留下了濃重的印記。

【説文解惑】

　　毛亨和毛萇叔姪因對傳播《詩經》有著重大貢獻，而被後人尊稱為大毛公和小毛公。

　　元朝至正年間，河間還設有毛氏書院，設山長，以紀念大小毛公的詩書貢獻，該書院後遭破壞，如今已被改成學校。

　　大小毛公在《詩經》的每一篇詩歌的下方都寫有注解，對《詩經》的開篇第一首詩《關雎》，不僅有注解，還有一篇總序，是古代的第一篇詩歌評論。

　　有學者論證，毛詩所寫的古序，能較為貼切地解讀《詩經》中的背景、宗旨和創作想法，因而極有參考價值。

　　早在毛詩之前，已有魯詩、齊詩、韓詩三種《詩經》的注解，這三家被稱為「三家詩」，毛詩後來居上，逐漸成為《詩經》的官方注釋，而三家詩則黯然退出了歷史舞臺。

【朝花夕拾】山長是什麼？

　　山長，是古代書院教學者的稱呼，其名稱起源於五代十國，為歷朝歷代所沿用，後至清乾隆年間，一度改名為院長，但隨後又改回原稱謂。直到近代廢除科舉制度後，山長的稱謂才終止。

5 蹉跎半生只為金榜題名
五經之首

「關關雎鳩，在河之洲。窈窕淑女，君子好逑。」

涼爽的秋風搖曳庭前繁密的竹林，夕陽的餘暉透過修長的葉片在地上灑出斑駁的黑影。這一切，並未使窗前的一位讀書人感到心情平靜。

只見他憤然將手中的《詩經》往桌案上一摔，抱怨道：「說什麼禮義廉恥，這明明就是一首告白詩！」

或許是聲響過大，結髮妻子趕緊過來看丈夫。

這位賢慧的女人不到四十，卻已白霜滿頭，做為明朝著名散文家歸有光的夫人，她並未過著舒適的生活，反而因丈夫的屢試不中而操勞一生。她忍不住咳嗽起來，歸有光見狀急忙去給夫人捶背，他看著夫人憔悴的面容，愧疚地說：「兩次會試失敗，我歸有光是個廢人，沒能讓夫人享福啊！」

夫人微笑著搖頭，極力忍住咳嗽，喘著粗氣安慰丈夫：「以夫君的才幹，妾身相信你有一天一定能金榜題名！」

「唉……」聽聞夫人這麼說，歸有光這個已過不惑之年的七尺男兒竟發出了一聲沉重的嘆息。

沒錯，他自恃滿腹經綸、才高八斗，是「唐宋派」領袖，被眾文人稱讚為「今之歐陽修」，但自己興起的民間學術流派，碰上官場學術，就宛若雞蛋碰石頭，無一例外地失敗。

此時已至明朝中葉，文壇上由內閣和翰林院興起了一種叫「台閣體」的文體，統治階層要求文人粉飾太平、歌功頌德，一時間，文人們紛紛滿口仁義道德，完全沒有個性和思想。

歸有光卻始終保持著清醒的頭腦，在一片貌似祥和的歌頌聲中依然針砭時弊，有力地抨擊朝廷的種種不作為。他還擅長用細膩的筆觸去描寫日常生活，創造出一系列風格獨特的散文，被後人譽為「近代散文之父」。

然而，就算是一代才子，也逃不過科舉的桎梏，更糟糕的是，還要接受多年落第的不幸。因為才子也是俗人，必須在紅塵中走一遭，而塵世的生活，莫不與柴米油鹽息息相關，沒有經濟基礎，何來的安心做文章？

歸有光從二十歲鄉試失敗，到如今，已過二十二年，卻始終榜上無名。無奈之下，他只得開設私塾授書，而這點微薄的收入不足以支撐全家的開支，於是，歸有光的妻子王氏被迫操勞農事，每日披星戴月，落下一身病痛。

王氏本出身安亭貴族，婚後卻很清貧，令歸有光十分愧疚。為補償妻子，他不得不加倍努力地去讀那些他並不喜歡的科考書目。

《詩經》做為五經之首，且是儒學的殿堂級讀物，到了八股盛行的明朝，早已失去了它原有的意義，變成禁錮文人思想的讀物。歸有光儘管厭惡朝廷將空洞的思想強加於詩書之上，卻也不得已繼續寒窗苦讀，成為八股制度的犧牲品。

況且，歸有光擅長散文體裁，對詩句並不敏感，想必他的屢次科舉失敗，也有一部分原因於此。

就在這一年，歸有光失去了心愛的長子，第二年，妻子王氏積勞成疾，離開人世。歸有光受此打擊，差點一蹶不振。可是生活還在繼續，歸有光咬緊牙關，卻依舊在科舉的大門前鎩羽而歸。

就這樣又過了十七個春秋，在花甲之年，歸有光終於中了三甲進士。不過這名次並不高，他只能到偏僻的長興當知縣。

蹉跎了四十多年，最終只落得這樣一個結局，也不禁讓這位文人老淚

縱橫了。

明朝繪畫中所描繪的科舉考試中的殿試

【說文解惑】

　　自宋朝以來，四書五經便成為古代科舉考試的「聖賢書」，多少學子為此讀到容顏憔悴、呆若木雞。

　　四書是《大學》、《中庸》、《論語》、《孟子》的合稱，因被「程朱理學」創始人朱熹注釋，在明朝成為官書，從此做為古人考試的參考讀本。

《五經》則包括《詩》、《書》、《禮》、《易》和《春秋》。據說《詩經》中的詩，其實都是先秦時代的歌詞，其中民間歌謠生動活潑，相較之下，宮廷宗廟的歌曲反而顯得古板僵硬。

隨著中國封建制度的完善，四書五經也逐漸成為選拔人才的範本，至明清時代，形成了八股文。

八股文只講形式，每段文字都有固定的格式，甚至連字數都受限制。在封建皇權的束縛下，四書五經這類文化瑰寶亦逃不過被同化的命運，淪為專制統治的工具。

【朝花夕拾】臺閣體與西昆體

西昆體起源於宋初，曾盛極一時，它片面追求晚唐詩人李商隱的形式美，以其工整的對仗和華麗的詞藻而營造出一種富麗堂皇的感覺，實則內容空洞，經不起推敲。臺閣體則興起於明朝永樂成化年間，也追求雍容奢靡，其內容均圍繞歌功頌德展開，因此模仿成風，毫無新意，比西昆體更糟糕，後逐漸被其他流派取代。

第二章

百家爭鳴的輝煌時代
─春秋戰國的瑰麗文化

6 汨羅江畔一縷忠魂
屈原與《楚辭》

「不好了不好了，國都被攻破了！」

荒涼的汨羅江畔，漁夫們臉色驚慌地傳遞著這一消息。

一位花甲老人很快得知這一令人震驚的訊息，他哆嗦著嘴唇，好半天也沒有緩過神來。

自他被流放至汨羅江至今，已經十多年了，在這段時間裡，他日夜擔憂，害怕楚國的國都被強秦攻破。眼前無情的事實擊碎了他的心理防線，令這位滿面滄桑的老者前所未有地脆弱起來。

終於，他仰天長嘆，悲哀地唸出一段淒切的詩詞：「長太息以掩涕兮，哀民生之多艱。余雖好修姱以鞿兮，謇朝誶而夕替。」

這段話的意思是：我時常流淚嘆息，這一生艱難困苦。可嘆我雖剛正不阿，卻依舊淪落到國破家亡的地步。

這便是著名的抒情詩《離騷》中的詩句，而吟誦的老人，就是楚國大名鼎鼎的詩人屈原。

十幾年前，屈原來到汨羅江邊，他因憂國憂民，同時又覺得自己懷才不遇，所以時常作一些詩句來抒發內心的憤懣。

他作出了《九歌》、《天問》等一系列帶有濃重浪漫色彩的詩篇，開創了一種全新的文體—楚辭，同時又因其代表作《離騷》，而讓楚辭被後人稱為「騷體」。

無辜被貶謫，屈原的內心是不平衡的，他兩次遭遇流放，皆因被佞臣陷害，而令他心灰意冷的是，他自恃忠君愛國，卻總被國君誤會，他那些正確的諫言，從未被楚王採納，卻總在事後被證實是遲來的良策。

第一次被流放時，屈原是楚懷王的大夫，他建議楚國採取「合縱」策略，以抵抗秦國的擴張。

然而，楚懷王卻沒有遠見卓識，他聽信靳尚和公子蘭這群小人的讒言，對屈原的話置若罔聞，不僅與秦國結盟，還輕率地去了秦國，結果被秦王扣留，最終客死他鄉。

對楚懷王忠心耿耿的屈原大受打擊，此時他尚對朝廷抱有一絲希望，所以在楚襄王繼位後，再次建議重整軍隊、增強國防。

公子蘭與靳尚早已被秦國重金收買，自然不能容忍屈原這個忠臣，他們在楚王面前不斷彈劾屈原，令楚襄王對屈原越發厭惡。

後來，楚襄王終於怒不可遏，將屈原貶至湘南一帶生活。

可憐屈原滿腔憂憤無以言表，整日披頭散髮地吟著愁苦的詩歌。他日思夜想回到都城郢都，卻年復一年看見祖國的大好河山落入秦國之手，終於在這一年，郢都也被劃為了秦國版圖。

屈原站在煙波浩渺的汨羅江畔，望著遠方那水天交接處，說道：「國無人莫我知兮，又何懷乎故都？既莫足與為美政兮，吾將從彭咸之所居。」

反復吟詠了幾遍後，他抱著一塊沉重的石頭，跳入滾滾江水中。附近的漁民一見屈原投江，大驚失色，紛紛前來搭救，卻一無所獲。

屈原卜居圖（局部）

後人將屈原死去的日子訂為端午節，每年對這位偉大詩人進行悼念。

【說文解惑】

屈原的頭銜很大，他是中國首位浪漫主義詩人，也是「楚辭」的創始人。因為他，戰國後期中國文壇開始吹響了浪漫主義的號角，不同於《詩經》的嶄新文風開始出現了。

楚辭因在楚地的文學樣式、風土民情中孕育而生，所以具有濃郁的地方色彩，至西漢初期，「楚辭」的稱謂才得以形成。擅長楚辭的詩人包括戰國時期的屈原、宋玉及漢朝的淮南小山、東方朔等。

楚辭對中國的文學產生了深遠的影響，後來興起的四種文學體裁──詩歌、散文、戲劇、小說，皆能從楚辭中找到對應點。除此之外，楚辭還成為日本和歐洲學者的研究對象，在國際漢學界享有極高聲譽。

【朝花夕拾】合縱和連橫

這兩個詞分別指戰國時期各諸侯國的外交和軍事策略。合縱是南北方向的弱國聯合起來，對抗強大的齊國和秦國；連橫則是秦國或齊國拉攏處於本國東西方向的弱國，以對抗其他國家。

春秋戰國是百家爭鳴時期，很多學派應運而生，彼此之間陳述著大相徑庭的觀念，比如儒家就提倡以禮治國，而道家卻號召無為而治，完全是兩種相反的理念。

　　然而，儒家的代表人物孔子卻對自己的弟子感慨道：「老子是我的老師啊！」

　　老子是道家學派的創立者，本來與儒家不相融，可是究竟發生了什麼，讓孔子這位好傳道、授業、解惑的老師也心甘情願當起學生來了呢？

　　這是因為孔子一直認為「有教無類」，當他聽說老子學問至深、智慧超群後，不由得心生嚮往，想去拜訪老子。

　　西元前五二三年，孔子經魯國國君批准後，與弟子南宮敬叔啟程，開始了這場有歷史紀念意義的對話。

　　老子聽說孔子過來，頓時喜出望外，其實他也久仰孔子賢德之美名，與對方進行一場心靈上的深度溝通也是他的夙願。

　　當兩位大家見面後，彼此都感覺到了精神世界的非凡愉悅。

　　老子帶孔子參觀周朝，對其講解當地的民俗風情與宗法禮儀，孔子則畢恭畢敬地像個學生，悉心聆聽老子的教誨。在短短幾天時間內，兩人迅速建立了深厚的友情。

　　快樂的時光總是很短暫，轉眼孔子即將離開周朝，老子一路相送，感慨道：「我並不富有，對你沒有金錢饋贈，只能送你幾句話：好譏諷的人再聰明，也沒有好下場，為人子，為人臣，始終要有自知之明啊！」

　　孔子心中一動，知道老子在擔憂自己的處境。這些年來，他一直在逆

流而上，勸說國君實行仁政，這其中的危險他自然明瞭，萬一哪天國君不高興，他隨時可能性命不保。

「多謝老師指導！學生謹記於心！」孔子對老子拜了一拜，感激地說。

兩人行至黃河邊，孔子見河水奔騰萬里，消逝在無盡的遠方，頓時感到了莫名的悲傷，嘆息道：「人生的時光就如同這永不止歇的水，轉眼就消逝了！」

老子知道孔子的心思，他微微一笑，勸慰眼前這位比自己年輕很多的思想家：「生、老、病、死是大自然的規律，何必自尋煩惱呢？」

「老師啊，我只是覺得人生短暫，來不及為國家、為民眾排憂解難，所以非常遺憾！」孔子搖著頭，愁眉苦臉地解釋道。

老子坦然地說：「一切都要遵循自然規律，不必強求，若違背了這種規律，反而會收到相反的效果。」

說罷，他指著前方那似萬馬奔騰的河水，問孔子：「為何不學學水的品德？」

孔子還第一次聽說水也有品德，忙恭謙地說：「願聞其詳。」

老子解釋道：「上善若水。水是最柔弱的，也是最聰明的，它利用了萬物，被稱為百谷之王，卻從未顯露出一副與誰爭鋒的樣子。它只是順應萬物的變化而變化，讓萬物歡欣地接納它。你這次回去後，要戒除驕躁之氣，消除自己給他人製造的壓迫感，否則誰敢用你？」

《孔子聖跡圖》之《問禮老聃》，圖中所繪內容為孔子向周朝柱下史老子學習周禮。

孔子聽得誠惶誠恐，向老子深深地鞠了一躬，恭敬地說：「老師說的極是，弟子一定銘刻在心！」

回到魯國後，每當孔子談起老子，總會滿臉崇敬之情。他將老子比作龍，認為老子學問的高深是世人所無法理解的，而他也遵照老子的囑託戒驕戒躁，將「仁」、「禮」思想發揚光大，讓儒家成為封建社會最大的贏家。

【說文解惑】

老子名為李耳，字聃，因此也被稱為老聃，楚國人，中國偉大的哲學家。在唐朝，唐太宗李世民為宣揚李家的背景，封老子為「太上老君」，從此老子在民間便以神仙身分示人，其思想也蒙上一層玄妙的意境。

老子認為，萬物皆有規律，事物是變化發展的，人生有高峰就必有低谷，不必太過在意一時的成就或過失。

《道德經》是老子的代表作，與《易經》和《論語》一起被稱為對中國人影響最深遠的三部思想著作。全書五千餘字，卻展現了極其深遠的哲學思想。戰國時代的莊子繼承發展了老子的思想，他看法精練獨到、卓爾不群，故而與老子並稱，一併成為道家學說的代表人物。

莊子著有《莊子》（別名《南華經》），其核心思想是「人法地、地法天、天法道、道法自然」。

【朝花夕拾】老子的「無為」

很多人認為老子的「無為」思想消極，其實是對老子的誤解。老子的無為並不是無所作為，而是指不要為了達到目的而不擇手段，去損害他人的利益。此外，老子認為人生並沒有意義，人們口中所說的「意義」，通常只是自己強加於人生的一種感性思考。老子看清了宇宙是虛無的本質，對未來的展望令他陳述出「人生無意義」的觀點，這是一種超時空的宇宙觀，很難被人理解，自然會受到諸多質疑。

《老子授經圖》
此圖描繪了函谷關令尹喜
拜見老子,得《道德經》
五千言的情景。

8　一代大師的「逆黨」之禍
儒學的前世今生

孔子周遊列國宣揚仁義治國,創建了儒家學派。

自漢朝後,武帝罷黜百家獨尊儒術,儒家一躍走上正統地位,可謂風光一時。

可惜天有不測風雲,至東漢末年,因為社會動盪,民眾急切需要一種超自然的思想理念來支撐信心,於是結合了神道的玄學應運而生,相反地,儒學的影響力急遽下降,釋、道後來居上,與儒學形成三足鼎立之勢。

直到宋朝,一位大師的出現,才使儒學煥發了新生。

這位大師便是朱熹,後人敬佩他學識淵博,又稱他為「朱子」。

明太祖朱元璋統治中國後,對朱熹的理學推崇備至,運用於科舉制中,從此儒學成為封建社會的主導思想。

可惜,這樣一位儒學大家,卻在生前屢遭朝廷迫害,被扣上「偽學逆黨」罪名,最終含恨而死。

西元一一四八年,朱熹考取進士,雖排名九十位,好在已擁有了當官的資格。他在任地方官期間,一直致力於對儒學的研究,並投入了很大的精力去研究《四書》,編寫出《四書章句集注》等多種教材。他還在白鹿洞書院和嶽麓書院講學,大力推廣儒學,在他的努力下,嶄新的儒學體系開始興起。

這時候,災難悄然降臨。

南宋王朝偏安江南，宋朝皇帝在都城臨安樂不思蜀，完全忘了收復失地這回事。朱熹胸懷大志，上書朝廷，請求遷都南京，以達到「復中原，滅仇虜」的目的。

殊不知，他的言論激怒了當權派，只是因為顧及他的名氣，皇帝一開始沒有想要對付他。

然而，剛直的朱熹是不會在意仕途上的危險的，他又連上六道奏摺，彈劾侵吞鉅額公款的台州知府唐仲友。

當時朝廷的宰相王淮是唐仲友的親戚，他視朱熹為眼中釘，跑到宋孝宗面前告狀，說朱熹的理學欺世盜名。

宋孝宗聽信謠言，對朱熹不予理睬。

隨後，宋寧宗繼位，朱熹並沒有因為自己被朝廷冷落而放棄諫言，他再度上書，提醒皇帝注意佞臣奪權，結果惹怒了權相韓侂。

韓侂指示親信汙蔑朱熹霸佔他人財物、誘惑尼姑做小妾，並罵朱熹的理學是偽學，硬生生將朱熹塑造成一個臭名昭著的偽君子。

此時，大臣們見朱熹已無名望可言，便一個個落井下石，甚至請求處死朱熹。

此外，朝廷還要求查處「偽學逆黨」，朱熹的朋友和門生均被殃及，紛紛隱居或是避嫌，希望能逃離這場政治風波。

迫於高壓，朱熹不得不違心地承認欲加之罪，接受世人對自己的誤解和漫天謾罵。

西元一二〇〇年，朱熹心力交瘁地閉

明朝畫家郭詡所畫的《朱子像》

上了雙眼，從此再也沒有醒過來。朝廷對此十分緊張，害怕朱熹的門徒和親友舉辦喪禮，製造出同情朱熹的輿論。

時隔九年，這場歷史冤案終於得到昭雪。朝廷摘掉了扣在朱熹頭上的「偽學逆黨」帽子，並追封他為太師、信國公。

從此，朱熹的理學成為官方學說，一直持續到封建制度結束。

【說文解惑】

儒學在朱熹在世時並未停止演變，與朱熹同一時代的思想家陸九淵將儒學與宗教相結合，創立了心學。

至明朝，文學家王陽明將心學發揚光大，認為萬事萬物皆由心生，從而創立了早期的唯心主義思想。

進入二十世紀後，儒學進入了新紀元。梁漱溟、牟宗山、馮友蘭等人重新架構儒學，從而建立起全新的儒學體系。

十六世紀晚期，西方傳教士利瑪竇將儒學翻譯成拉丁文，並將其引進歐洲，促進了漢學在歐洲的傳播，至今儒學已經對東亞和歐美產生了深遠影響。

【朝花夕拾】儒釋道的含意

儒，即為儒學；釋，是釋迦牟尼佛創立的佛教；道，則是老子創立的道教。自唐朝以來，三教開始融合，至明朝王陽明的推波助瀾後，三教合一的思想已經深入人心。

朱熹《四書集注》，明朝成化十六年吉府刻本，藏於中國山東博物館。

9 烽火硝煙中的遊俠
墨家學說

　　曾有一部電視劇，講述貂蟬受鉅子之命，去刺殺董卓。類似的影劇中也經常有「鉅子」出現，或許有人認為鉅子是人名，實則不然，鉅子指的是墨家學派的領導者。

　　戰國時期，墨子創建了墨學，並使該學派逐漸成為一個內部組織嚴密的機構，其領袖就被稱為鉅子。有研究者認為，墨子是第一屆鉅子，他的繼承人是禽滑釐，但戰國時期可靠的史料中，只有孟勝、田襄子、腹這三位鉅子有記載。

　　春秋戰國充滿了戰爭的硝煙，湧現出一大群英雄文人。與儒家不同的是，墨家的門徒具有錚錚俠骨，他們宛若一個個身著黑衣的遊俠，竭力在戰亂年代維持社會秩序。

　　比如，腹在擔任鉅子期間，他的兒子在秦國殺了人，秦惠王可憐年邁的腹只有一子，想免除腹獨子的罪行。誰知腹卻聲稱殺人償命是墨家的基本法規，國君雖有不殺之恩，但他卻不能不施行墨家之法，於是將自己的兒子處死了。

　　墨家思想的嚴格可見一斑，在歷屆鉅子中，屬孟勝與一百八十位弟子英勇赴義的事蹟最為感人。

　　當年，楚悼王離世，受其寵信的軍事家吳起立刻成為眾矢之的，保守派們都想殺他。吳起知道自己在劫難逃，乾脆來了個魚死網破，伏在楚悼王的遺體上任弓箭亂射。最後，吳起被射死，可是楚悼王的遺體也被射中。就這樣，吳起巧借死屍復仇的目的達到了。

楚肅王繼位後，對先王受辱一事震怒異常，發誓要殺光向吳起射箭的人，並株連三族。

於是，七十多個家族被捲入風波中，陽城君也在其中。

孟勝是陽城君的下屬，二人亦是很好的朋友。陽城君只要一外出，就會讓孟勝守護自己的城池，他還將玉璜掰成兩半，讓孟勝掌管軍權。

眼前陽城君見勢不妙，連聲招呼也不跟孟勝打，就趕緊逃之夭夭了。在危急關頭，孟勝做出了一個驚人的決定：替陽城君守衛城池，哪怕是付出生命的代價！

他的弟子徐弱不能理解，哭泣著問：「事已至此，鉅子你又何必堅持！朝廷兵馬眾多，我們根本就不是對手！況且即便我們赴死，對陽城君也無一點幫助，反倒是鉅子的犧牲讓墨家損失巨大，恐本派滅絕於世，還請三思啊！」

孟勝臉色憂愁，他沉默了片刻，眼中又閃出堅定的火花，他告訴弟子：「我既然是鉅子，就該樹立墨家的威信。陽城君是我的朋友，我受他之托守城，現在若棄城，墨家哪有顏面苟活於世呢！我會將鉅子之位傳於田襄子，墨家是不會消亡的！」

徐弱聽後，不由得心潮澎湃，眼含熱淚斬釘截鐵地說：「多謝鉅子提點，弟子當慷慨赴義！」

說罷，徐弱就跟隨先頭部隊奔赴戰場禦敵。

孟勝又派出三名弟子去找田襄子，告知其傳位之事。

田襄子還未來得及提出看法，就見三人又要回楚國去送死。他大吃一驚，以鉅子身分命令三人留下，可是這三名弟子卻執意回到孟勝身邊，最終也壯烈犧牲。

【說文解惑】

墨子創立了墨家學說，並著有《墨子》一書傳世。他是農民出身的哲學家，其主要思想有兼愛、非攻、尚賢、尚同、節用、節葬、非樂、天志、明鬼、非命等，以兼愛為核心，以節用、尚賢為支點。

不僅如此，墨子還創立了以幾何學、物理學、光學為突出成就的一整套科學理論。

墨學在當時影響很大，與儒家並稱「顯學」，當時有「不入於儒，即入於墨」之說。

墨子像

先秦時期，儒、墨兩家曾是分庭抗禮；戰國後期，墨學的影響一度甚至在儒學之上。

墨家同時被視為中國最早的民間結社組織，有著嚴密組織和嚴格紀律，其最高的領袖被稱為「鉅子」，墨家的成員都自稱為「墨者」，所謂「墨子之門多勇士」。

【朝花夕拾】墨家分裂

墨子死後，墨家分裂為三派：相里氏一派、相夫氏一派、鄧陵氏一派。《莊子・天下》所說的相里勤的弟子、鄧陵子的弟子苦獲、己齒，即這三派中的兩派。他們都傳習《墨子》，但有所不同，互相都攻擊對方是「別墨」。在今存的《墨子》中，每篇都有上、中、下三篇，大約就是墨家分裂為三派的證據。

10 多情自古空餘恨
法家韓非子

「為什麼！為什麼父王不接納我的意見！」在雕欄玉砌的貴族府邸裡，一個年輕人無奈地站在院子裡感慨。

同一時刻，在富麗堂皇的秦國宮殿內，秦王嬴政正斜倚在軟榻上，津津有味地讀著書簡，並不時發出感慨之聲：「好！寫得好！」

「看來大王對作者非常滿意啊！」在一旁的廷尉李斯見此情景，聰明地插嘴道。

「是啊！」嬴政毫不吝嗇溢美之詞，興奮地說，「他的很多觀點我非常讚賞，如果讓我見到他，和他結交，死無遺憾！」

這些話有如一根根針扎在李斯的心上，儘管不情願，他還是告之國君：「此人就是韓王歇的兒子韓非！」

李斯和韓非是同窗，二人年輕時均師從荀子，只是李斯不喜歡儒家口口聲聲所說的仁義道德，他認為唯有法治才能治天下，於是學到後來，竟然從一個聽話的學生變成了激烈的反對者。他雖然口吃，不善言詞，卻有著精彩的文筆，遠在李斯之上，所以李斯一直將韓非視為自己的競爭對手，可是又不得不承認對方比自己優秀。

韓非從小就有雄才大略，希望韓國能在諸侯國中佔據霸主地位，甚至一統天下。為此，他多次給韓王諫言，希望父王能接受自己的政治主張。可惜韓王安於享樂，不願做出任何改變，常令韓非痛心疾首。

在經歷了種種挫折之後，韓非有點看淡了，逐漸萌生退隱之意，轉而將滿腔熱情投入到著書立說之上。他寫下了《孤憤》、《五蠹》、《說難》等作品，這些著作後來被集結成《韓非子》一書。

韓國一如既往地忽視韓非的著作，卻未曾想秦王嬴政對這些書讚賞有加。

嬴政甚至發出命令：攻下韓國後，要將韓非安然無恙地帶到秦國來，不准傷其一根毫毛！

秦國要攻打韓國的消息傳來，韓王亂了手腳，不得不起用韓非。韓非自告奮勇，要去秦國說服嬴政停戰，他沒料到，這一走，讓自己的人生發生了驚天動地的變化。

韓非來到秦國後，嬴政驚喜萬分，不僅將韓非視為座上賓，還經常與其秉燭夜談，共同探討國家大事。

韓非大吃一驚，他原以為秦王是自己的敵人，不該對其信任，可是秦王的求賢若渴卻讓他越發與對方親近，希望自己能被這樣一位國君重用。

最終，韓非的敵對態度徹底扭轉了，他信任秦王，強烈希望能為秦國效忠，希望推動秦國的強盛，以此來證明自己的能力。

可是秦王仍想攻打韓國，對重用韓非一事猶豫不決，擔心韓非因戰爭而對秦國起敵意。

李斯覺得打擊韓非的時刻到來了，便對嬴政進讒言道：「不如把韓非殺了，留著他被別的國家重用，將來必定是個禍害！」

嬴政也有這個擔憂，就聽從李斯的建議，將韓非打入大牢。可是他畢竟欽佩韓非的才學，不忍殺掉這位傑出的人才，就沒有對韓非處以極刑。

誰知，韓非剛入獄，李斯就派人端來一瓶毒酒。

韓非不相信這是秦王的命令，紅著眼眶問：「有詔書嗎？這肯定不是大王的意思！」

「哼，死到臨頭還要什麼詔書！快點上路吧！」來人冷冷地說。

韓非心如死灰，縱然他對嬴政仍抱有一絲希望，嬴政將他關進牢獄卻

是不爭的事實。

事到如今，這位雄才大略的思想家只能仰天長嘆，含恨喝下毒酒。

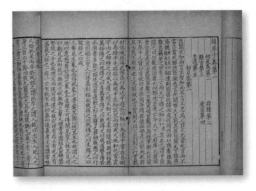

《韓非子》，清嘉慶年間刊本

具有諷刺意味的是，韓非死後，嬴政開始大力推廣法家思想，將「以法治國」做為治理國家的基本觀念。

韓非的抱負直到他死後才得以實現，如果他泉下有知，會不會感到安慰呢？

【說文解惑】

韓非是戰國法家的集大成者，他的著作《韓非子》共有五十五篇，總計十萬多字，文筆犀利，具有深刻的思想內涵。

《韓非子》的開篇為《存韓篇》，他主張「存韓滅趙」，正是這篇文章為他惹來了殺身之禍。秦王認為韓非一心只為韓國，阻礙了秦國的統一大計，這種不能為己所用的人才最好除之而後快。

《韓非子》中，還有很多寓言，比如買櫝還珠、自相矛盾等，時至今日仍具有積極的教育意義。

【朝花夕拾】李斯之死

李斯害死自己的同學韓非後，為保住丞相的位子，他在秦始皇死後，和趙高合謀篡改遺詔，立了胡亥為二世皇帝。為了迎合胡亥，他屢屢上書附和秦二世的暴政。但即便如此，他還是被趙高陷害，落了個滿門抄斬的下場。

臨死前，李斯對兒子痛心地說：「吾欲與若復牽黃犬，俱出上蔡東門逐狡兔，豈可得乎！」

11 訓誡難平美人怨
兵家的練兵之道

西元前五四五年，一個寒意微露的秋夜，一聲嬰兒的啼哭從一所深宅大院裡傳出，引得一幫人激動不已。

「恭喜老爺！賀喜老爺！是個男孩！」產婆笑瞇瞇地對男主人說。

男嬰的爺爺孫書大喜過望，看著襁褓中的孫兒，興奮地說：「就給孩子取名為武，武為『止戈』，能力非凡，這孩子長大後必將是個人才！」

「父親所言極是！」男主人孫憑附和著，他看著自己的第一個孩子，眼中泛出喜悅的光芒。

過了幾天，孫書又給孫子取了個字，叫「長卿」。卿在當時與大夫地位相當，孫家是希望這個新生命能繼承家業，延續祖輩的使命和榮耀。

孫武果然不負眾望，隨著年齡的增長，他對軍事的興趣越發濃厚。孫家是軍事世家，家中藏有大量的軍事書籍，孫武像得了寶貝似的守著這些兵書，常常看得廢寢忘食。

孫武成年後，來到吳國，結識了吳國大夫伍子胥，請求對方引薦自己。

伍子胥知道孫武是一個難得的人才，就極力向吳王闔閭推薦。

可是當時孫武沒有一點名氣，闔閭根本就沒聽說過有這樣一位人才，就沒有把伍子胥的建議當回事。

伍子胥非常執著，在某一個早晨，他又向闔閭提起孫武，居然一連提了七次！

這樣一來，闔閭也有點好奇，終於答應見孫武一面。

孫武帶了自己的兵書前去見闔閭，闔閭被書中的軍事謀略吸引住了，不由得對孫武刮目相看。

　　但是，闔閭仍對孫武持懷疑態度，他對眼前的這個年輕人說：「你的兵法是很絕妙，但我擔心是紙上談兵，不如你為我們實地演練一下，好讓我們長長見識！」

　　此番試探性的問話正中孫武下懷，他巴不得能有一個展現自己的機會，便恭敬地說：「請問大王，小民該找誰演練？」

　　闔閭想了一下，突然萌生惡作劇的念頭，告訴孫武：「我給你一百八十名宮女，讓你訓練她們！」

　　孫武並沒有感到為難，當即接受了任務。

　　很快，那些宮女就笑嘻嘻地來到練兵場，像看熱鬧似的等待孫武發話。

　　這些宮女中有兩名闔閭最寵愛的妃子，孫武便把宮女分成兩小隊，並讓兩位妃子擔任隊長。然後，他把宮女集合一起，告訴她們怎樣操練。

　　宮女們覺得打仗是男人的事情，因此極不認真，她們好奇地打量著四周，彼此間交頭接耳，並不時發出會心的笑聲。

　　孫武加大嗓門，喊出口令，可是宮女們一聽到他的喊聲，無一不笑得花枝亂顫，結果隊形鬆鬆垮垮，亂成一團。

　　孫武見狀說：「解釋不明，交代不清，應該是將官的過錯。」於是，又將剛才的口令詳盡地向她們解釋一次。接著，繼續發出號令，但是眾女子仍舊嘻笑不止。

　　孫武冷眼看著這一切，他鐵青著臉大聲宣布：「兩位隊長怠忽職守，視紀律為兒戲，依軍法當處死！」

頓時，練兵場上安靜得連一根針掉在地上都能聽見聲音，吳王闔閭心急如焚，遣人求情，並答應立即重用孫武。

　　孫武毫不客氣地回絕道：「將在外，君命有所不受！」說罷，他命人把兩位妃子就地正法。

　　這時，宮女們嚇得面如土色，渾身顫抖。當孫武再次擊鼓發令時，宮女們終於嚴肅起來，認真接受孫武的指導，而且每個人都不敢怠慢，生怕自己也淪為刀下鬼。

　　闔閭聽說兩位愛妃慘死，非常生氣，可是他見孫武果真帶兵有方，又覺得對方是個人才，不得不按捺住怒氣，讓孫武當了將軍。

　　此後，孫武為吳國立下赫赫戰功，擊敗越國，迫使越王勾踐向吳王闔閭的兒子夫差求和。

　　然而，隨著國力的強盛，夫差卻逐漸變得安於享樂，他重用佞臣，逼死忠心耿耿的伍子胥。

　　孫武明察秋毫，不由得感覺到一絲淒涼，他識時務地退隱山林，專心修訂《孫子兵法》。

「兵聖」孫子

【說文解惑】

　　孫武出生在中國山東，是著名軍事家孫臏的先祖，被後人尊稱為「孫子」。他給後世的最大貢獻是著有《孫子兵法》十三篇，這部兵書後來成為「兵書

聖典」，位於《武經七書》之首。

　　如今，《孫子兵法》已被翻譯成各國文字，在世界各地廣泛流傳，很多商人和政客尤其喜歡這本書，稱其對管理和博弈具有重要作用。

　　美國總統胡佛、尼克森、老布希、柯林頓均是《孫子兵法》的崇拜者，可見，孫子思想的價值和意義是跨時代的，不會被歷史的塵埃所湮沒。

【朝花夕拾】《孫子兵法》的主要思想

　　《孫子兵法》雖講述了行軍打仗的謀略，但也為後人的處世提供了經驗。其主要思想有：謹慎、做足準備、謀略勝於蠻幹、全面思考問題、具體情況具體分析、根據個人能力使用人才等。

第三章

眾人皆醉我獨醒
——兩漢和魏晉南北朝的風韻和風骨

12 孔子神往的鉅著
中國首部玄幻小說《山海經》

當代流行玄幻小說，但很多人卻不知早在先秦時代，就有一部經典的玄幻鉅著問世，這便是《山海經》。

後人對《山海經》評價不一，其中不乏很多名人的排斥與責難，比如著名史學家司馬遷說該書的內容是「不能說的祕密」，而魯迅先生更是激烈，直接斥責這本書是巫書。

然而，曾對弟子聲明「子不語怪力亂神」的儒家大師孔子，卻出人意料地看好《山海經》，甚至悉心研讀，為之神往，令人嘖嘖稱奇。

孔子所在的春秋時期是各種方士之術的繁盛期，老子、列子、彭祖均有自己的超自然觀點。不過，以上這些思想家的觀點均來自醫學著作《黃帝內經》，唯獨孔子從《山海經》中汲取營養，不斷提到龍鳳、麒麟等神獸，足見他對《山海經》的重視程度。

當吳國佔領了越國的都城會稽後，開始大肆搶奪財物，越國國君勾踐珍藏的一段巨骨被公諸於世。這段骨頭非常罕有，光是一節骨頭就得靠一輛馬車來裝。

吳王夫差既歡喜又驚奇，他問了很多人這段骨頭的來歷，卻沒有一個人能答得出來。夫差聽說魯國的孔子博學多才，就特地派人帶著骨頭前往魯國，向孔夫子請教這個問題。

孔子正在為祭祀大典做準備，他聽說有貴客從他國遠道而來，不敢怠慢，急忙放下手頭事務，設宴加以款待。

他自認見多識廣，但看到那根骨頭的時候，還是吃了一驚，一瞬間，他聯想到了《山海經》中關於巨人的描述，不由得暗暗思忖起來。

吳國的使者恭敬地問：「請問先生，這根骨頭究竟是何來由？」

孔子圍著骨頭轉了幾圈，思索了片刻，說：「如果我沒有猜錯的話，這應該是防風氏的骨頭。」

「防風氏是誰？」使者疑惑不解。

孔子捋一捋鬍子，笑著為使者解惑：「當年大禹治水成功後，召集群臣赴會稽山議事，眾人準時趕到，唯獨巨人防風氏遲到，大禹一怒之下將其斬首。防風氏身形巨大，天下無人能超過他，應該就是這根骨頭的主人吧！」

使者一聽，不禁入了迷，又問：「那時候都有誰服於大禹呢？」

「天下諸神，莫不接受大禹統治！」孔子說，「鎮守山川江河，豐饒一方的叫做神；鎮守社稷的叫公侯，祭祀山嶽的叫諸侯，他們都是天子的手下。」

「原來是這樣啊！」使者聽到這些前所未聞的事情，對孔子佩服得五體投地，追問道：「那麼，防風氏又屬於哪一種神呢？」

孔子回憶起《山海經》中的文字，便對使者解釋道：「當時天下有兩個身材奇異的國家，一個是小人國，該國百姓全為矮人，身高只有三尺；另一個則是大人國，該國的神叫防風氏，鎮守封、嵎之山，大人國百姓的身高是小人國的十倍，他們是最高的人。」

使者已經聽得如痴如醉了，他對孔子口中的這些奇談怪論充滿了好奇與敬畏。回到吳國後，他將

大禹畫像

孔子的話原封不動講給吳王聽，吳王也讚歎不已。

《山海經》是中國記載神話最多的一部奇書，也是一部旅遊、地理知識方面的百科全書。

【說文解惑】

《山海經》流傳至今，只剩下十八卷，五卷是《山經》，十三卷是《海經》，內容包羅萬象，不僅有神話、地理、歷史，也有風俗、醫學、宗教等，其中有關礦產的描寫，是世界最早的。

相傳，《山海經》是大禹治水時與助手所寫。當年，大禹為治理黃河水患走遍全國，所見所聞十分詳盡豐富，於是有了成書的基礎，再結合各地的神話和傳聞，便形成了書中所寫的各種怪誕趣聞。

項羽滅秦後，火燒阿房宮，很多珍貴的書籍毀於一旦，《山海經》也損毀大半。書吏不忍讓這本珍貴的書絕世，便又將很多神鬼傳說融進《山海經》中，最終讓一本充滿奇幻色彩的古籍保存下來。

【朝花夕拾】子不語怪力亂神

儒家相信鬼神，但不主張崇拜。孔子這句話的意思是：君子要心存正念，如果盲目信奉鬼神，就容易被鬼神所控制。孔子讓人們不要輕易對鬼神做出評價，因為不知道是否真的存在，所以他要求「不語」，展現了他的唯物論的觀點。

13 即便夢想是伴隨著恥辱
司馬遷與《史記》

在舉世聞名的紀傳體通史《史記》中，作者司馬遷在自序中這樣寫道：「父親對我說，司馬家歷來擔任史官，如今你我能成為史官，是上天的安排，一定不能辜負。做為史官，我們要把真實的史實寫出來，你切莫忘記！」

《晚笑堂竹莊畫傳》中的司馬遷畫像

時值司馬遷三十六歲，他父親司馬談病危，臨終前託付兒子繼續完成自己的遺作《史記》，司馬遷含淚答應父親。兩年後，他繼承父職擔任太史令，開始遊歷祖國大江南北，為撰寫《史記》做準備。

四年後，經過深思熟慮，他才鄭重地動筆，決心完成父親遺志，為世人貢獻出一本傳世佳作。

未曾想，天有不測風雲，歷史忽然將司馬遷這個本來微不足道的史官推向了政治的風口浪尖。

事情的來龍去脈還得從名將李廣之孫李陵說起。在司馬遷四十七歲那年，李陵與匈奴戰敗，成為階下囚，漢武帝聞訊極為不滿，大臣們也異口同聲斥責李陵不該叛變，只有司馬遷露出不以為然的神情。

漢武帝極為敏感，他讓司馬遷對此事發表看法。司馬遷與李陵是世交，他理所當然地想為好友說句公道話。於是，他慷慨陳詞道：「李陵對父母、對朋友都是義薄雲天，他在戰場上的英勇事蹟大家也一清二楚，他去匈奴原本只負責運輸協助，現在卻以五千士兵奮戰數萬匈奴騎兵，戰敗也在情理之中。況且，我相信他的投降只是為了保存實力，有朝一日一定能擊敗匈奴一血恥辱。」

話音未落，漢武帝就抓起茶杯，狠狠地擲於地下，大喝一聲：「來人！將司馬遷給我拖出去，交廷尉審理！」

可憐司馬遷一頭霧水，就已被侍衛強行帶走。其實，漢武帝之所以會憤怒，皆因為他覺得司馬遷在指責自己用人不當，導致李陵出現今日被俘虜的情況，於是震怒異常。

最終，廷尉判定司馬遷犯上作亂，要判他死刑。

在當時，有三種方法可以免死，一種是依靠祖上的丹書鐵券獲得赦免；第二種是交錢；第三種則是用宮刑代替死刑。

在西漢，宮刑是僅次於死刑的一種殘酷刑罰，古人認為「身體髮膚受之父母」，哪怕是動一根頭髮都覺得自己受到很大的侮辱，何況是宮刑？

司馬遷身為七尺男兒，自然有著極強的自尊心，可是《史記》還未完成，不能半途而廢。

無奈之下，他感慨道：「人固有一死，或重於泰山，或輕於鴻毛。」他深知自己的性命微不足道，但即便要死，也要死得有價值。

司馬遷沒有錢，為了《史記》，他不得不接受宮刑，讓自己的身心承受極大的痛苦。他曾將除了死刑以外的刑罰分為十種，其中第十種極刑就是宮刑，他的痛苦可見一斑。

從此，司馬遷忍受著外界的冷嘲熱諷，專心致志撰寫《史記》。經過相當長的時間，漢武帝才悔悟到李陵當年沒有支援孤軍奮戰的難處，將司馬遷從牢裡放出來，任命他為中書令。在司馬遷五十五歲時，《史記》終於完成。

然而，宮刑之恥始終讓司馬遷的靈魂蒙羞，當悲憤之時，他甚至一度想自盡。所幸，歷史會給予公正的判定，成書之後，人們才真正瞭解司馬遷的忍辱負重，轉而對他刮目相看。

《史記》完成的第二年，司馬遷如釋重負，追隨父親而去，永遠離開了人世。

【説文解惑】

《史記》位列中國二十四史之首，全書共五十二萬多字，共有本紀十二篇，表十篇，書八篇，世家三十篇，列傳七十篇，共一百三十篇。記載了黃帝至漢武帝時期的歷史，時間跨度長達三千年。它是中國歷史上首部以人物紀傳體為主的作品，司馬遷具有深厚的文學功底，使書中的故事深具閱讀性和藝術性。

《史記》最初沒有書名，世人稱之「太史公書」、「太史公傳」，簡稱「太史公」。「史記」本是古代史書的通稱，從三國時期開始，「史記」由史書的通稱逐漸演變成「太史公書」的專稱。

《史記》與《漢書》（班固）、《後漢書》（范曄、司馬彪）、《三國志》（陳壽）合稱「前四史」，與宋朝司馬光編撰的《資治通鑑》並稱「史學雙璧」。劉向等人認為此書「善序事理，辯而不華，質而不俚」；魯迅則稱它為「史家之絕唱，無韻之《離騷》」。

【朝花夕拾】天文學家司馬遷

司馬遷除了是一位文學家、史學家外，還是一位天文學家。他在《史記·天宮書》中，詳細記錄了日食、彗星等現象，並總結出規律，此外，他還將天相的變化與朝代更迭結合起來，認為天運三十年一小變，一百年一大變，五百年則徹底改頭換面。他的這種思想是古代占星術的基礎，對後代的天文學具有啟蒙意義。

建安風骨

　　西元一九二年，一個十五歲的少年正風塵僕僕地趕往荊州的路上，他一路上看到了不少難民和死屍，因而心生恐懼，希望能早日抵達目的地，好避過這一場騷亂。

　　在流亡途中，少年忽然聽到前方樹叢裡有嬰兒啼哭聲，他放眼望去，發現有一面黃肌瘦的婦人正倚靠在大樹下，懷中抱著一個髒兮兮的襁褓，而嬰兒正大哭不止。

　　少年以為不過是孩子餓了需要食物，自己也是飢腸轆轆，根本幫不上忙，就繼續前行。可是策馬走了兩步，他不放心地又回頭看了一眼。

　　接下來的一幕場景令他目瞪口呆，只見樹下的婦人低頭親了一下孩子，就淚眼婆娑將嬰兒放在草叢裡，似乎不忍聽到親生骨肉的慘哭聲，便頭也不回地倉皇逃開了。

　　此事帶給少年的震撼極大，他最後看了一眼生命正在一點一滴流逝的無助嬰孩，無奈地離開了。

　　來到荊州後，他仍不能忘記在路途中見到的這一幕悲慘情景，脫口而出道：西京亂無象，豺虎方遘患。復棄中國去，委身適荊蠻。親戚對我悲，朋友相追攀。出門無所見，白骨蔽平原。路有飢婦人，抱子棄草間。顧聞號泣聲，揮涕獨不還。未知身處，何能兩相完？驅馬棄之去，不忍聽此言。南登霸陵岸，回首望長安，悟彼下泉人，喟然傷心肝。

　　這便是有名的《七哀詩》三首中的第一篇《西京亂無象》，少年即是王粲。

王粲在詩中描繪了自李傕、郭氾攻佔長安後，百姓因戰亂而遭受的痛苦，他還表達出自己脫離故土，被迫流亡到「蠻荒之地」的忐忑心情。

王粲對自己委身荊州一直不如意，而荊州的領主劉表也明顯沒有把這個孤傲的年輕人放在心上。雖然劉表將王粲奉為座上賓，但一直不重用，致使王粲在十幾年的時間裡虛度光陰，內心充滿了抑鬱和憂傷。

王粲像

幸而，北方來了一個赫赫有名的大人物，將王粲帶離了這種無能為力的困境，此人便是曹操。

西元二○八年，劉表病死，曹操揮軍南下，王粲就慫恿劉表的次子劉琮投降。劉琮果真歸順曹操，王粲也順理成章地開始為曹操效命。

曹操喜歡人才，頗有才華的王粲如魚得水，一路從關內侯升任侍中。

此時已是三國時期，魏、蜀、吳三足鼎立，曹操佔據北方的大片領土，定都鄴城，很多文人為逃避戰亂，紛紛來到鄴城大展宏圖。

逐漸地，鄴城形成了以曹氏父子為首、建安七子為代表的龐大文人系統，而建安七子的第一人，便是王粲。

除了王粲外，建安七子中的其他人為：孔融、陳琳、徐幹、阮瑀、應瑒、劉楨，除了孔融因惹怒曹操遭到滅門、阮瑀早逝外，其餘人均因染病在同一年逝世，這箇中蹊蹺，頗讓後人玩味。

【說文解惑】

　　建安文學形成於曹操定都鄴城之後，該派的文人大多經歷戰亂之苦，所見所聞豐富了創作的素材。當他們好不容易有個安樂之所後，便開始聚精會神地抒發情懷、評論國事，並互相磋商，這種做法大大地推動了文學的發展，使建安文學在中國文學史上留下了輝煌的印記。

　　建安文學以五言詩為主，在漢樂府民歌的基礎上表達投身社稷的積極情懷，雖有些作品因歌頌曹氏父子而顯得庸俗，但不影響整體的境界。

　　建安七子的出現，讓五言詩這一新詩體得到極大的提升，七子文采飛揚，令詩體精美絕倫。除了詩歌外，七子還寫了很多小賦和散文，南北朝時期的文學理論家劉勰在《文心雕龍》中給予了他們極高的評價。

【朝花夕拾】建安風骨

　　後人常稱建安文學為建安風骨。在漢末至魏初時期，建安文學真實反映了亂世中民眾的苦難，抒發了建功立業的進取情懷，其雖慷慨激昂，卻又夾雜著人生苦短、壯志難酬的慨嘆，這種風格便被成為建安風骨，又稱漢魏風骨。

15 大宴長江橫槊賦詩
「三曹」引領新文學

清朝安順地戲面具曹操像

　　浩蕩的長江，奔騰向東入海，從不因歷史的變遷而改變，然而，就在一千八百多年前的一個晚上，長江卻不復以往的安寧氣息。

　　只見在滔滔江面上亮起了繁星點點，當人們仔細望去時，便會發現那些光芒都是大型戰船上的火光。

　　此時正值十一月，一輪圓月高懸於如黑綢緞般的天幕之上，照得長江宛如一條蜿蜒的玉帶。就在這玉帶之上，聚集了大量船隻，船隻的甲板上站滿了手握兵器的士兵，在皎潔的月光下，氣氛尤其凝重。

　　為首的戰船上坐著一位梟雄，他目光如炬，似乎無心地望了一眼前方的軍隊，那些士兵頓時緊張不已，握著刀槍的手心微微沁出了汗水。

　　在三國時代，能擁有如此強大的實力，又具備如此威嚴的人只有一個，那就是曹操。

　　此刻，他正躊躇滿志要渡過長江，將孫權和劉備一網打盡，如今他已統一了北方，就差平定南方，眼看著此役結束，稱帝霸業指日可待！

　　一想到此，曹操的胸中不由得充滿豪情，問謀士程昱：「還有多久時間可以交戰？」

　　程昱回答：「快則五、六日，慢則十餘天。」

　　曹操哈哈大笑，對眾將說：「今夜大家暢飲，提前為勝利慶祝！」於是，眾將領紛紛舉杯，意氣風發，共同展望美好的未來。

　　正當大家談興漸濃，天空卻有烏鴉的叫聲傳來。曹操覺得奇怪，問荀攸：「大晚上的怎麼會有烏鴉？」

荀攸看看月亮，笑道：「今天是十五，月亮特別圓，照得天空特別亮，烏鴉以為天亮了，就離巢而飛。」

曹操這時已經喝得有點醉，聽完荀攸的解釋，不禁放聲大笑，起身取出自己的槊，將酒爵中的美酒倒入長江，一連倒了三杯，然後舉著槊，對著眾將士朗聲笑道：「我用這支槊打敗了黃巾、呂布、袁術袁紹，又深入塞北，直抵遼東，不負大丈夫的雄才大志！今夜我深有感慨，作了一首歌。」

說罷，他開始慷慨激昂地唱道：「對酒當歌，人生幾何。譬如朝露，去日苦多……」

這便是著名的橫槊賦詩，而曹操所作的歌則是《短歌行》。這首歌實為一首求賢歌，表達了曹操渴求人才，希望天下英才都能歸順自己的心願。

曹操是一個軍事家，但他的另一個身分是文人。文人多愁善感，只不過在曹操身上添了一份果斷和英氣。在北征烏桓之前，他也即興賦詩一首《觀滄海》，用以抒發自己內心的志向。他的詩歌樸實無華，卻又氣魄恢宏，是建安文學的最典型代表。

【說文解惑】

曹操一手打造了建安文學，他博覽群書，在文學、書法、音樂等領域均有卓越的才藝。他的詩歌現存二十多篇，均為樂府詩體，此外他還著有不少散文。他對兵法的研究也頗有心得，曾給《孫子兵法》注釋，寫成《孫子注》，這些軍事策略對他的征戰有著很大的幫助。

除了曹操外，他的兩個兒子也是大文學家。曹丕的代表作為《燕歌行》，表達了一個婦人對在遠方作戰的丈夫的思念，這首詩促進了七言詩

的發展。他所著《典論》當中的《論文》，是中國文學史上第一部有系統的文學批評專論作品。

曹植的文學功底遠在哥哥曹丕之上，是建安時代成就最大的文人，因任性而失掉了太子之位，最後抑鬱而終。

曹植的詩歌詞藻華麗，對仗精密，開篇即氣勢雄渾，展現出五言詩的至高境界，代表作是《洛神賦》。

【朝花夕拾】曹植七步成詩

曹操死後，曹丕繼位，因擔心弟弟曹植對自自己的權力構成威脅，就找了一個藉口將曹植抓了起來。曹丕母親卞氏替曹植求情，曹丕才答應放曹植一條生路，但又提出一個苛刻條件，要曹植在七步之內做出一首詩，否則還是要砍他的頭。

曹植不愧是才子，他走了幾步，脫口而出：「煮豆持作羹，漉菽以為汁。萁在釜下燃，豆在釜中泣。本自同根生，相煎何太急？」曹丕聽聞，除了無可奈何外，也心生一絲愧疚，只好放了曹植。

東晉著名畫家顧愷之依據《洛神賦》，畫了《洛神賦圖》，其中最感人的一段描繪是曹植與洛神相逢，但是洛神卻無奈離去的情景。

16 傾世一曲人終散
竹林七賢

青翠的竹林裡飄出一縷清音，如流水般純淨，琴聲時而激烈歡愉，如急流的溪水；時而低沉悲涼，如浩瀚的江海。在忽快忽慢的迴轉之間，無限孤寂之意久久在林間徘徊。

「是《廣陵散》！」竹林外，一個清瘦的中年人一直聽完才感慨地說，他的眼睛裡有敬佩之光，但也隱含著擔憂之色。

果然，當他進入竹林後，發現老友嵇康衣衫凌亂地靠在一棵大樹旁，正在呼呼大睡，一滴滴殘餘的美酒從嵇康手中的酒壺中滑落，滴在溫潤潮溼的草地上。

中年人小心翼翼地喊了聲：「嵇康，醒醒，我是山濤！」可是令他失望的是，嵇康始終一副爛醉如泥的模樣，怎麼叫都叫不醒。

山濤沒有辦法，只得坐在嵇康旁邊，耐心地等待對方清醒。他知道嵇康是在裝睡，剛才還能意識清醒地彈琴，怎麼可能現在就爛醉如泥呢？

山濤開始回憶起當年，他與嵇康、阮籍、向秀、劉伶、王戎、阮咸七人整日在竹林深處交遊，被人們稱為「竹林七賢」。

那段難忘的日子裡，嵇康撫琴，奏《廣陵散》，阮籍拿把鋤頭說：「要是我今日死了，就把我就地埋了！」其他人則一邊舉酒狂飲一邊癲狂作詩，直至酩酊大醉。

可是山濤沒有喝醉過，事實上，他非常清醒，雖然他與另外六人在文學上的見解一致，但他內心卻希望自己能夠建功立業，於是他投靠了奪權的司馬昭，並受司馬昭囑託，前來勸說嵇康做官。

這不是他第一次來遊說嵇康，可惜沒有一次能成功，而嵇康更在他歸

順朝廷後怒髮衝冠，寫下《與山巨源絕交書》，宣布與山濤斷交。

嵇康過了好久才醒過來，山濤急忙討好地告訴他，司馬昭想招他做女婿。誰知嵇康非但不領情，還把山濤罵了一頓，讓山濤沮喪不已。

司馬昭得知嵇康如此「頑劣」，終於忍無可忍，把嵇康抓進大牢，給他定了一個罪名，就要將其擇日問斬。

嵇康畫像

行刑的那一天，天地無色，人們睜大悲哀的眼睛，木然地看著關在囚車裡的嵇康被押赴刑場，等待死亡到來的那一刻。

「嵇康，你可有話要說？」司馬昭耀武揚威地問道，言語之間既驕傲，又含著某種暗示。

可是嵇康卻連正眼也不瞧他一眼，慷慨陳詞道：「要殺便殺！」

「哼！那我就成全你！」司馬昭的眼中放出一星寒光，未幾，他又冷笑道：「臨終前，你可有什麼心願未了？」

嵇康瞇著眼睛，沉吟道：「有！」

「啊？什麼？」司馬昭大喜，以為抓住了對方的弱點。

孰料嵇康慢悠悠地說：「給我一把琴，我想再彈一曲。」

司馬昭氣得吹鬍子瞪眼，悻悻地讓侍衛取出一把琴交給嵇康。

嵇康手撫那絲絲琴弦，深吸一口氣，往事千頭萬緒，齊齊在他腦海中翻滾。當年，他因不滿司馬氏篡權奪位，佯裝癲狂，有意避開朝廷是非，可嘆他名氣太大，終究躲不過這殺身之禍。

《廣陵散》的曲調在刑場的上空久久縈繞，隨著劊子手的刀光一閃，

溫熱的鮮血染紅了潔白的琴弦。

　　從此，世間再無嵇康，再無《廣陵散》。

【說文解惑】

　　竹林七賢生活在動盪的魏晉時期，以阮籍和嵇康為首的七位文人聚集在河南山陽縣的竹林裡，飲酒作詩，藉機避世。他們的文風是建安文學的延續，但因當時的政治高壓，竹林七賢的風格偏隱晦壓抑，多用比喻、象徵、神話等手法來表明自己的思想。

晚清畫家任伯年所繪的《竹林七賢圖》

　　嵇康被殺後，阮籍、向秀被迫出仕，但不受重用；劉伶堅決反對晉朝統治，被罷黜；山濤和王戎則明哲保身，成為晉朝一代重臣。

【朝花夕拾】嵇康與鍾會的恩怨

　　鍾會是曹魏大臣，書法家鍾繇之子，年少得志，十九歲入仕，二十九歲時就已進封為關內侯。

　　他撰寫完《四本論》時，想求嵇康一見，可是又怕嵇康看不上，情急之中，竟「於戶外遙擲，便回怠走」。顯赫後的鍾會再次造訪嵇康，嵇康不加理睬，繼續在家門口的大樹下「鍛鐵」，一副旁若無人的樣子。鍾會覺得無趣，於是悻悻地離開。嵇康在這個時候終於說話，他問鍾會：「何所聞而來，何所見而去？」鍾會回答：「聞所聞而來，見所見而去。」鍾會對此記恨在心。

兩袖清風尋桃源
田園詩鼻祖陶淵明

「縣令大人！我家老爺已到館舍，請您過去參見！」一位神色傲慢的官吏正昂著頭抑揚頓挫地發話，雖然他的地位微不足道，可是觀其表情，竟似一個了不起的大人物。

他面前的那位縣令卻不以為然，甚至可以說是極為不屑，反而慢悠悠地說：「知道了。」說罷，縣令很不情願地派人去叫馬車，準備去見官吏口中所說的那一位神聖的督郵。

豈料，他剛走了兩步就被官吏攔住，官吏翻著白眼，皮笑肉不笑地「勸」道：「還請大人自重！我家大人要求見面穿官服、束大帶，不然失了體統，可是要問罪的！」

此時，縣令忍無可忍，怒吼一聲：「我怎能為了五斗薪俸，就低聲下氣去向這些小人賄賂獻殷勤呢？」聲音之大，把狐假虎威的官吏嚇了一跳。

這位縣令就是有名的田園詩人陶淵明，此時距他新官上任不過八十一天，可是他已經對官場的腐朽非常厭惡。他多次在睡夢中夢見自己又回到了那片菜園中，種完田後提著竹籃去山上採菊花，然後回家品一杯香茗，日子過得不知有多逍遙自在，比在爾虞我詐的仕途上提心吊膽要強得多。

眼前，官吏見陶淵明竟敢爭鋒相對，頓時十分不悅，正要呵斥對方，卻見陶淵明憤然捧出官印，重重地交到官吏手裡，喝道：「請交給督郵大人，小人已無需使用此物！」

這下，欺軟怕硬的官吏傻了眼，趕緊花言巧語地勸陶淵明收回心意。

可是陶淵明不肯改變初衷，他堅決寫了辭官信，然後帶著不多的行李，揮一揮衣袖，瀟灑地離去。

他重新回到了田園生活中，每日躬耕自資，雖然辛苦，也算能豐衣足食。因為他的宅院旁邊有五棵柳樹，被人們尊稱為「五柳先生」，演變到後來，「五柳」就成為高人隱居之地的別稱了。

不過，陶淵明始終是個有理想有抱負的文人，早在青年時代，他就發出「大濟蒼生」的感慨，可惜世事多舛，東晉朝政腐敗，對外一味妥協退讓，對內則官官相護，打壓中小地主階層。陶淵明的祖上只有一人當過太守，隨後家族就逐漸衰落，根本無力擠入仕途，這一切註定了陶淵明的壯志只能是場夢。

儘管如此，陶淵明依舊十分關注國事。西元四二〇年，劉裕廢晉恭帝，建宋朝，改年號為「永初」，晉朝滅亡，南朝開始，聽到此消息的陶淵明心如刀割。

第二年，劉裕又耍陰謀害死晉恭帝，徹底斷了陶淵明復晉的希望。

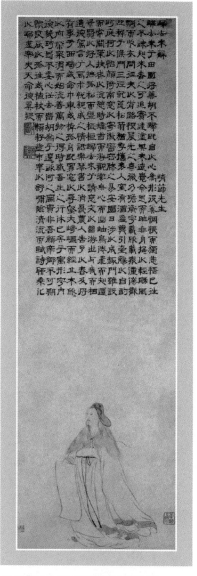

明朝畫家王仲玉所畫的《陶淵明像軸》，畫中的陶淵明瘦骨清健，仙風道骨，頗有隱者之風。

陶淵明對劉裕政權十分痛恨，卻又無法改變，因而陷入深深的苦惱之中。

有一天晚上，他帶著滿腹哀愁進入夢中，竟做了一個奇異的夢。在夢中，他乘船進入了一片桃花林中，因為沿途景色十分秀美，他就一直往前走，走到最後發現了一座山，山上有個山洞，在好奇心的驅使下，他鑽入山洞，結果出洞後發現了一處人間仙境。

在那裡，人人安居樂業，就算家門不關也不會發生偷竊事件，這豈不是一直以來他所追求的太平天下嗎？

他在仙境裡待了一段時間後就回去了，在回家的路上，他沿路做標記，以為下次還能再找到這處世外桃源。誰知第二年，當他去找桃源時，卻怎麼也找不著入口了，他很著急，不停地找啊找，結果一激動，就從夢中驚醒了。

陶淵明摸著額頭上的汗，唏噓不已，他心裡明白，在自己有生之年，世外桃源永遠只能在夢中出現了。他覺得遺憾，又難以割捨對桃源的嚮往，乾脆從床上爬起，拿起筆和紙，用優美的筆觸記錄下了這個美夢。

於是，《桃花源記》應運而生，這篇帶有奇幻色彩的散文為世人描繪出一片安樂祥和的盛世，寄託了陶淵明對未來的展望，也滿足了後人對美好生活的瑰麗想像。

【說文解惑】

陶淵明，又名陶潛，號「五柳先生」，是東晉南朝更替時代的大文學家。因喜歡田園，其作品多圍繞田園生活展開，如《飲酒》、《歸園田居》、《桃花源記》、《歸去來兮辭》等。

他是田園詩派的創始人，也是中國歷史上第一個大量寫飲酒詩的詩

人，平生最喜歡菊、柳等象徵高尚氣節的植物，並寫有著名詩句：採菊東籬下，悠然見南山。

在長期的勞動中，陶淵明對平民百姓產生了深深的同情，在他晚年時，雖窮困卻拒絕權貴虛偽的饋贈，展現出「君子如菊，篤行高潔」的高貴品格。

【朝花夕拾】陶淵明的身後事

陶淵明去世後，他的至交好友顏延之，為他寫下《陶徵士誄》，給了他一個「靖節」的謚號。顏延之在誄文中褒揚了陶淵明一生的品格和氣節，但對他的文學成就，卻沒有充分肯定。梁朝的昭明太子蕭統，對陶淵明的詩文相當重視，愛不釋手。他親自為陶淵明編集、作序、作傳，使《陶淵明集》成為中國文學史上文人專集的第一部，意義十分重大。

18 才高遭人嫉
山水派詩人謝靈運

在東晉和南朝初期，有兩大文學家不能不被提及，一個是田園派詩人陶淵明，另一個則是山水派詩人謝靈運。

說起謝靈運的才華，可說是譽滿京師，而謝靈運則對自己有個更高的評價，他曾在酒席上自誇：「魏晉以來，天下文人之才共有一石，其中，曹子建獨佔八斗，我得一斗，天下其他的人共分一斗！」

石是古代計量單位，一石等於十斗，謝靈運因為讀完《洛神賦》後特別崇拜曹植，就提高了曹植的文學地位，其實他與對方的文采不相上下。

謝靈運恃才傲物，難免會遭人嫉恨。他出身於貴族家庭，祖父謝玄曾在淝水之戰立下赫赫戰功，母親是書法家王羲之的外孫女。謝靈運自小就在詩書氣息濃厚的顯赫世家長大，也許這一輩子都不會為地位和財富發愁，可是誰又能想到最後的結局會以悲劇收場呢？

宋武帝劉裕奪取了政權後，很欽佩謝靈運的才氣，就邀他上京為官。當時，謝靈運的內心充滿了雄心壯志，意圖在朝廷上大展宏圖，可是新政權卻始終對那些東晉降臣心存芥蒂。

謝靈運來到京師後，發現皇帝嘴上說著好話，私底下只把他當成一個文學侍從，不由得氣憤至極，以上那段自負的話，也間接地表達出謝靈運的一腔怨氣。

既然不受朝廷重用，謝靈運乾脆就放蕩不羈起來。他對工作怠忽職守，整日沉醉於山水遊樂之間，還結交了一幫志同道合的士族，一起痛罵劉宋政權排除異己的卑劣行徑。他曾從始寧南山伐樹開路，直到臨海，跟隨的有幾百人，臨海太守王琇很吃驚，以為是山賊，最後知道是謝靈運才

安下心來。

謝靈運的言行很快被嫉妒他的大臣徐羨之、傅亮得悉，徐羨之等人立刻向朝廷彈劾謝靈運。皇帝對不聽話的謝靈運大為不滿，就將他貶黜永嘉，不得回京。

三十八歲那年，謝靈運在一個蕭瑟的秋日趕赴永嘉上任，此時的他已對建功立業之事徹底灰心，到永嘉後也依然遊手好閒，最愛帶著一幫文人浩浩蕩蕩遊玩於荒野，探奇攬勝。

當時，由於酷愛旅遊，謝靈運還不顧生命危險攀岩絕壁，竟在不經意間成為中國攀岩運動的先驅者。多年的遊歷經驗，讓他的靈感噴薄而出，使得他的山水詩成就達到高峰。

謝靈運還喜歡與一些得道高僧來往，從中悟到很多禪修之道。

巧的是，會稽太守孟青也是個虔誠的佛教徒，謝靈運看不起他，曾經不客氣地對他說：「要想得道必須具有慧根，您升天肯定在我的前面，而成佛必然在我的後面。」

結果，孟青懷恨在心，專程跑到宋文帝面前告謝靈運的狀，而罪名竟然是大逆不道

清朝畫家上官周所畫的《廬山觀蓮圖》，描繪東晉僧人慧遠於廬山結社，與當時文人交往。圖中人物主要是謝靈運、慧遠，四人神態各異，而無不細緻生動，十分傳神。

的謀反。

謝靈運得知後，罕有地慌了神，急忙策馬赴京向皇帝澄清事實。

宋文帝不是傻子，怎會不知道謝靈運是被誣告的呢？可是他並不欣賞這個恃才傲物的詩人，在他的眼裡，皇權才是最重要的，一個詩人，即便聞名全國，如果不能表忠心，還要他做什麼？

宋文帝雖未降罪謝靈運，卻因擔心他與浙東的士族犯上作亂，便將他安排到臨川擔任內史。

此刻，謝靈運仍在遊山玩水，可是他的內心，或許已經隱隱感覺到危機的來臨。很快，他被有關部門所糾彈，司徒派遣使者隨州從事鄭望生拘捕了謝靈運。這次，謝靈運沒有順從，他被逼得走投無路，終於產生了造反的念頭。然而朝廷的官兵馬太過強大，他很快就被捉了回來。

緊接著，又有官員進讒言稱，謝靈運同黨糾結叛亂部隊，要助謝逃跑。宋文帝再也沒有耐心去分辨真偽，乾脆就趁此事件將謝靈運處死。

於是，承受著巨大冤屈的謝靈運早早地結束了自己的四十九年生命，讓世人無限唏噓。

【說文解惑】

謝靈運是中國山水詩的開創者，他真正的詩歌創作時期是在赴永嘉擔任太守的那一年，當時，謝靈運三十八歲，寫出《過始寧墅》、《富春渚》、《遊嶺門山》、《登池上樓》等一系列優秀詩篇。

用一年的時間就寫出了比過去十年都多的作品，足見其才華橫溢。

謝靈運的詩歌與南宋文學家顏延之齊名，被後人稱為「顏謝」，他的詩清新自然，意境新奇，且融入了感情，因而能讓讀者感同身受。他的風格被後世很多文學家所借鑑，《滕王閣序》的作者王勃就揮筆寫下「鄴水

朱華，光照臨川之筆」的句子，讚歎曾是臨川內史的謝靈運。

第四章

中國文學的兩顆明珠

一 唐詩宋詞

19 自古風流出少年
《滕王閣序》

王勃畫像

有句名言，叫做出名要趁早。

在初唐時期，有四位著名的詩人——王勃、楊炯、盧照鄰、駱賓王，他們被人們稱為「初唐四傑」，其中王勃的年齡最小、成就最大，真可謂是自古風流出少年。

王勃寫文章從來都是一氣呵成，他還有個習慣，就是在寫作之前先磨好墨，然後喝一頓酒，喝醉之後便上床呼呼大睡。當他醒來後，卻下筆如有神助，能夠一字不改地將文章寫完。據說，這是因為他在睡覺的時候已在心裡打了腹稿，所以才會有如此高的創作效率。

王勃還在幼年時期，便被人們譽為「神童」。相傳，他在六歲時就能構思文章，因為過於聰明，還是少年的他引起了朝廷的注意，順利地獲得了朝散郎這一文職。

西元六七五年，王勃在探親途中路過江西南昌，恰逢都督閻伯嶼在滕王閣舉行重陽節宴會。滕王閣為唐高祖之子李元嬰所建，李元嬰是滕王，所以閣樓的名稱由此而來。

此次閻伯嶼將滕王閣重新整修一番，除了保護古蹟外，他還有個私心，就是想讓自己的女婿吳子章一舉成名。

吳子章是一個腹中頗有點墨水的文人，很得閻伯嶼賞識，可惜仕途一直不順，令他很受打擊。閻伯嶼出了個主意，他讓女婿先準備好一篇出色的文章，然後廣邀高官達貴，要讓女婿在宴會這一天一鳴驚人。

吳子章心領神會，立刻鑽進書房翻閱典籍，用了十幾天的時間，終於

77

作出一篇自認為非常出色的文章，並爛熟於心，以為可以萬無一失。

當宴會開始後，閻伯嶼先對著滿座高朋寒暄了一番，然後巧妙地切入正題：「如此良辰美景，各位何不即興寫下一篇詩文來助興？」說完，他便命令奴僕端出文房四寶，請賓客動筆。

世上真正的有才之士並不多，有幾個能即興發揮呢？賓客們紛紛謝絕閻公的美意。

正當閻伯嶼得意洋洋，想讓女婿一展才藝時，卻瞥見年輕的王勃伸手拿起了毛筆，一副要創作的模樣。

閻伯嶼大為不悅，覺得王勃在搶風頭，就氣沖沖地去了更衣室，吩咐僕人把王勃寫的即時通報給他。

吳子章倒沒走，他很好奇王勃在來不及思考的情況下能寫出什麼文章，便仔細觀察對方的一舉一動。

只見王勃望著眼前的漳江，稍一思索，開始氣定神閒地落筆道：「南昌故郡，洪都新府。」

閻伯嶼聽後不屑一顧，譏笑道：「老生常談而已，就敢如此賣弄！」

不一會兒，又有僕人來報：王勃寫下「星分翼軫，地接衡廬」。閻伯嶼緘默。

隨後，奴僕們一次次來報，閻伯嶼的心情也跟著一次又一次地震驚，終於，當報到「落霞與孤鶩齊飛，秋水共長天一色」時，閻伯嶼已是滿腔喜悅，由衷地讚歎道：「真乃人才也！」

此刻，滿堂賓客也被王勃的才情所傾倒，紛紛發出讚譽之聲。

【説文解惑】

王勃，籍貫山西，初唐傑出的詩人，他的祖父王通是隋朝的著名學

明朝唐寅所畫的《落霞孤鶩圖》，表達了他羨慕王勃的少年得志，為自己坎坷的遭遇鳴不平。

者，從祖上三代起，王家便是名門望族、書香門第，王勃受家族影響，自然也熱愛詩文。

　　王勃的詩文清新剛健，主題也不再侷限於宮廷，他與楊炯、盧照鄰、駱賓王一起推動了詩歌的創新，為唐朝詩歌的繁榮昌盛奠定了基礎。可惜，這樣一位天才，卻在二十六歲南下探親時，不幸溺水身亡。

【朝花夕拾】序詩風波

　　相傳，王勃寫完《滕王閣序》後，吳子章（有過目不忘之才）見自己被搶風頭，大怒，譏諷王勃詩作是抄襲自己的。

　　他見閻大人和眾名士不信，當眾將《滕王閣序》一字不落地背出來。

　　王勃毫不驚慌，反問道：「吳兄過目不忘，令人佩服，但這首詩末尾還有序詩嗎？」吳子章不能答，只見王勃起身揮墨，文不加點，寫下一首序詩：

滕王高閣臨江渚，佩玉鳴鸞罷歌舞；畫棟朝飛南浦雲，珠簾暮卷西山雨；閒雲潭影日悠悠，物換星移幾度秋；閣中帝子今何在，檻外長江空自流！

20 時乖命蹇的四大才子
「初唐四傑」的悽慘遭遇

唐朝大詩人杜甫曾寫過一首評論詩，來評價「初唐四傑」：王楊盧駱當時體，輕薄為文哂未休。爾曹身與名俱滅，不廢江河萬古流。

這首《戲為六絕句》的意思是，四位詩人王勃、楊炯、盧照鄰、駱賓王的詩文風靡一時，卻遭到初唐一些無知之輩的恥笑，然而經過時間的考驗，當初那些譏笑四傑的人已經被人們淡忘，而四傑卻如滔滔江流，以排山倒海之勢一往無前。

從中可以窺出王勃等四人在初唐時期遭遇的尷尬場面了，儘管他們是詩壇流行的風向球，卻一直不為主流文壇所接受，而他們的身世也幾多坎坷，令後人唏噓。

西元六四一年，二十二歲的駱賓王意氣風發地上京趕考。他自恃才華橫溢，對這次考試非常有信心，在策馬進京的途中，他看著沿路的綠樹紅花，不禁對未來浮想聯翩，朗聲頌道：「且知無玉饌，誰肯逐金丸！」

是的，他覺得自己若不是處境艱難，怎會追名逐利！

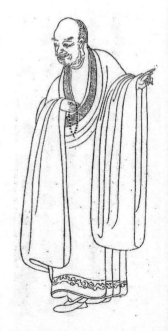

駱賓王畫像

怎知在那個時代，光有才氣而無背景是不能出頭的。駱賓王到京城後，只顧著飽覽洛陽風光，整日在名勝古蹟中徜徉，卻壓根兒就沒想到與此同時，那些考生正在拼命地給考官塞紅包拉攏感情，他還以為憑自己的才識，一定能金榜題名。

命運很快給這個狂妄的才子來了個沉重的打擊，他名落孫山了！

駱賓王頓時手足無措，他滿腹愁緒，不知該如何面對將來的困境。

駱賓王的家境並不富裕，本指望靠著這一次科舉考試謀個官職，以擺脫寄人籬下的生活，可是現在，一切都完了。

最終，駱賓王決定投靠親友，此時的他已沒有剛進京時的好心情，他在南下的路上發出感慨：「莫言無皓齒，時俗薄朱顏！」

雖有滿腹經綸卻無權貴關係，這是初唐四傑的悲哀。

幾年之後，駱賓王終於出仕，卻因性格剛烈而備受官員們歧視，即使他得到李淵之子李元慶的青睞，也不能在官場一帆風順。

心高氣傲的駱賓王無法裝出一副阿諛奉承的嘴臉，他乾脆提出辭呈，從此過著閒雲野鶴、自耕自助的生活。

然而在封建社會，自給自足哪有那麼容易呢？駱賓王越來越窘迫，連飯也快吃不到了，在一個秋風蕭瑟的夜晚，當他聽說有一個好友病逝後，不禁悲從中來，流淚說出一句「哀命返窮途」。

他快窮途末路了，而老母也臥床不起，急需要錢來貼補家用。駱賓王不得不低下驕傲的頭顱，四處求人想謀個一官半職。

四十九歲那年，他重新入仕，雖還不算年老，卻已頭髮花白了。誰知，新一輪的不幸又開始，他跟隨徐敬業討伐武則天，兵敗後失蹤，再也無消息。

此時，王勃已經溺水而死；盧照鄰因服丹藥中毒癱瘓，後投水自盡；楊炯雖然做了一個小官，卻挨罵最多，也一直鬱鬱寡歡。

「初唐四傑」一生落魄，在偌大的唐帝國，竟無立足之地。

直到唐朝晚期以後，文壇才對四傑做了中肯的評價，王勃等四人的文風雖未完全脫離奢靡氣息，卻有了很大進步。王勃和楊炯規範了五言詩的韻律，盧照鄰和駱賓王的詞賦則氣勢磅礴。四人的駢文雖然依舊華麗，卻增添了許多靈動之氣，是中國詩壇當之無愧的革新代表。

【說文解惑】

南北朝時期流行豔俗文風，如隋煬帝、陳後主都喜歡以寫詩來炫耀自己的才學，但南朝的風格奢俗浮華，內容往往充滿低級趣味，不足以代表詩歌的最高成就，此時，「初唐四傑」應運而生。

四傑均出生於中下層地主階級，他們性格剛烈，不願趨炎附勢，卻又因個人理想，不得不躋身官場。

明朝貢生陸時雍曾讚美道：「王勃高華，楊炯雄厚，照鄰清藻，賓王坦易，子安其最傑乎？調入初唐，時帶六朝錦色。」

【朝花夕拾】玉饌是什麼？

饌指食物，玉饌便是指如玉般珍貴的美食。典故來自晉朝左思的《吳都賦》：「矜其宴居，則珠服玉饌。」饌和饈的意思相當，但饈一般不單獨使用，也可說成「珍饈美饌」。

21 唐朝第一位炒作大師
積極進取的陳子昂

「飛飛鴛鴦鳥，舉翼相蔽虧。俱來綠潭裡，共向白雲涯。音容相眷戀，羽翮兩透迤。蘋萍戲春渚，霜霰繞寒池。」

在一個秋風送爽的季節，川蜀之地仍是一派良辰美景，年方弱冠的梓州書生陳子昂被滿目的翠綠所吸引，不禁詩興大發，詠嘆起來。

幾日後，他就要渡過三峽，遠赴長安為科舉考試做準備。他覺得自己僅用短短兩年的時間便涉獵百家，學識不在父親之下，來年一定能雁塔留名，不負家人的期望。

有意思的是，才子們的設想總是跟現實相反。

到達長安後，陳子昂入唐朝的最高學府國子監學習，第二年春天，他信心十足地步入考場，滿以為功名在手，卻沒想到自己居然沒有考中。

大失所望之下，陳子昂只好回鄉，他不信自己真的不如他人，便又用了幾年時間飽讀詩書，逐漸變成一個學富五車的才子，並在鄉鄰之間名氣大增。

於是，他又去參加科考，滿以為這次萬無一失了，命運卻再度將他扔進沮喪的深淵。

又是沒中！

自古以來，才子在困境中反而能發揮出過人的能力，陳子昂也不例外，他開始想方設法謀求成名之路。

陳子昂畫像

也許是時來運轉，有一天，陳子昂走到了長安的古玩一條街，看見有個人正在叫賣一把古琴，便走上前問賣琴的人：「這把琴值多少錢？」

賣琴的是一個中年男子，欺陳子昂是外鄉人，就獅子大開口，索價百萬。

圍觀的富豪們口中發出「嘖嘖」的驚歎之聲，準備四下散去。正當這個時候，陳子昂卻擲地有聲地來了一句：「好！成交！」

眾人哂笑起來，覺得這個書生不過是個傻瓜而已。陳子昂目不斜視，爽快地付了一千緡，然後捧著琴昂然離去。

幾天後，陳子昂廣邀長安城中的富豪名人，說要舉行一場古琴的試音會。本來陳子昂斥鉅資買了一把不值錢的琴已成為笑談，眼前他竟然還要開試音會，讓全城的人都為之竊竊私語，巴不得試音會早點開始。

當天，陳子昂又器宇軒昂地攜琴而來，正當大家翹首以盼他的彈奏時，卻見他出其不意地拿出一把鐵錘，將古琴砸得粉碎。

眾人頓時驚訝極了。

陳子昂趁此機會，慷慨陳詞：「我陳子昂入京以來，寫詩有數百首，卻無人賞識！這把琴不過是低賤樂師的工具，竟讓大家如此關心！」

說罷，他將自己的詩文發給眾人，一時之間，他的作品在長安城內家喻戶曉，連唐高宗李治都有所耳聞。

不久，陳子昂再度應試，這次終於天遂人願考中了進士。

【說文解惑】

杜甫評價陳子昂「名與日月懸」，而白居易與元稹之所以會關心民生，也是受了陳子昂的影響，白居易則認為陳子昂可與杜甫相媲美，「杜

甫陳子昂，才名括天地。」

　　青年時代的陳子昂頗有愛國熱情，他曾經習武，在誤傷別人之後才棄武從文。他在出仕後被武則天賞識，一度官任右拾遺，在任期間，寫過很多反映邊疆百姓苦難的詩文，表現出對民情的關心和擔憂。

　　後來，陳子昂回鄉為父守孝而遭奸人陷害，冤死獄中。

古讀書臺

　　迄今，陳子昂年輕時讀書的學堂仍有留存，起初名為拾遺堂，在中唐時拾遺堂毀於戰火，宋嘉裕年間重建，如今被稱為陳子昂讀書台，現位於四川省金華山上。

【朝花夕拾】「緡」如何計量？

　　緡本來指的是串銅錢的繩子，另外也可指姓氏。在古代，一緡通常為一千個銅錢，而一枚銅錢稱為一文，所以一緡就有一千文。

22 等待千年的絕美孤篇
《春江花月夜》

在唐朝文學史上，有一位詩人，僅憑一首詩歌便成功打入文學大家的行列，且兩千年一直被冠以「孤篇蓋全唐」的美譽。

這個詩人叫張若虛，所寫的詩歌名為《春江花月夜》。

《春江花月夜》創作於初唐時期，為何會在詩壇上豔壓群芳呢？這還得從當時詩歌的風格說起。

初唐的詩歌繼承了南朝的文風，奢華空洞、內容雷同。以王勃為代表的「初唐四傑」好不容易給僵死的文壇帶來一絲活力，卻被名將裴行儉看不起。

裴行儉評價說：「做官的人要達到遠大的志向、職位、前途，就要把度量見識放在首位，把文學技藝放在其次。像王勃等人雖然富有文才，但輕浮急躁，愛賣弄誇耀，哪裡是享有爵位俸祿的人呢？楊炯比較穩重謹慎，可以當到縣令，其餘的人都不會善終。」

於是，王勃等人只能在主流文風的夾縫中生存，而繼承了南北朝詩風的宋之問等宮廷寵臣則掌握了詩歌的話語權。

雖然宋之問寫出了「近鄉情更怯，不敢問來人」這樣的佳句，但總體而言，宮廷詩的成就並不大。

有意思的是，唐太宗李世民雖然愛才，態度卻不甚堅定，使得民間詩人一直無法出頭。如詩人張昌齡備受李世民賞識，卻屢試不第，李世民問主考官原因，考官回答：「文風浮誇，不能成才。」李世民竟不再追問了。此時，詩人張若虛的《春江花月夜》恰好在這樣一個急需創新的時刻誕生。

《春江花月夜》的形式與樂府詩截然不同，吸收了南方民歌的特點，

又成功採用了新詩格律，並在唐朝第一次探索了詩篇中小組轉韻結合長篇的技巧，三者的結合恰到好處，為後人提供了一個新詩的樣本。

而《春江花月夜》的意境也與眾不同，它由景及人，在寫完春江花月的景色後，筆鋒一轉，闡述了月夜下的愁緒。是啊，春江有明月的陪伴，甚至江邊的芳甸也有江水的偎依，為何夜空下的人卻形單影隻，顯得那麼孤單？

照理說，如此優美的詩篇，應該早就家喻戶曉了，可惜，作者張若虛的生平事蹟鮮有記載，而他的詩作，流傳至今的也僅有兩首。甚至是從唐朝至元朝，他的詩作幾乎沒有機會流傳下來，而《春江花月夜》要不是被宋人當成樂府詩進行收錄，大概早已湮沒在歷史的浩渺塵煙中。

一千年後，機遇突然降臨。

明嘉靖年間，「後七子」領袖李攀龍收錄了《春江花月夜》，隨後，明朝每一次編撰詩集，都會將《春江花月夜》摘錄進去。

至清朝，一些知名的書評人，如季振孫、徐增、沈德潛、管世銘等不僅

春江圖

收錄《春江花月夜》，還發表了很多評論，令張若虛名氣大增。清末學者王闓運稱《春江花月夜》詩「孤篇橫絕」、「宋詞和元詩也不過是它的支流而已」，將《春江花月夜》提升到一個史無前例的地位。

正是因為這番評論，《春江花月夜》的「盛唐第一詩」、「春風第一花」等美譽才一直流傳至今。

【說文解惑】

《春江花月夜》的作者張若虛生平資料頗少，僅有的記載是江蘇揚州人，其文采雋永，與賀知章、張旭、包融並稱「吳中四士」。

張若虛的風格清麗，韻律婉轉，完全迥異於宮廷詩的豔俗脂粉氣，而能帶給人澄澈空明的感覺。

舉例來說，《春江花月夜》詩中有一句「空裡流霜不覺飛，汀上白沙看不見」，意思為江面上空皎潔的月色白如凝霜，竟讓草叢上覆蓋的白霜看不出來，在明月的照耀下，江畔平地上的白沙融在了月光裡，令人無法察覺。單憑這一句詩，便可感覺語境的柔美，何況全詩。

【朝花夕拾】「春江」的出處

《春江花月夜》意境優美，引發後人浮想聯翩：這春江到底是取自哪裡的景呢？有學者認為取自揚州南郊的曲江，因詩中寫有漲潮、落潮的畫面，而曲江的廣陵潮是唐朝一大奇觀，故有此說；有學者認為是取景自有「長江運河第一古鎮」美稱的瓜洲；還有學者則判斷是揚子江畔的大橋鎮，大橋鎮在唐朝瀕江臨海，故能同看江海。

糊塗一時挽回一命
山水田園詩人王維

王維是盛唐時代的一位山水田園詩人，在二十一歲時就中了進士。然而，此後卻因為時局動盪，一直未能施展治國的抱負，隨著時間的流逝，他的一腔熱情逐漸冷卻。

一晃二十多年過去了，王維已從一個熱血青年變成一位略顯頹廢的中年詩人。他知道壯志難酬，乾脆就買下初唐詩人宋之問在南藍田山麓的別墅，安心隱居起來。

碰巧，另一位隱居在終南山的詩人裴迪住在王維家附近，並且也是山水田園詩人，二人均因仕途不順而選擇隱居，所以頗有共同語言，經常在一起散步賞竹、飲酒賦詩。

王維為表達對裴迪的情誼，還作了一首《輞川閒居贈裴秀才迪》贈與對方，其中一句「復值接輿醉，狂歌五柳前」展現出兩位詩人狂放不羈的豪情。

王維的畫作―《輞川圖》，藏於日本聖福寺。

可見，徜徉在山水間，醉笑人間荒唐事，是何等快哉！

快樂的時光並未持續多久，西元七五五年，安史之亂爆發，安祿山素來崇拜王維的才能，就強迫王維為自己做事。

王維性情溫和，他無法激烈地對抗安祿山的偽政權，只好裝糊塗，假意順從，暗地裡卻服用了一種啞藥，使自己暫時不能說話。

多疑的安祿山當然不相信王維真的啞了，他勃然大怒，但又找不出證據，只好將王維監禁在洛陽的菩提寺裡。

裴迪聽說此事後，不顧生命危險前來看望好友。王維熱淚盈眶，他覺得此生有這樣一個知己也足夠了！

在寺裡，裴迪對王維痛訴偽政權的劣行，說有宮中的樂師被迫在凝碧池邊一邊流淚一邊為安祿山彈奏古琴。王維聽後非常氣憤，當即作詩《凝碧池》，表達自己忠於李家王朝的決心：萬戶傷心生野煙，百官何日再朝天？秋槐葉落空宮裡，凝碧池頭奏管弦！

誰也沒有想到，這首詩後來竟救了王維一命。

安史之亂平息後，曾任過偽官的王維立刻被當作叛徒抓了起來，照理應當問斬，幸虧《凝碧池》傳到唐肅宗的耳朵裡，肅宗玩味再三，覺得王維實在是個身在曹營心在漢的忠臣，加之王維的弟弟向皇帝求情，王維不僅免予處分，還官至尚書右丞，也算是因禍得福了。

因為一首詩而撿回一條命，這在中國詩壇可謂絕無僅有。

王維名氣大，所受的挫折也大，他處於亂世，始終無法實現自己的抱負，是他的無奈。不過，他也因此寄情山水，作出了很多優美的山水田園詩，這倒也是命運的另一種恩賜吧！

【說文解惑】

王維，字摩詰，後人稱其為「王右丞」，他是位不折不扣的才子，詩、書、音、畫樣樣精通，現存詩篇有四百多首，代表詩作有《相思》、《山居秋暝》等。

他受禪宗影響很大，精通佛學，也精通詩、書、畫、音樂等，與孟浩然合稱「王孟」。

蘇軾評價其：「味摩詰之詩，詩中有畫；觀摩詰之畫，畫中有詩。」

【朝花夕拾】「詩佛」王維

王維出生在一個篤信佛教的家庭，在中年過著半官半隱的生活後，他開始潛心修佛，並十年如一日去聽當時著名的僧人道光禪師講禪。晚年時，他更是如僧人一般，打坐唸經，研究佛法，因此又被人們稱為「詩佛」。

24 命運和他開了個玩笑
失意才子孟浩然

　　唐朝有兩位山水田園大詩人，一位是王維，另一位就是孟浩然。

　　孟浩然與王維不一樣，後者是因仕途不順而隱居山林，前者卻是真心嚮往自由，在三十五歲之前一直耽於遊山玩水，半點功名利祿之心也沒有。

　　可惜，孟浩然的家裡並不富裕，他長期在外遊蕩，發現荷包快要癟了，才不得不收起一顆不羈的心，廣交名流，希望能在仕途有所發展。

　　聽說唐玄宗愛才，孟浩然就去了洛陽，誰知他在洛陽一待就是三年，卻連玄宗的影子都沒瞧見，不免內心愁苦，覺得前途黯淡。

　　終於，在四十歲那年，孟浩然決定參加科舉考試，以期能求得官位。讓他萬萬沒有想到的是，自己居然落榜了！

　　然而，命運總會在絕境賜予人機會，算是一種額外的補償。

　　孟浩然與王維是好友，二人經常在一起探討文學。當失落的孟浩然去王維府上尋求安慰時，唐玄宗李隆基突然降臨，令所有人驚喜不已。

　　孟浩然當然很高興，他等玄宗等了三年，終於是見到了。可是，一代才子在面對位高權重的皇帝時，竟也不禁膽怯起來。

　　王維看出好友的心思，就勸孟浩然躲在床底下，自己先去接待皇帝。

　　當玄宗落座後，王維開始對皇帝誇獎起洛陽城內的才子孟浩然來。玄宗聽得頻頻點頭，問道：「這位才子現在在哪裡？」

　　王維見願望達成，不由得微微一笑，立刻下跪，說道：「臣罪該萬死！不該欺瞞皇上，孟浩然正在罪臣的床底下！」

　　王維這麼一說，孟浩然再也不敢躲藏，只得乖乖地出來給皇上請安。

孟浩然畫像

　　玄宗打量著孟浩然，興致勃勃地說：「聽說你很有才，就讀一首你自己作的詩給我聽聽吧！」

　　孟浩然一喜，知道自己的好運就要來了。可是，他實在是太緊張了，腦海裡一片空白，口中蹦出的第一句竟是「北闕休上書，南山歸敝廬」。

　　玄宗有點驚訝，但表面上依舊平靜，而站在一旁的王維則知道事情有些不大對勁了。

　　孟浩然則繼續結結巴巴地讀道：「不才明主棄，多病故人疏……」

　　玄宗一聽「不才明主棄」這一句時，臉部表情頓時由晴轉陰，他斷然喝道：「行了行了！別讀了！我並未棄你，你為什麼要誣陷我！」說罷，怒氣沖沖地拂袖而去。

　　命運真的是給孟浩然開了一個玩笑，玄宗的來訪本是一次絕佳的出仕機會，卻被孟浩然的一句詩而搞砸了。

　　此後，孟浩然再也未能謀到官職，而他亦接受了這一現實，將全部身心重新獻給青山綠水，成為名副其實的風流隱士。

【說文解惑】

孟浩然是湖北襄陽人，因而也被稱為孟襄陽，他入仕失敗後便隱居鹿門山，遊山玩水縱情享樂。

晚年，因背上長毒瘡，吃了禁忌的食物而毒發身亡，結束了浪漫的一生。

孟浩然多作五言詩，以描寫山水田園風光和旅途心情為主，偶爾會夾雜憤世嫉俗之詞。他的詩歌題材不及王維廣泛，但情真意切，且能巧妙發掘自然之美，呈現出一派悠然淡遠的水墨畫風格。他的《春曉》、《過故人莊》均是言語質樸、膾炙人口的千古名詩。

【朝花夕拾】孟浩然的鹿門山情懷

盛唐文人喜歡將隱居掛在嘴邊，卻鮮少有人像孟浩然那樣做到真正喜歡隱居的。孟浩然視東漢名士龐德公為偶像，他希望自己能如龐德公一般隱居鹿門山，採藥而終。《夜歸鹿門山》一詩恰到好處地展現出他的歸隱心態：鹿門月照開煙樹，忽到龐公棲隱處。岩扉松徑長寂寥，惟有幽人自來去。

從天上掉落凡間的仙人
「詩仙」李白

在盛唐時代，中國文壇上出現了兩顆耀眼的明星，其中之一便是狂放不羈的李白。

李白才學過人，他自己也頗為得意，寫下過「天生我材必有用，千金散盡還復來」的豪言壯語。他不僅精通詩文，還舞得一手好劍，可謂文武雙全。

性格決定命運，這話一點也不假。

李白在二十五歲時離開川蜀，沿長江下游而行，一路飲酒賦詩，好不快哉！初生牛犢不怕虎，當他到達南京後，便立即去拜訪城中八十高齡的道士司馬承禎。

司馬承禎雖年事已高，卻是一位重量級人物，他是武則天、唐睿宗、唐玄宗三代皇帝的座上賓，說出口的話非常有權威。

他第一眼見到器宇軒昂的李白，就對這個年輕人非常欣賞，待看到李白的詩文後，更是驚歎：「有仙風道骨，可與神遊八極之表！」

李白很聰明，立刻寫了一篇《大鵬賦》，將自己比喻成莊子《逍遙遊》中的鯤鵬，能翱翔於萬里天空。

隨著他名氣增長，《大鵬賦》也流傳開來，剛剛三十歲的李白在一夕之間名滿天下。

三十三歲那年，李白去拜訪刺史韓朝宗。韓朝宗喜歡有才的人，是著名的伯樂，有一首詩這樣稱讚他：生不願封萬戶侯，但願一識韓荊州。當年，他想助仕途一直不順的孟浩然一臂之力，可是孟浩然不僅毀掉與自己

的約定，還喝得酩酊大醉，把韓朝宗氣得半死。相較之下，李白就懂事許多，自然深得韓朝宗賞識。

八年後，李白接到了唐玄宗的聖旨，這讓他的內心狂跳起來。他很快來到長安，準備進宮面聖。老詩人賀知章得到消息後，竟然事先沒有聲張就來到李白的旅舍。

李白見德高望重的祕書監來看自己，不由得大為高興，急忙拿出自己十年前的詩篇《蜀道難》請老詩人指點。

賀知章瞥一眼文章的開頭：蜀道難，難於上青天！他不禁倒吸一口氣，驚訝道：「這等氣勢，千古以來絕無僅有啊！」

當他把整首詩讀完後，已經是佩服得五體投地了，對這個後生，做為前輩的他竟發出了至高評價：「李白絕對是一個從天上掉落凡間的仙人啊！」

李白確實不虛此名，他進宮後博得了唐玄宗的青睞，不僅入得翰林成為皇家御用詩人，還經常朝見唐玄宗和楊貴妃。他一邊飲酒一邊為這兩位全國最有權勢的人作詩，風流倜儻之態無以言表。

唐玄宗喜歡李白到什麼程度呢？

他一見李白過來了，就親自走下臺階去迎接對方，甚至親手為李白送上羹湯，相較之下，曾被玄宗鄙棄的孟浩然只能垂淚哀嘆了！

清朝畫家蘇六朋繪製的《太白醉酒圖》，現藏於上海市博物館。

【說文解惑】

　　李白，字太白，唐朝具有劃時代意義的詩人，因幼時居住在四川青蓮鄉，所以又被人們稱為「青蓮居士」。據說，他十歲就已讀遍各類詩書，自從被賀知章譽為「謫仙」後，他的「詩仙」名號傳遍大江南北。

　　李白雖然有才，但性格狂放，熱愛自由，他寫下的那些詩篇揭露了朝廷的黑暗和腐朽，因此得罪了很多權貴，在長安待了兩年半後，就逐漸遭到皇帝的疏遠，被趕出了京城。

李白手書真跡《上陽臺帖》，現藏於北京故宮博物院。

　　但他的才華仍舊被人稱頌，以致於在他逝世後，不知李白死訊的唐代宗還想讓李白當左拾遺。

　　他的作品絢麗雄奇，被譽為是繼屈原以後最偉大的浪漫派詩人。

【朝花夕拾】「詩狂」賀知章

　　賀知章是武則天時期的狀元、詩人、書法家，他也是一個風流才子，有「清淡風流」的美譽，到了晚年更加狂放，綽號「四明狂客」；他的文體充滿豪放之情，又得外號「詩狂」。

　　自從與李白成為忘年交後，他就經常與李白、李適之、李璡、崔宗之、蘇晉、張旭、焦遂聚會飲酒，一時間，「飲中八仙」的名號在文壇流傳甚廣。

26 三吏三別憫民情
窮不移志的杜甫

杜甫畫像

漆黑的夜晚，一位衣衫襤褸的詩人匆忙行走在鄉間的小路上。他的衣衫下襬和鞋子上全是爛泥，雙腳也因連日趕路變得一瘸一拐。

他擔憂地遠眺前方，卻見遠處只有一兩點零星的光，除此之外就是大片大片的黑暗，不由得暗暗地嘆了一口氣：「看來今晚註定要在這荒郊野外落腳了！」

他深一腳淺一腳地行走，好不容易走到一戶發出微弱燈光的農舍，然後輕輕地敲了敲木門，禮貌地問道：「請問有人在嗎？」

沒多久，一個滿臉皺紋的老婆婆打開房門，著急地說：「你一個人在外面太危險了，快進來吧！」

這時，屋裡的老翁也顫顫巍巍地走過來，慌慌張張地將詩人拉進家門，瞪大了眼睛小聲說：「快躲起來！外面到處在抓壯丁，可別被官兵發現了！」

這個詩人就是大名鼎鼎的杜甫，此時他是華州司功參軍，雖是一個小官，但根本不怕被誤抓進軍隊。可是他見面前的兩位老人均滿面懼色，一副手足無措的樣子，不禁大為同情起來。他順從地點點頭，在老婆婆的指引下進了裡屋。

鄉間的床褥帶著一股草木灰的霉味，杜甫摸著斑駁的牆壁，翻來覆去睡不著。

不知怎的，他又想起兩年前死去的兒子。那時他不肯擔任河西尉之職，連累一家人忍飢挨餓近一年，後來他終於低頭，要了一份看門的職位，可是一切都晚了，他的小兒子因為飢餓，已在家中死去。

他憤恨，連手腳都在顫抖，當即寫下四五百字的長詩《自京赴奉先縣詠懷五百字》，悲嘆「朱門酒肉臭，路有凍死骨」。

他正在胡思亂想，屋外忽然傳來吵嚷的聲音，同時伴有凌亂的腳步聲。

杜甫急忙起身，從門縫中偷偷向外望去。

只見幾個氣勢洶洶的衙役拿著鞭子，對老婆婆喝道：「快說！你男人去哪裡了！」

可憐的老婆婆跌坐在地上，哭訴說：「我的三個兒子都去鄴城打仗了！大兒子昨天來信，說他兩個弟弟都戰死了！家裡除了一個兒媳和一個還在吃奶的孫子，實在是沒有男丁，你們這是要把我逼上絕路啊！」

杜甫聽得心中一緊，眼淚也止不住地滾落下來，他怒睜雙目，繼續看著官差的暴行。

那些衙役絲毫沒有同情心，反而冷笑道：「別以為我們不知道，你家裡還有個老的，快把你男人叫出來！」

老婆婆苦苦哀求，還要給那些惡徒磕頭，可是衙役就是不肯讓步，還不停地打罵老人家。

杜甫再也忍不住，衝出門去替老婆婆說情。可嘆的是，秀才遇到兵，有理說不清，衙役汙蔑杜甫是平民，要把他抓走。

這時，老婆婆傷心地說：「不要難為這個年輕人，把我抓走吧！我可以給你們洗衣做飯，你們就沒有後顧之憂了。」

衙役並不敢真的把杜甫帶走，眼前聽老婆婆這麼一說，就順水推舟抓走了老人。

杜甫氣憤至極，對朝廷的荒唐充滿質疑，他結合這一年多以來的所見所聞，憤然寫下了「三吏」、「三別」共六篇不朽史詩。

「三吏」指《新安吏》、《石壕吏》、《潼關吏》，「三別」指《新

杜甫草堂

婚別》、《垂老別》、《無家別》，披露了官差的窮凶極惡和被戰爭連累的窮苦百姓的哀傷，其中的《石壕吏》就是講述了老婆婆的故事，最為經典，也對唐王朝的控訴最為徹底。

【說文解惑】

杜甫，字子美，又稱「少陵野老」。他與李白齊名，二人亦是好友，曾一起相約秋遊，可見友情深厚。杜甫名號頗多，因官職而被後人稱為杜拾遺、杜工部，因住址又得名杜少陵、杜草堂，他的詩歌存量非常多，有一千五百多首，因而榮膺「詩聖」的美名，他的詩也獲得了「詩史」的美譽。

晚年的杜甫在成都浣花溪畔蓋起一座草堂，這便是如今有名的景點「杜甫草堂」，因為沒有經濟來源，草堂年久失修，兒子因飢餓而在風中放聲大哭，令杜甫徹夜難眠，寫下《茅屋為秋風所破歌》。

一直掙扎在貧困環境中的杜甫，在生命的最後一年回鄉探親，不巧遭遇洪水，在船上身亡。關於其死因眾說紛紜，有說溺水而死，有說餓死，還有說吃了縣令施捨的牛肉，結果消化不良撐死了。

總之，一代詩聖黯然逝去，從此世間再也無杜工部。

【朝花夕拾】大李杜和小李杜

大李杜指李白和杜甫，而小李杜則是李商隱和杜牧。大李杜是朋友，小李杜也交情甚篤，二人經常交流文學。不過，杜牧出身貴族世家，促成了他詩風的明快理性，而李商隱的多情和自卑則令他的詩文既纏綿又愁苦，與前者具有很大差別。

白居易之悔

在唐朝,數百年間屢次掀起轟轟烈烈的詩文改革運動,孕育出無數才高八斗的文人,其中有一位詩人引人側目,他為民眾呼喊,在潯陽江畔為落難歌女寫下著名的《琵琶行》,深受百姓愛戴。可是,他卻因一時的迂腐,用一枝筆扼殺了一代烈女的性命,連兩百年後的蘇軾都扼腕嘆息,他就是白居易。

或許連白居易自己都沒想到,他的詩文具有殺人於無形的威力,如二十世紀三〇年代的影星阮玲玉痛陳的「人言可畏」,不經意的話語竟能讓一個冰清玉潔的生命香消玉殞。

當年,白居易來到徐州,鎮守徐州的節度使張愔聞訊興奮不已,他一向敬仰這位大詩人的大名,就派人趕緊找到白居易,邀其到自己的府上做客。

白居易在異鄉遇到知己,也是心情愉悅,他與張愔推杯換盞,從傍晚一直喝到深夜。兩人談興不減,張愔便讓自己的愛妾關盼盼在宴席上唱歌跳舞助興。

關盼盼才情兼備,她也很崇拜白居易,一聽說要為白大詩人表演,頓時面若桃花,一顆心雀躍不已。

當晚,她藉著幾分酒力將一曲《長恨歌》表演得出神入化。這《長恨歌》是白居易的代表作,歌舞雙絕的關盼盼一下子打動了詩人的心靈,唱得白居易淚流滿面。

白居易為嬌豔如花的關盼盼傾倒,當即激動地賦詩一首給予讚美,其中的一句「醉嬌勝不得,風嫋牡丹花」讓關盼盼迅速成為家喻戶曉的名人。

可惜命運並不垂青這位才女，這次相聚後過了兩年，張愔不幸病亡，他養的那些家伎均另覓高枝。唯有關盼盼一心思念著張愔，帶著一個老僕人隱居燕子樓，在十年的漫漫歲月裡，她始終與世隔絕。

後來，此事被白居易得知，詩人一向豁達開明，此時卻產生了一種固執的想法。他覺得關盼盼既然如此忠貞，何不再進一步，變成貞潔烈婦女呢？如此一來，才女還能留下千古美名呢！

於是，好事的白居易又為關盼盼寫了一首詩《感故張僕射諸妓》：黃金不惜買娥眉，揀得如花四五枚。歌舞教成心力盡，一朝身去不相隨。

關盼盼聽到這首詩後，頓時哭得梨花帶雨，她哽咽道：「誰說妾身貪生怕死？為妾只是怕世人覺得我夫卑劣，竟讓愛妾殉身，妾身不愛自身性命，唯愛我夫清名！」

七日之後，關盼盼絕食身亡。白居易這才體會到這位烈女的一片痴心，不禁為自己的一時糊塗悔恨不已。

透過關盼盼，白居易明白了家伎的淒苦和辛酸，念及自己已近古稀之年，他開始為自己的姬妾考慮將來。儘管十分不捨，他仍舊遣散了所有的家伎，並讓自己最寵倖的「樊素」和「小蠻」嫁做人婦，免得紅顏蒼老誤終生。

兩百年後，蘇軾任徐州太守，途徑燕子樓時，他不禁憶起關盼盼這位芳華絕代的女子，遂在樓裡住了一宿。

文人畢竟是文人，想像力與情感過於豐富，以致於蘇軾在夢裡與關盼盼來了一次親密接觸。當蘇軾醒來後，他仍對夢中的相會意猶未盡，便興致勃勃地寫下一首《永遇樂》，以紀念關盼盼這位夢中情人：明月如霜，好風如水，清景無限。曲港跳魚，圓荷瀉露，寂寞無人見。紞如五鼓，鏗然一葉，黯黯夢魂驚斷。夜茫茫，重尋無處，覺來小園行遍。天涯倦客，

山中歸路，望斷故園心眼。燕子樓空，佳人何在，空鎖樓中燕。古今如夢，何曾夢覺，但有舊歡新怨。異時對，南樓夜景，為余浩嘆！

【說文解惑】

白居易，字樂天，號「香山居士」，是唐朝三大詩人之一。他是唐朝詩壇「新樂府運動」的開創者，有「詩王」和「詩魔」之稱。

白居易為民請命，寫下很多現實主義的長詩，如《賣炭翁》、《長恨歌》、《琵琶行》等。他希望以這些作品來警示朝廷要廉潔治國，卻讓皇帝心存不滿，結果在白母賞花墜井後，白居易因曾寫有賞花和新井的詩歌而被誹謗不守孝道。

蘇州白公祠裡的白居易雕像

西元八一五年，白居易被貶為江州司馬，也就是在這一年，他寫出了著名的《琵琶行》。隨後，他的思想從「治國平天下」變成了「獨善其身」。到了晚年，白居易身居洛陽，與劉禹錫是詩友，愛修禪悟道，但其詩篇中仍偶爾流露出「兼濟天下」的宏偉心願。

【朝花夕拾】新樂府運動

新樂府運動由白居易、元稹等人發起，提倡恢復舊時的采詩制度，以便讓詩歌能展現民間的風俗和現狀，從而增添詩歌的真實感和號召力。因為這種運動的形式與舊樂府詩歌的徵集相似，而又不同於舊詩，所以被稱為新樂府運動，其詩歌特點是反映現實，具有批判色彩。

28 當苦吟派遇上文學巨匠
賈島的「推敲」

唐朝是詩歌發展的鼎盛時期，出現了很多詩歌派別，其中有一派叫苦吟派。從名稱來看，這個派系的詩人很有鑽牛角尖的傾向，而其中的代表人物，就是晚唐時代的賈島。

賈島因過於咬文嚼字而吃了不少苦頭。

有一次，他騎著毛驢行走在長安城內，時值深秋，寒風一吹，天空就灑下金黃的葉子，看起來十分唯美。

賈島頓覺心中充滿詩意，脫口而出一句「落葉滿長安」。接下來問題就出來了，他思量了一下，覺得這是一個下句，還應有一個上句，可是他一時半會兒也想不出有什麼好的詩句，就悶著頭費力思考，嘴裡還唸叨個不停，連對面來了一個大官都不知道。

這位大官是京兆尹劉棲楚，照今日說法即為長安市的市長，他忽然發覺轎子停了下來而奴僕並未停止鳴鑼開道，覺得很奇怪，急忙掀開轎簾查看情況。

這一看可把他給嚇了一跳！只見賈島在轎夫們面前突發靈感，手舞足蹈地大叫一聲：「秋風生渭水！」劉棲楚大皺眉頭，命令隨從：「把這個瘋子

清朝畫家林純賢繪《賈島行

給我抓起來！」

結果，賈島被關了一夜禁閉。然而，他的記性似乎不好，沒過多久，就把這椿倒楣事拋諸腦後，又開始騎著毛驢在官道上瘋癲起來。

這一次，他撞見的是大文學家韓愈。

當時賈島正在琢磨一首詩：閒居少鄰並，草徑入荒園。鳥宿池邊樹，僧推月下門。過橋分野色，移石動雲根。暫去還來此，幽期不負言。

然而唸了幾遍後，賈島忽然對「僧推月下門」中的「推」字產生了疑問，他覺得可以把推改成敲，推有推的意境，敲又有敲的靈動，實在讓他拿不定主意，不知該用哪個詞好。

結果，他又犯了上次的錯誤，一路嘀嘀咕咕就衝進了韓愈的儀仗隊裡。

幸運的是，韓愈是個極愛護人才的文人，當他弄明白賈島為何會失態後，不由得哈哈大笑，告訴對方：「我看還是用敲比較好。」

賈島頓時驚喜地睜大眼睛，虔誠地向這位前輩求教：「請問大人，為何用敲？」

「我是根據情境做的判斷。」韓愈邊用手比劃邊笑著說，「你看，夜深了，連鳥都進入夢鄉，這時出現一個僧人，開始敲擊大門，發出清脆的響聲，靜中有動，豈不平添一份活潑之趣？」

賈島連忙點頭稱是。

韓愈又說：「再者，僧人去別人家裡，直接推門而入不禮貌，萬一門是關著的，他怎麼推得動呢？」

賈島徹底認同了韓愈的說法，不禁喜出望外，要和韓愈做朋友。

最後，兩個人因詩文結下友誼，成就了一段文壇佳話，而「推敲」這個詞也衍生出來，被人們用來表達反覆斟酌的意思。

賈島早年出家為僧，據說推敲的故事緣起自他抗議朝廷禁止和尚午後外出的命令，所以作詩發牢騷，不想被韓愈發現其才能，兩人成了朋友。

【說文解惑】

　　賈島是性情中人，不喜社交，只與幾個文人有來往。他與五十三歲才中進士的孟郊被蘇東坡合稱為「郊寒島瘦」，二人都曾得到過韓愈的幫助，卻因為性格耿直而始終一貧如洗。所以，在他們所作的詩句中，淒苦的字眼隨處可見。

　　賈島還俗後屢試不中，但他的文學才華對晚唐時期的文壇具有深遠影響。他是苦吟派詩人的典範，曾自述：兩句三年得，一吟雙淚流。可惜，因其風格過於悲戚，他在應試時曾慘遭罷黜，還被斥責為「舉場十惡」，令其一直蹉跎到垂暮之年，才勉強進入仕途。

【朝花夕拾】苦吟派

　　苦吟派指的是在晚唐時期，詩風淒苦，且對詩句中的每個詞句都細心琢磨的詩人。苦吟派詩人期望能在仕途上平步青雲，卻總是碰壁，他們在飽受世態炎涼後將關注點轉移到日常生活感受上，因而總是描寫生活瑣事的賈島、姚合便成為苦吟派效仿的對象。苦吟派對後世也有很大影響，直至南宋時期，永嘉四靈和江湖詩派仍以追慕苦吟派為風尚。

29 都是佛骨惹的禍
古文運動宣導者韓愈

晚唐出了位大文學家，他一掃文壇顧影自憐的惺惺作態狀，以磅礴的氣勢在文學界橫掃千軍，為文壇帶來了一股嶄新的活力。

不僅如此，他還是善於發現千里馬的伯樂，樂於發掘文壇新秀，如賈島、李賀等年輕詩人都曾受過他的提拔，所以口碑甚好。

他，就是古文運動的革新者韓愈。

韓愈從十九歲起開始參加進士考試，卻接連兩次遭遇失敗。在此期間，他結識了散文家梁肅，二人志同道合，都提倡沿用秦漢時期的散文形式，而反對南北朝的駢體文。

韓愈受梁肅影響，古文水準飛速提高。

第三次參加進士考試時，韓愈胸有成竹，當年的試題是「不遷怒不二過」，就是說不要把令自己不高興的情緒轉移到別人身上，使自己犯下同樣的錯誤。韓愈提起筆，一揮而就，一篇絕妙的文章就此誕生。

誰知，主考官對韓愈的文章並不在意，看了一遍後就扔在一邊，結果韓愈再次落榜。

到第四次科考時，韓愈發現考的還是上一次的原題，巧合的是，連主考官都是同一個人。韓愈心高氣傲，竟再將舊作一字不落地寫在試卷上，然後頗有點悲壯色彩地離開考場。

當主考官看到此文後，覺得有點眼熟，於是不禁多看了幾遍，終於拍案叫絕，誇讚道：「真乃人才也！我竟沒看出是古文風格！」

就這樣，韓愈中了進士，二十九歲那年他受名臣董晉舉薦，開始從

政，從此扶搖直上，一掃早年的頹廢之氣。

韓愈為人耿直，喜歡對皇帝直言不諱，使他招致了禍端，令仕途屢受挫折。

韓愈最大的一次磨難發生在唐肅宗的晚年。

當時，皇帝篤信佛法，熱衷於佛事。他聽說長安城附近的法門寺裡有一節釋迦牟尼佛留下來的指骨，每三十年才對世人開放一次，頓時來了精神，派三十多人的儀仗隊去寺裡，畢恭畢敬地把佛骨請回長安，想暫放在宮裡供奉，等過段時間再完璧歸趙。

既然皇帝如此虔誠，下面的大臣們當然要有所表示。於是，大家一窩蜂地表達對佛骨的熱忱，爭先恐後地捐錢做法事，並想方設法要來瞻仰佛骨。

韓愈非常厭惡這種鋪張浪費的跟風行為，他是無神論者，上書給唐憲宗，勸皇帝不要迷信。他又以佞佛的南朝為例，勸誡說，凡是信佛的王朝都很短命，最好別信。

結果，唐憲宗氣得暴跳如雷，揚言要殺掉韓愈這個胡說八道的傢伙。

宰相裴度趕緊為韓愈求情，才令憲宗心情稍有平靜，但他仍是耿耿於懷，生氣地說：「他說信佛的王朝都短命，難道我也短命嗎？他這是誹謗，我一定要治他的罪！」

好在還有不少人求情，最終韓愈僥倖撿回一命，不過做為代價，本是中書舍人的他被貶為一個小小的潮州刺史。

韓愈不以為意，他繼續做好官、革新詩文，那份平和之心讓世人為之讚歎 。

【說文解惑】

韓愈，字退之，人稱韓昌黎，明朝文人尊他為唐宋八大家之首，其散文以雄奇風格見長，令人印象深刻。

他與當時另一位名家柳宗元齊名，人稱「韓柳」，二人意見一致，同時促成了古文運動的革新。

韓愈現存作品有七百多篇，各種文體都有，但他的散文成就最大，其語言凝練生動，內容有血有肉，是古文的典範之作。此外，他還頗有創新思想，創造出了很多新奇的成語，如「落井下石」、「雜亂無章」等，對推動文壇的言語發展做出了很大的貢獻。

韓愈畫像

【朝花夕拾】唐宋八大家

唐宋八大家，顧名思義，即指唐宋兩朝的八位文豪，他們分別是：唐朝的韓愈、柳宗元，宋朝的蘇洵、蘇軾、蘇轍、歐陽修、王安石和曾鞏。

最初「唐宋八大家」的名號由明朝文人所創，明人認為八位名家提倡散文、反對講究對仗的駢體文，為古文的發展開闢了一條新路，因而值得稱頌。

30 平民百姓的代言人
晚唐詩人柳宗元

柳宗元畫像

　　安靜的客廳內，兩位身著官服的中年男子面沉如水，眉頭緊鎖，一望便知內心藏著很重的心事。

　　「劉兄，估計此後我們的日子不會好過了！」大詩人柳宗元憂心忡忡地對著身邊同為大文學家的劉禹錫說。

　　「唉，王大人死而後已，我們這些未亡人還怕什麼！」劉禹錫搖頭嘆息，面容上卻滿是堅定之色。

　　「劉兄所言甚是！」柳宗元贊同地點頭。

　　劉禹錫忽然將視線轉向好友，擔憂道：「柳兄，以後你還是減少和我的接觸吧！免得朝廷說你結黨營私。」

　　柳宗元卻不以為然地一笑：「我和你的情誼不會受到外界的干擾，只要你不怕，以後我還是要和你常相往來。」

　　「我當然不會怕！」劉禹錫給予對方一個鼓勵的微笑，他一貫喜歡「談笑有鴻儒」。

　　此番談話發生在「永貞革新」失敗後，主張廢除藩鎮割據、宦官專權的王叔文已被處死，身為王叔文同僚的柳宗元、劉禹錫等人也迅速陷入危難之中。

　　柳宗元被貶到永州後，生活艱難，連個容身之地都沒有，好不容易借住進了寺廟，他那年邁的老母又捱不過淒風苦雨，半年內離開了人世。

　　因王叔文曾經阻止唐憲宗繼位，唐憲宗特別恨王叔文的餘黨，在整整十年的時間裡不斷打擊柳宗元等人。柳宗元在永州遭遇到各種攻擊和謾罵，可是他卻從未喪失過為民請命的決心。

　　既然政治改革之路走不通，他就從思想上來影響當權者。

在永州的十年裡，他廣交當地名士，寫出很多反映百姓苦難的詩文，此外他深入研究歷史上的各種重大問題，並寫就了《封建論》、《天對》、《六逆論》等論著。

由於生活窘迫，他得了很嚴重的疾病，甚至到了行走的時候膝蓋也打顫，坐久了大腿就發麻的程度。可是他並沒有被困境嚇倒，而是繼續以手中的筆做為武器，揭發現實的種種黑暗。

四十七歲那年，柳宗元在柳州不幸病逝，百姓們痛哭流涕，立祠予以祭祀。千百年來，有關他的傳說一直流傳，不曾消散。

【說文解惑】

柳宗元，字子厚，世稱柳河東或柳柳州。他一生的作品存世有六百多部，其中有一半的作品是在被貶永州的十年裡寫成的，可謂是「梅花香自苦寒來」。他的散文成就最大，反對駢文不注重內容的毛病，主張文以載道，並以身作則，突破了字數對仗的限制，寫下《捕蛇者說》、《始得西山宴遊記》等傳世之作。此外，他的詞賦也很有特色，淡雅清麗的作品頗有陶淵明的遺風，而《登柳州城樓寄漳汀封連四州》等七言詩又是唐詩中少有的慷慨悲壯之作。而他的絕句《江雪》，反映了逆流而上的決心，至今為後人稱道。

【朝花夕拾】柳侯祠「龍城石刻」

柳州百姓為柳宗元建造的祠堂名為柳侯祠，祠堂裡原有一塊長一尺多、高六寸的石碣，被後人稱為龍城石刻，上有柳宗元在世最後兩年寫作的一篇銘文，內容表達了愛護百姓、詛咒惡勢力的美好意願。

可惜石刻如今失傳，僅有碑文拓片遺留。在清朝，南方學子和商人經常隨身攜帶龍城石刻的碑文拓片，據說能逢凶化吉、保佑平安。

31 一曲新詞引發的災難
柳永的絕妙文筆

自古以來，杭州便以「人間天堂」著稱，否則南宋王朝也不會放著開封不管，而要將杭州做為都城了。

無數詩人、詞人對杭州進行了深情讚美和詠嘆，如白居易說：「江南憶，最憶是杭州！」歐陽修更上一層樓，直接稱讚：「錢塘兼有天下之美！」蘇軾則巧妙地讚譽杭州西湖的優美：「欲把西湖比西子，濃妝淡抹總相宜。」

然而，這些話都比不上柳永的一首《望海潮》來得驚世駭俗，這倒並非是說柳永對杭州的描繪有多好，而是當他寫完《望海潮》後，引發文壇上的一場大地震，這恐怕是他絕對沒有想到的。

少年時的柳永喜歡享樂，混跡於煙花之地，在科舉屢試不中之後，他乾脆雲遊四方，過著且行且逍遙的日子。不過，在這過程中也有一些問題困擾著他，比如經濟上的窘迫以及遭人輕慢的難堪。

當他去杭州看望自己的舊友孫何的時候，再度遭遇到這些問題。

孫何是杭州太守，想見他一面得打通重重阻礙。柳永剛來到太守府邸前，就被門衛厲聲呵斥：「快走快走！這裡不是你來的地方！」

柳永被嚇了一跳，但他仍笑嘻嘻地對門衛討好道：「麻煩這位爺幫我通報太守一聲，就說有故人來訪。」

豈料門衛是不折不扣的勢利眼，他斜睨了一眼柳永那身洗得發白的外衣，翻著白眼說：「太守在見客，明日再來！」

柳永無奈只能氣惱地拂袖而去。回到旅店後，他越想越氣惱。論才

華，孫何比自己差遠了，可是誰讓對方是個當官的呢？他柳永在詞壇上再怎麼赫赫有名，也比不過有權有勢的官老爺啊！

他沮喪了半天，因為熟知老友的秉性，心想：孫何雖然當官，卻心地善良，而且重視人才，如果能見到他，絕對不會受到今日這般待遇。

忽然之間，他靈機一動，開始動筆寫一首歌頌杭州的詞闋《望海潮》：東南形勝，三吳都會，錢塘自古繁華。煙柳畫橋，風簾翠幕，參差十萬人家。雲樹繞堤沙。怒濤卷霜雪，天塹無涯。市列珠璣，戶盈羅綺，競豪奢。重湖疊巘清嘉。有三秋桂子，十里荷花。羌管弄晴，菱歌泛夜，嬉嬉釣叟蓮娃。千騎擁高牙。乘醉聽簫鼓，吟賞煙霞。異日圖將好景，歸去鳳池誇！

其實，誇讚杭州美麗，也就間接誇了孫何的治理有方，而不同於以往的矯揉造作，這首詞柳永的氣勢非常雄渾，充滿了豪邁之情。

詞闋寫完後，柳永委託杭州有名的歌女楚楚把《望海潮》唱給孫何聽，楚楚一向仰慕柳永的才華，便當仁不讓地答應幫忙。

幾天後，楚楚在太守舉行的宴會上委婉地唱出柳永寫的詞，孫何非常喜歡，詢問詞作者是誰，於是柳永的目的達到了，他成了座上賓被孫何請進了太守府。

《望海潮》因此傳遍大江南北，也吸引了金國國君完顏亮的注意。完顏亮本就覬覦秀麗的南方領土，此刻讀到「三秋桂子，十里荷花」時，眼神都發亮了。

完顏亮不僅是政治家，還是個詞人，因而更能聯想出詞闋中所描繪的意境，他極度渴望擁有這大片富饒絕美的土地，因而再也按捺不住，率鐵騎一路南下，欲將北宋劃入金國的勢力版圖。

柳永的一首詞，竟然引發了一場戰爭，繼而導致了北宋的滅亡，這文

字的殺傷力，讓人無不感到震驚！

【説文解惑】

　　柳永出生於一個官宦世家，他在年輕時赴京趕考，雖才華橫溢卻始終沒有機會施展抱負，最後他淡泊功名，沉溺於煙花柳巷，與歌女廝混在一起。

　　五十一歲時，他才終於及第，赴福建上任，短短兩年姓名就載入《海內名宦錄》中，其管理能力可見一斑。

　　因長期在青樓「駐紮」，柳永的作品逐漸形成了哀婉柔美的風格，柳永也成為宋詞婉約派的創始人。柳永的詞作以慢詞為主，情景交融，諧婉中不失通俗，為世人所傳唱。他的代表作有《雨霖鈴》、《鳳棲梧》等。

【朝花夕拾】奉旨填詞柳三變

　　柳永在仁宗初年本已中舉，卻因《鶴沖天》中一句「忍把浮名，換了淺斟低唱」而讓仁宗不以為然，於是皇帝「成全」柳永，罷黜其屯田員外郎的官職，轉而讓柳永做一介布衣，不要浮名。

　　柳永受此打擊，氣憤異常，自稱「奉旨填詞」，他原名「三變」，與兩位兄長並稱為「柳氏三絕」，經此事件後，人們就稱柳永為「奉旨填詞柳三變」。

---

32 烏臺詩案泣斷腸
宋詞的集大成者蘇軾

「蘇軾，你可知罪！」

公堂之上，御史的驚堂木拍得震天響，而臺下跪著的憔悴詩人一言不發，以最消極的沉默來表示抗議。

後果便是少不了一頓酷刑伺候。

夜晚，清冽的月光照進破舊的牢獄裡，鐵窗下枯坐的蘇軾忍受著肉體上的疼痛，哀傷地凝視遠方。

這樣的日子已經持續四月有餘，漫漫長夜，不知何時才有盡頭。

元朝趙孟頫所繪的蘇軾畫像

四個月前，因為不贊成宰相王安石的變法，他被調往湖州。可是他心中是有怨言的，身為文人，很難做到喜怒不形於色，於是就在給皇帝的上任致謝詞中加了一句牢騷：「知其生不逢時，難以追陪新進；查其老不生事，或可牧養小民」。

哪知，僅此一句卻引發軒然大波，王安石陣營中的章敦、蔡確等人立刻汙蔑他不把朝廷放在眼裡，要求將他嚴加查辦，御史李定等大臣還翻出他的詩文說他譏諷國家大事。

他的「讀書萬卷不讀律，致君堯舜知無術」被說成是諷刺宋神宗無能，他的「東海若知明主意，應教斥鹵變桑田」被說成是反對王安石變法中的興修水利措施。其實，蘇軾自己在杭州、山東等地就修築過水利設施，怎會不贊成利民設施的修建呢？

最後，宋神宗聽說蘇軾歌頌檜樹的詩句「根到九泉無曲處，世間唯有蟄龍知」是暗諷自己不是真龍天子時，頓時龍顏震怒了，他當即把蘇軾關進烏臺，這就是震驚一時的「烏臺詩案」。

可憐蘇軾在烏臺一等就是四個月，後來，他聽說最後的判決即將下達，不由心驚膽戰，生怕自己命不久矣。

那時候，他的兒子蘇邁每天都會給他送飯，但不能見面，蘇軾早就和兒子約好，若送蔬菜和肉食，說明安然無恙，而若送魚，就表明已被判了死刑。

哪知有一天，蘇邁錢花光了，他就出京去向朋友借錢，臨行前他托另一個朋友給父親送飯，卻忘了吩咐朋友不能送魚。

恰恰就是那天，蘇邁的朋友給蘇軾送去了一條鹹魚。蘇軾一見魚，眼淚頓時就下來了。他悲嘆自己時運不濟，傷心了很久，才稍稍振作起精神，給弟弟蘇轍寫詩訣別。

他飽含著熱淚寫下兩首絕命詩，其中一句「是處青山可藏骨，他年夜雨獨傷神」道盡內心辛酸，讓宋神宗看後也唏噓不已。

其實，宋神宗把蘇軾關押起來不過是想挫挫他的銳氣，並非真要處死這個才子，加上王安石也幫這位政敵求情，於是皇帝終於網開一面，貶謫蘇軾當了一個小官。

烏臺詩案就此終了，蘇軾人生中最落魄的時刻終告結束。

【說文解惑】

蘇軾，字子瞻，號「東坡居士」，他是中國文壇上重要的豪放派詩人，代表了宋朝文學的最高成就，他與父親蘇洵、弟弟蘇轍並稱為「三蘇」，均在「唐宋八大家」之列。據說，他除了文采過人之外，還是個烹飪高手，

創製出「東坡肘子」、「東坡魚」等特色食譜。

　　烏臺詩案後，心灰意冷的蘇軾來到黃州，在遊覽赤壁山時有感而發，寫下《赤壁賦》、《後赤壁賦》和《念奴嬌‧赤壁懷古》等既充滿豪情又悲憫人生的佳作。其後，他的仕途一直起伏不定，最困難之時被流放到荒蕪的海南儋州，但也曾在常州、杭州度過一段美好時光，至今杭州的蘇堤已成為西湖十景之一，提醒後人紀念蘇軾這位大文豪的不朽功績。

【朝花夕拾】烏臺

　　在漢朝時，御史臺外種有很多柏樹，結果很多烏鴉就聚集到柏樹上，從遠處望去黑壓壓一片，於是御史臺就被稱為「烏臺」。因四這個典故，有時候御史們也被稱為烏鴉嘴。

明朝張路的畫作－《蘇軾回翰林院圖》

33 錢塘夜夢話風月
宋詞新詞牌的誕生

唐詩重情，宋詞重理，唐詩有獨特的韻律美，而宋詞因格式的多樣化，顯得更自由舒暢，這是二者的不同。

人們或許更喜歡唐詩，因為有很多詩情畫意在裡面，不過也有一些宋詞堪稱絕美，充斥著柔情蜜意，令人讀起來心醉神迷。

在宋朝詞人中，有一位專寫愛情的，名字叫司馬槱。他的詩詞纏綿悱惻、溫婉豔麗，為陷入愛戀中的男女所喜愛，這其中又以一首小詞《黃金縷》最為著名。

這首詞的誕生頗有傳奇色彩─

據說，當年司馬槱赴洛陽趕考，某天讀書讀得太累，就趴在書案上睡著了。在睡夢中，一位披著薄紗的美女飄然而至，美人拂袖半遮面，用流鶯般婉轉的嗓音唱道：妾本錢塘江上住。花落花開，不管流年度。燕子銜將春色去，紗窗幾陣黃梅雨。

那歌聲實在委婉動聽，歌詞也是清秀脫俗，令司馬槱一聽便為之神往。他剛想問這位歌姬姓什名誰，卻見對方莞爾一笑，飄然離去。

司馬槱欲追趕對方，卻不慎摔了一跤，直接從夢中驚醒。此時他驚奇地發現自己仍能記得住夢中的詞句，而那位美女的一顰一笑也是歷歷在目。

雖然只是個奇妙的美夢，司馬槱卻記住了「錢塘」這個地方。說來也巧，他隨後因受到著名的詞人蘇軾的推薦而應試成功，赴杭州成為蘇東坡的幕僚。美麗的杭州勾起了司馬槱對那個夢幻般的女子的回憶，他忽然有

種感覺，自己或許能跟對方再次相見。

自從與蘇軾來往後，司馬槱和大詞人秦觀成了同僚，某天他們在一起聚會時，司馬槱又提起了自己的那個夢，引發了眾人的一陣感慨。

秦觀的弟弟秦覯笑道：「錢塘的夜晚確有風月啊！」

司馬槱心中一動，提筆續下後半段詞：斜插犀梳雲半吐。檀板輕敲，唱徹《黃金縷》。夢斷彩雲無覓處，夜涼明月生南浦。

本來前半段詞只是單純的敘事，但經司馬槱一續，卻添了無限風韻，成為一首意境優美的詞闋。無論誰讀過這首詞，均會為南國夜晚的春風而沉醉，而它也因此有了一個華麗的標題：《黃金縷》。

《黃金縷》作成後，司馬槱在當晚又做了一個夢，夢見曾朝思暮想的美人正婀娜地向他走來，美人笑語：「郎賜詞一首，妾定伴終生！」

此後，司馬槱每晚都會枕著錢塘江的水聲在夢裡與美人私會，這位美人才貌雙全，越發令司馬槱愛不釋手。司馬槱得意之時，便將與美女幽會的事情告訴同僚，然而眾人均搖頭說晦氣，覺得司馬槱的屋後是名妓蘇小小的墳墓，其中必有蹊蹺。

司馬槱不以為然，繼續放縱自己。不到一年時間裡，他的健康嚴重受損，最後竟臥床不起。

後來，家人帶他渡河散心，當船行至一條水塘時，一向不能行動的司馬槱竟突然間來到了船尾。艄公發現司馬槱正跟一位美豔的婦人對話，司馬槱還回了一聲「嗯」。

頃刻間，船身開始著火，瞬間將船尾燒成一片紅色的海洋。大家連忙趕去救火，最後整船的人都安然無恙，唯獨司馬槱不幸罹難。

司馬槱的親朋好友聞此噩耗均失聲痛哭，但司馬槱或許不會悲傷，他

與夢中情人廝守的願望終於能實現了。

【說文解惑】

　　司馬槱，字才仲，是與蘇軾同時代的詞人，雖成就不如後者，卻因一闋《黃金縷》而為人熟知。他在中進士後就來到杭州任參軍，結果在任職期間離奇死亡。薈萃宋朝三百年詞作的《全宋詞》中收錄了他的兩首詞，除了《黃金縷》外，還有一首《河傳》也在其中。

　　司馬槱開創的《黃金縷》是《蝶戀花》、《鵲踏枝》、《鳳棲梧》、《卷珠簾》、《一籮金》等詞牌的別稱，全詞分上下兩闋，各四仄韻，共有六十個字。

　　那麼，「黃金縷」到底是什麼呢？

　　原來，它指的是初春新萌芽的柳枝，在煙雨朦朧中的新柳無人欣賞，自有一番寂寞的滋味。

【朝花夕拾】**什麼是詞牌？**

　　所謂詞牌，就是指詞的格式。因宋詞格式多樣，為方便使用，人們便給一些格式取一些名稱，就是詞牌，有時候很多格式共用一個詞牌，而有時候很多詞牌同指一種格式，比如《黃金縷》與《蝶戀花》。

34 筆與劍之歌
豪放派詞人辛棄疾

　　北宋時期，蘇軾等詞人奠定了豪放派風格的基礎，至南宋，辛棄疾將豪放詞推到了頂峰，並引領很多擅寫壯詞豪語的詞人紛紛湧現，一時之間，文壇氣勢如虹，充滿了振奮人心的力量。

　　為何辛棄疾特別擅長豪放派風格呢？原因很簡單，他是一個軍人，且出生在一個愛國家庭，童年的耳濡目染使得辛棄疾從小就胸懷報國大志，肩上也就比別人多負擔了一份責任感。

　　辛家因北宋滅亡後滯留在北方，所以一直為恢復中原而努力。辛棄疾的祖父是金朝的開封知府辛贊，他對辛棄疾寄予厚望，不僅給孫子灌輸復國思想，還讓孫子兩次赴金國的都城燕京，以參加科考之名對金國的地形和民情進行偵查。

　　年輕的辛棄疾便在這樣一個環境中長大了，他勤奮習武，刻苦讀書，發誓說：「有我在一日，就要用文章罵盡天下賊寇，用寶劍殺光天下賊人！」

　　他在二十二歲那年毅然加入了起義軍，投靠了山東最有名的起義軍首領耿京，且頗受器重，很快身居要職。

　　辛棄疾覺得自己的愛國理想終於要實現了，不由得興奮異常。

　　誰知，金世宗完顏雍繼位後，耿京的起義軍被殘酷鎮壓，情勢一下子危機起來。

　　辛棄疾急赴建康尋求南宋政府的支援，受到宋高宗的接待，隨後被任命為天平軍掌書記。

　　當辛棄疾率領增援部隊回到山東時，卻接到噩耗：耿京的部下張安國

叛變，殺死了耿京，山東起義軍已名存實亡。

辛棄疾震怒異常，他僅帶著五十名精銳殺向濟州。此時，叛徒張安國正在濟州與金國的將領喝酒，沒料到辛棄疾閃電般地闖進營中，被殺了個措手不及。

在活捉張安國後，辛棄疾放大嗓門對金兵們喝道：「我們的十萬大軍馬上就到！有誰不想死的，趕快來投降！」

其實，很多金兵都曾追隨過耿京，如今聽辛棄疾這麼一說，紛紛倒戈，歸順了宋朝。

此事在南宋朝廷上引起了極大的轟動，辛棄疾的聲威人人皆知。

可惜，南宋一向是主和派掌權，辛棄疾再也沒有機會參加戰鬥了。他在任建康通判時，寫了一首《登健康賞心亭呈史留守致道》來抒發自己的壯志：「我來吊古，上危樓，贏得閒愁千斛。虎踞龍蟠何處是？只有興亡滿目。柳外斜陽，水邊歸鳥，隴上吹喬木。片帆西去，一聲誰噴霜竹？卻憶安石風流，東山歲晚，淚落哀箏曲。兒輩功名都付與，長日惟消棋局。寶鏡難尋，碧雲將暮，誰勸杯中綠？江頭風怒，朝來波浪翻屋。」

可以看出，雖然很無奈，可是辛棄疾始終沒有放棄救國的夢想。然而，天不遂人願，他一直受主和派打擊，直到他六十三歲時，才重新擔任官職。兩年後，他寫下著名的《永遇樂·京口北固亭懷古》，其中一句「廉頗老矣，尚能飯否？」道出他晚年的壯志雄心。

辛棄疾仍想復國，夢裡都是金戈鐵馬，可惜命運毫不留情，朝廷再度罷黜他的官位，而這一次，他已沒有精力再去吟詩殺敵。他染上了重病，又過了兩年，在六十八歲時與世長辭，而這一年，南宋北伐失敗，正急召辛棄疾等人挽救危局。

這是辛棄疾的哀愁，亦是南宋的悲哀！

【說文解惑】

辛棄疾，字幼安，號稼軒，是宋詞豪放派的代表，他的詞作非常多，存世有六百多首，其中著名的有《水調歌頭・帶湖吾甚愛》、《摸魚兒・更能消幾番風雨》、《滿江紅・家住江南》，這些作品多詠懷復國熱忱，抒發壯志難酬的悲憤之情，另有一些則是讚頌祖國大好河山的內容。他還是一位軍事家，另著有《美芹十論》和《九議》兩本論著。

辛棄疾的創作風格是雄渾中摻雜著細膩柔和，他在晚年與陸游成為忘年交，陸游還寫了一首《送辛幼安殿撰造朝》給他，稱讚他的文才超過南北朝的鮑照和謝靈運，可見陸游對辛棄疾的評價之高，從側面反映出辛棄疾的過人才華。

【朝花夕拾】豪放派與婉約派

豪放派與婉約派在名稱上就可看出差異，前者是抒發壯志豪情的詞作，後者則屬於幽婉清麗的風格。南宋《吹劍續錄》中有個形象的比喻：「柳永的詞，需讓一個二八少女手拿紅牙拍板，唱楊柳岸曉風殘月；而蘇軾的詞，就得讓虬髯的關東大漢拿鐵板，唱大江東去。」

35 一個女人的史詩
婉約派詞人李清照

《李清照像》，清朝崔錯繪

　　四月，綠肥紅瘦的季節，卻從北方傳來一股硝煙的氣息，一位清瘦的女子站在窗前，望著遠處鳥語花香，暗含著心事。

　　「這國家，終是要破了！」以詞文著稱的女子李清照嘆息，她眼底流露出一絲哀傷。

　　是的，她知道往昔的快樂時光一去不復返，宛若東流水。

　　她曾經和丈夫趙明誠打賭，誰能在一壺茶燒開之前先答對某句詩在哪本書上的具體出處，便能先喝茶，結果往往是記憶力超群的她先贏，卻因太得意，將茶水灑了自己一身。

　　她曾酒醉後駕舟，誤入荷塘深處，被沿岸的美景所陶醉，於是肆無忌憚地唱著歌，並吟出「爭渡，爭渡，驚起一灘鷗鷺」的優美語句，可見當時的快樂非比尋常。

　　而今，一切都不復存在了。

　　「靖康之變」後不久後，康王趙構在南京繼位，南宋王朝建立，此時李清照的丈夫趙明誠已南下奔喪，李清照遂決定赴南京與丈夫會合。

　　臨行前，她將多年來和丈夫收集的古玩金石裝船，運至鎮江，上岸後滿滿地裝載了十五輛馬車。

　　不料，鎮江正鬧戰亂，太守逃匿，城內官兵盜賊橫行，李清照的馬車甚是招搖。

　　好在，李清照不僅文章做得好，膽子也很大，她臨危不懼，指揮著隨從繼續南行，竟安然將所有物品完好地押送至南京。

國雖破，雄心依舊。李清照雖是一位弱女子，卻心懷復國大志，她經常登上南京城牆，放眼北眺，盼望著能早日收復故土。

　　可惜，南宋朝廷苟且偷生，耽於享樂，令李清照夫婦憤恨不已。

　　第二年，李清照與丈夫遊蕪湖，行至楚霸王項羽烏江自刎處，女詩人緊蹙眉頭，賦詩一首直抒豪言：「生當作人傑，死亦為鬼雄。至今思項羽，不肯過江東！」

　　數月之後，趙明誠在上任途中染病身亡，這個消息有如晴天霹靂，讓本來就鬱鬱寡歡的李清照更加痛苦。

　　她覺得自己的精神世界快坍塌了，而更多的不幸還在等著她。隨著國勢的危急，她被迫多次遷徙和流亡，在路上將大部分的文物和書畫丟失，這可是丈夫趙明誠多年來的心血啊！太多的磨難，令這個弱女子心力交瘁。

　　後來，她嫁給了官吏張汝舟。誰知，張汝舟在婚後原形畢露，原來他跟李清照結婚，貪圖的是女方的文物，可是文物差不多丟光了，不由得令他大失所望。

　　張汝舟非常生氣，開始打罵李清照。此時，女詩人又顯示出她非凡的勇氣和驚人的決斷力，她將張汝舟告上官府，並成功離婚。

　　然而，宋朝的法律卻規定，如果妻子告發丈夫，會被監禁三年，剛離完婚的李清照又身陷囹圄。翰林學士綦崇禮等人為了拯救才女，紛紛奔相走告，終於令李清照重獲自由。

　　在經歷了那麼多的事情後，才女發現，或許等她故去，盛世也不可能重現了。她在晚年之只能發出「梧桐更兼細雨，到黃昏、點點滴滴」的嘆息，此後不久，她闔然長逝，走完了自己傳奇的一生。

【說文解惑】

李清照是「婉約派」的代表，她的作品隨著生活經歷的不同而呈現出截然相反的風格。在李清照的上半生，生活富足，與丈夫趙明誠琴瑟和鳴，可謂無憂無慮，多關注閨閣心事，寫出輕快明麗的《如夢令》、《一剪梅》等詞。

而她的後半生面臨著國破家亡的窘境，詞作中則經常流露出哀傷和懷舊的情感。她懷念故土，便在《菩薩蠻》中寫道「故鄉何處是，忘了除非醉」；她懷念往昔生活，便在《永遇樂》中寫道「中州盛日，閨門多暇，記得偏重三五。鋪翠冠兒，撚金雪柳，簇帶爭濟楚。」

李清照雖作品不多，但幾乎每首詩詞都是上乘之作，因而被譽為「千古第一才女」，而程朱理學的專家朱熹雖對女子貞節要求甚嚴，卻對改嫁的李清照敬重依舊，稱自己最敬佩的人中就有一位是「李易安」。

【朝花夕拾】「李三瘦」

一代詞人李清照有許多不為人知的雅稱別號，比如易安居士、正宗第一、婉約宗主、李三瘦等，其中，「李三瘦」是較為奇特且不好理解的一個。

所謂「三瘦」，是指李清照喜以「瘦」字入詞，來形容花容人貌，並創造了三個因「瘦」而名傳千古的動人詞句。

在《鳳凰臺上憶吹簫》有「新來瘦，非干病酒，不是悲秋」之句；在《如夢令》中有「知否，知否，應是綠肥紅瘦」之句；在《醉花陰》中有「莫道不消魂，簾卷西風，人比黃花瘦」之句。

痴纏半個世紀的愛恨情仇
陸游與《釵頭鳳》

自古多情傷別離，宋朝著名的詞作家陸游有一段痴纏半生的悲情往事，這份愛情絕美淒涼，為後世所津津樂道，然而在當事人的心裡，卻如鯁在喉，始終無法忘卻它的苦澀味道。

陸游在少年時與表妹唐婉相戀，二十歲時將唐婉娶進家門。唐婉才貌俱佳，還是一個溫柔賢淑的女子，本來可以與陸游一起琴瑟和鳴、雙宿雙棲，卻不料總是不入陸游母親的法眼，枝節橫生。

婆婆先是對媳婦挑三揀四，最後竟對兒子下了死命令：休妻！

陸游是個孝子，母親的話不能不聽，可是他又實在捨不得賢妻唐婉，只好偷偷在外面租了房，和唐婉私會，好端端的夫妻倆竟弄得跟偷情似的。

可惜好景不常，陸游的母親知道了此事，頓時雷霆震怒，要陸游徹底斷絕與唐婉的聯繫。

迫於無奈，陸、唐這對夫妻只得含淚分離。

後來，陸游再娶，唐婉也嫁給了南宋宗室趙士程，可是被逼離別的痛苦卻深深在陸游和唐婉心中縈根，令彼此不時地思念對方，在相當長的一段時間內無法展露笑顏。

一晃十年過去了，陸游前往紹興禹跡寺附近的沈園踏青，竟意外遇到了唐婉和趙士程。

陸和唐均呆若木雞，多年辛酸衝破感情的閘門，唐婉當場就泣不成聲。

趙士程是個性情寬厚的讀書人，他連忙問愛妻發生了什麼事。唐婉不

忍欺騙丈夫，就將自己和陸游的過去原原本本地說了出來。

趙士程聽完不僅沒有生氣，反而對妻子的遭遇表示了深深的同情。他知道陸游此刻心情肯定也很糟糕，就派人給陸游送去了一些茶點，希望對方能解開心結。

豈料，陸游一聽趙士程給自己送東西，反而加倍痛苦，他以為唐婉嫁給了一個好丈夫，從此幸福，只剩他一個人在人間悲傷，枉費一腔深情！

渾渾噩噩間，他在沈園的牆壁上題了一闋詞—《釵頭鳳》：紅酥手，黃縢酒，滿城春色宮牆柳。東風惡，歡情薄。一懷愁緒，幾年離索。錯！錯！錯！春如舊，人空瘦，淚痕紅浥鮫綃透。桃花落，閑池閣。山盟雖在，錦書難託。莫！莫！莫！

寫完，他便黯然離去。

過了一會兒，唐婉恰巧也來到沈園，她一眼就認出了牆上那熟悉的字跡，頓時感到天旋地轉，痛苦到無法自抑。

她強忍住心頭的酸楚，跌跌撞撞來到牆邊，顫抖著右手提筆和道：世情薄，人情惡，雨送黃昏花易落。曉風乾，淚痕殘。欲箋心事，獨語斜闌。難！難！難！人成各，今非昨，病魂嘗似秋千索。角聲寒，夜闌珊。怕人尋問，咽淚裝歡。瞞！瞞！瞞！

沒過多久，唐婉就因積鬱成疾悲憤而死。

陸游得知後，明白唐婉的去世與那一首《釵頭鳳》有著千絲萬縷的關係，因而愧疚不已。

在他隱居鑑湖時，每年都會來禹跡寺憑弔唐婉，一直到他八十二歲時，他又做了一個夢，夢見自己還是三十一歲的樣子，他和唐婉相見於沈園的桃花樹下，才子含情佳人含笑，在夢中，他們沒有分離，而是過著幸福的生活！

《懷成都詩卷》為南宋詩人陸游的行草代表作之一，是他五十四歲時所寫，
詩集中署題為《懷成都詩十韻》。

【說文解惑】

陸游，字務觀，號放翁，南宋著名的詩人，有「小李白」之稱，他一
生筆耕不輟，為後世貢獻了九千餘首詩歌，是中國現有存詩最多的詩人。

因為才華橫溢，他在科舉考試中名次始終比奸相秦檜的孫子高，竟遭
到了秦檜的除名，後雖被朝廷賜予進士出身，卻又因性格耿直為民著想，
而被一再貶黜，最終成為一介布衣，辭官還鄉。

陸游的詩歌充滿愛國熱情，表達出對抗擊金國的決心，而上文的《釵
頭鳳》又展現出他的另一種浪漫主義風格。

綜觀陸游的一生，其情感生活毫無美滿可言，這也是他的個人悲劇之
一。

【朝花夕拾】「放翁」的由來

當年，陸游在擔任成都府路安撫使參議官時，與詩人范成大是同僚，
二人因脾氣不和而經常鬧矛盾，支持范成大的官員覺得陸游不知禮節，因
而經常怪罪他粗魯狂妄。結果陸游很生氣，放言道：「那我就當個『放翁』，
總比虛偽的庸人強！」隨後，他多次在詩文中添加「放翁」這個名稱，將
自己稱為「陸放翁」。

37 風雨飄零下的後宮哀怨
王昭儀的紅顏淚

西元一二七六年，元世祖忽必烈大破南宋都城臨安，將臨安王宮裡的所有宮女全部押往北方。

在這些美女中，包含了宋理宗的謝皇后、宋度宗的全皇后，以及三宮六院裡大大小小的妃嬪。昭儀王清惠也在被押解的隊伍中，自南宋滅亡之日起，她就一直鬱鬱寡歡，時常在深夜從夢中哭著醒來，她有種預感，此行北去，自己的未來也將跟南宋一樣，落得個悲慘結局。

在一個又一個夜晚，她焦慮著，晶瑩的淚珠打濕臉龐，她一遍又一遍地想：「我該怎麼做呢？是該委曲求全，還是死守貞節？」

實在無法得到答案，她只好抬頭仰望那一輪皎潔的明月，雙手合十，暗自祈禱：「純潔的月亮啊，請讓我隨你而去吧！」

在長久的壓抑和擔憂下，當她行至北宋時期的都城汴梁時，忍不住在夷山驛的牆壁上題下一首詞《滿江紅‧太液芙蓉》，這也是她留給後世的唯一的一首詞。

詞這樣寫道：「太液芙蓉，渾不是、舊時顏色。曾記得、春風雨露，玉樓金闕。名播蘭簪妃后裡，暈生蓮臉君王側。忽一聲、鼙鼓揭天來，繁華歇。龍虎散，風雲滅；無限事，憑誰說？對山河百二，淚霑襟血。驛館夜驚鄉國夢，宮車曉碾關山月。願嫦娥相顧肯從容，隨圓缺。」

王昭儀自比為皇宮太液池裡的芙蓉，哭訴國破家亡後紅顏衰敗，個人在風雨飄零的戰亂年代身不由己，無法掌控自身命運的悲哀。而最後一句，則又透露出她的擔心，即便是出淤泥而不染的荷花，仍舊有失節的危險。

王昭儀大概沒有想到，當她寫完這首詞後，居然多了一個藍顏知己，

此人便是「人生自古誰無死，留取丹心照汗青」的丞相文天祥。

文天祥是在同樣被押送北方的途中見到這首詞的，他不由得深深地悲憫起昭儀的命運，但同時他又搖頭嘆息，覺得昭儀既然身為皇室貴族，就該保護自身的清白，哪怕是受到脅迫，也得寧死不屈。

於是，他立即提筆，用「步韻」的寫作形式為王昭儀和了兩首詞。在詞句中，文天祥以移至王母宴會上的鮮花做比喻，希望昭儀不要為了貪圖一時的榮華富貴而放棄曾經的信仰。

這兩首詞均充滿豪情壯志，與他後來在臨死前所作的《過零丁洋》一樣充滿愛國熱情，展現出文天祥的忠肝義膽和對王昭儀的期望。

王昭儀雖不知文天祥對她詞句的態度，卻在進入元都後做到了對氣節的堅守。她毅然出家為尼，替自己取法號為「沖華」，喻意看破紅塵中的繁華。她的詞句與她的忠貞，為後人所敬佩，一直傳誦至今。

當王昭儀寫下《滿江紅》之後，數月內謝太后被迫北上，看到這首詞時不禁大為感慨，從而令《滿江紅》紅遍大江南北。

【說文解惑】

宋宮人王昭儀，名惠清，字沖華，是個極具才華的女詩人，她的作品現有詩四首、詞一首流傳於世，在《滿江紅》中，她亦表達出對南宋偏安一隅的不滿，展現了一個女子罕有的理性和智慧。

【朝花夕拾】何為「步韻」？

步韻的另一種說法叫「次韻」，是和詩的一種方法，即利用原作者的韻腳或格律，去做出一首相似的詩詞。因為韻腳被限制，所以和起來比較困難，因有步步跟隨之意，便被稱為步韻。

第五章

文學史上的里程碑
― 元曲、明清小說和近代文學

六月飛雪《竇娥冤》
從滑稽戲到元雜劇

漢朝有一種文藝形式叫「百戲」，是對民間各種表演藝術的統稱。「百戲」是宋朝「滑稽戲」的前身，而在西漢時期，也確實發生了一件頗為滑稽的事情。

此事隱藏在深宮之中，是朝廷之上眾人皆知的醜聞。

漢成帝時期，皇后趙飛燕因皇帝寵信自己的妹妹趙合德而心生不滿，遂從宮外找來一批英俊的男寵供自己享樂，從此後宮日日笙歌，極盡奢靡淫亂。

美女趙飛燕

皇后如此亂來，大臣早已看不下去了，光祿大夫劉向忍無可忍，又不敢明說，就到處搜集古代的烈女貞婦的故事，然後整理成一本《列女傳》，獻給漢成帝。

漢成帝當然知道劉向的心思，可是年過不惑的皇帝早已被趙飛燕姐妹迷得失了心智，他嘴上讚歎烈女的忠貞，心裡卻出於對趙飛燕的愧疚而裝聾作啞，此事不了了之，只有《列女傳》遺留下來。

在《列女傳》中，有一篇《東海孝婦》，講的是孝婦周青在丈夫死後與婆婆相依為命，後來婆婆生了重病，周青給婆婆送藥時不慎將藥碗打破，婆婆以為媳婦有意要殺自己，就告到官府。

太守認定周青犯了謀殺罪，不顧周青的哭訴，將其斬殺。

周青死後三年，當地一直遭受嚴重的旱災，算命先生認為是周青的

冤魂在作怪。

後來，太守在周青的墓前殺牛祭拜，天空忽然落下大雨，孝婦的美名從此流傳。

唐朝時，百戲變成了雜劇，表演形式涵蓋歌舞、雜技等，當時不過是逗大家玩樂的一種表演而已。到了宋朝，雜劇逐漸向戲劇靠近，內容分成三段：第一段引子，第二段敘事，第三段插科打諢，中間伴有雜技。

因為有幽默搞笑的成分在裡面，所以這時的雜劇也被稱為滑稽戲，到了元朝，因為統治階級的緣故，文人的社會地位極其低下，長期的被壓迫之下誕生出元曲這朵瑰麗的奇花。元曲深具時代抗爭精神，揭示了激烈的社會矛盾。

當「元曲四大家」之一的關漢卿看到東海孝婦的故事時，他陡生靈感，將故事改編後，取名為《竇娥冤》，講述寡婦竇娥被張驢兒父子逼婚卻堅決不從，於是張驢兒害死竇娥的婆婆，並嫁禍給竇娥。

結果，竇娥被太守處以死刑，臨刑前，她發誓若自己被冤枉，就讓血濺白練不墜地、六月飛雪、三年大旱，結果一一靈驗，其冤屈也終於洗清。

《竇娥冤》上演後，博得人們的一致好評，位列元曲四大悲劇之一，並被稱為「中國十大古典悲劇之一」。它將孝婦置身於刁民與官場勾結的背景下，使其成為元代被奴役剝削的民眾代表，謳歌了百姓的善良和反抗精神。

【說文解惑】

元雜劇是元曲的一種形式，它來自於宋朝的雜劇和諸宮調。諸宮調是樂師用樂器進行說唱的一種表演形式，後來被北方雜劇容納吸收，成為重

要的演出形式。

南宋時期，因都城南移至臨安，雜劇在南方盛行。此時，北方也在行院中流行一種戲劇形式，叫金院本，金院本與雜劇形式差不多，只是曲調有所不同。

元朝統一中國，南北方文化大融合，宋雜劇和金院本演化成元雜劇。各地名家輩出，不僅有關漢卿、馬致遠、白樸、鄭光祖四大名家，還誕生出珠簾秀、天然秀、黃子醋等優秀的名伶。

不過，元末因社會動盪，文人已無暇再從事戲劇事業，且彼時科舉恢復，文人在誘惑之下漸往仕途靠近，元雜劇在歷經一個時代的繁榮之後終於衰落。

【朝花夕拾】**中國十大古典悲劇**

中國十大古典悲劇發源於元朝，至清朝終止。十大悲劇分別為：元朝的《竇娥冤》、《漢宮秋》、《趙氏孤兒》、《琵琶記》，明朝的《精忠旗》、《嬌紅記》，清朝的《清忠譜》、《長生殿》、《桃花扇》和《雷峰塔》。

39

極致秋思《天淨沙》
元散曲的幾種形式

一個深秋的黃昏，夕陽的餘暉籠罩著大地，一個孤獨的身影被披上了一層寂寞的光芒。

這個儒雅瘦削的中年人緩慢地行走在京西古道上，他身下的坐騎骨瘦如柴，走一步就要顛一下，不禁讓人擔心命不久矣。

這時，路旁的槐樹上忽然響起一陣淒厲的尖叫，一個黑影張開翅膀，撲啦啦地飛到天上去了。

中年人蒼白的臉上久久未出現血色，此情此景令他備感惆悵，再過一些時候，他就可以回到離開已有二十年的故鄉了。

此時此刻，他的內心無限感慨，望著遠處山澗上的小橋和橋下淙淙的溪水，憶起董解元在《西廂記》中的詞闋《賞花時》：落日平林噪晚鴉，風袖翩翩吹瘦馬，一經入天涯，荒涼古岸，衰草帶霜滑。瞥見個孤林端入畫，蘺落蕭疏帶淺沙。一個老大伯捕魚蝦，橫橋流水。茅舍映荻花。

這是他非常喜歡的一首詞，正與眼前情景相似，他靈感湧動，脫口而出：枯藤老樹昏鴉，小橋流水人家，古道西風瘦馬。夕陽西下，斷腸人在天涯！

這就是後來著名的小令《天淨沙‧秋思》，這位中年人即是有「曲狀元」之稱的元曲大師馬致遠。

馬致遠長期在外漂泊，早已萌生倦鳥歸林之心，他時常思念故鄉，因而在創作《天淨沙‧秋思》時飽含了無限深情。其實，《秋思》中所描述的場景並不新穎，且多為前人所用過，但沒有人能像馬致遠一樣將思念描述得如此簡單澄淨，又哀婉纏綿。

其實，已至元朝後期，宋詞早已衰敗，元曲呈現出繁榮昌盛的狀態，《天淨沙》是曲牌名，為很多詞曲名家所用過，而元曲另一位大師白樸也曾用《天淨沙》描寫過秋天，也表達了作者的愁緒，但對景色的描寫和馬致遠又有不同。

白樸在《天淨沙》中這樣寫道：孤村落日殘霞，輕煙老樹寒鴉，一點飛鴻影下。青山綠水，百草紅葉黃花。

這首小令偏重述景，前兩句風格陰寒，第三句打破沉靜，帶出活躍鮮麗的氣氛，最後兩句則顏色鮮豔，描繪出秋日的綺麗之景。

不過馬致遠藉景抒情，將秋天的蕭瑟轉化為遊子對故鄉深深的眷戀之情，令人讀後無不觸動，因而他的《秋思》被譽為「秋思之祖」，成為讓無數後人黯然泣下的千古佳作。

【說文解惑】

金元時期，北方少數民族的樂曲與中原相融合，形成了一種新的文學體裁，它由長短句構成，被稱為散曲。之所以是「散」曲，是因為它沒有元雜劇完整的情節，純粹以抒情為主，雖然注意一定的韻律，卻又有口語靈活多變的特點，因此在音節上呈現出自由散漫的狀態。

散曲又被稱為清曲、今樂府，它其實也是詩歌的一種類型，而其擁有三種基本形式：小令、套數以及帶過曲。

小令來自於唐朝的酒令，原叫「葉兒」，只有一首曲子，字也很少。如《天淨沙·秋思》就是小令。套數又稱套曲，由唐宋大曲發展而來，要求全套曲牌必須統一韻律，且要有尾聲。帶過曲則是由同一宮調的不同曲牌組合而成，不過曲牌不能超過三首。

散曲和雜劇合稱為元曲，兩者的文學體裁不一樣，雜劇是戲曲，散曲則是詩歌，不過二者均採用北曲做為演唱形式。

　　因為雜劇的影響超越了散曲，有人甚至單以雜劇來泛指元曲。

【朝花夕拾】什麼是「北曲」？

　　北曲是金元時期北方戲曲和詩歌所用的音樂，其受宋朝諸宮調的影響最大，因而形成了曲牌聯套體的結構。北曲雖利用曲牌填詞，但不像宋詞那樣分上、下闋，形式也比較自由，有「曲者，詞之變」的說法，它是中國最早的戲曲聲腔之一。

40 誰説浪子不專情
「曲家聖人」關漢卿

在世界戲劇史上，西方有莎士比亞，東方則有關漢卿，關漢卿在中國元曲史上的地位可見一斑。

身為文人，關漢卿風流倜儻，他筆下的劇本有很多描寫的是青樓女子的奇特遭遇，如《救風塵》、《金線池》等。這也說明，若沒有混跡香脂豔粉中的經歷，又如何能寫出這些膾炙人口的佳作呢？

每一位風流的文人背後，都有一個隱忍的老婆，關漢卿的妻子萬貞兒就是其中一位。萬貞兒明知丈夫愛玩，動輒數月不歸，卻仍舊盡到一個做妻子的本分，含辛茹苦地哺育三個孩子，是典型的賢妻良母。

萬貞兒本來是大戶人家的小姐，從小錦衣玉食，可是她富貴公子看不上，偏偏只愛風流才子。在嫁給關漢卿之後，她過著粗茶淡飯的生活，每日得勤儉節約地過日子，而丈夫除了才氣逼人，對自己並不溫柔相向，可是她從未有絲毫怨言。

歲月悄悄帶走了萬貞兒的美貌，卻讓她的優雅氣質沉澱得越發深厚。可是半老徐娘的她畢竟比不過青春如鮮嫩春筍般的少女，而丈夫又是個如此多情的浪子，於是危機感不可避免地產生了。

夫妻倆矛盾的導火線來自於萬貞兒的陪嫁丫鬟。

當年，萬貞兒新婚時，這丫頭不過才十一、二歲，手腳細長，看起來像根竹竿。一晃五年過去了，小丫頭的身體豐滿起來，曲線也出來了，臉頰也蒙上了一層緋色的紅霞，看起來似南國最初綻放的牡丹，別有一番味道。

有美人在旁，關漢卿忍不住心旌蕩漾起來，一雙熱辣的眼睛一個勁地

盯著丫鬟看。萬貞兒心裡很不舒服，但她畢竟是個大家閨秀，也不好說什麼，就隱忍下來。

可是，有一天她進入丈夫書房時，意外撿到了地上的一首小令：鬢鴉，臉霞，屈殺了在陪嫁；規模全似大人家，不在紅娘下；巧笑迎人，娓娓回話，真如解語花；若咱得了她，倒卻葡萄架。

萬貞兒頓感天旋地轉，便質問丈夫到底怎麼回事。

沒想到關漢卿不僅爽快承認了對丫鬟的愛慕之情，還提出了要納對方為妾的想法。

萬貞兒不同意，夫妻兩個爆發了婚後最厲害的一次爭吵。

關漢卿惱恨地說：「我知道妳嫌棄我窮，嫌我這輩子沒給妳榮華富貴，妳這個財鬼！」他憤然摔開門，向外走去。

萬貞兒哭紅了眼，心中萬分委屈，她出身官宦之家，也知男人三妻四妾很正常，可是她又覺得自己辛苦那麼多年，還得微笑著去接受丈夫的背叛嗎？不，她絕不會！

後來，關漢卿氣消了，回到家中。

這段時間，他也感慨良多，知道若沒有妻子默默無聞的奉獻，自己很難有今日的成就。

於是，他與妻子言歸於好，並承諾不再提納妾一事。

那時《救風塵》即將完成，關漢卿照例將詞曲唱給妻子聽，當聽到《小梁州》時，萬貞兒忍不住流下了欣慰的眼淚：可不道一夜夫妻百夜恩，你可便息怒停嗔。你村時節背地裡使些村，對著我合思忖：那一個雙同叔打殺俏紅裙？

【說文解惑】

關漢卿位列「元曲四大家」之首，號「己齋叟」，一生共著有六十七

部雜劇，可惜留存於世的僅剩十八首。

關羽擒將圖

關漢卿的作品大致可分為三類：一類是控訴封建社會的黑暗統治，展現民眾抗爭精神的作品，如《竇娥冤》、《魯齋郎》等；一類是描寫聰明的平民婦女的抗爭故事，結局往往較美滿，如《救風塵》、《望江亭》等；還有一類則是謳歌歷史英雄的雜劇，最著名的一部是描寫關羽單刀赴約的《單刀會》。

此外，關漢卿還寫過十四部套曲，三十五首小令，除了描述都市風景外，還抒發了自身的壯志情懷。在套曲《不伏老》的尾聲中，他的那句「我是個蒸不爛、煮不熟、捶不匾、炒不爆、響噹噹一粒銅豌豆」，讓無數讀者肅然起敬。

【朝花夕拾】差點變成喜劇的《竇娥冤》

關漢卿之妻萬貞兒是才女，關漢卿每創作完一章，都會唸給妻子聽，讓對方給意見。在創作《竇娥冤》時，關漢卿覺得竇娥的身世實在太悲慘，忍不住動了惻隱之心，想將劇本的結局改成喜劇。誰知萬貞兒聽說後，好心勸告夫君：「雖然是皆大歡喜，可是寓意不深刻了，不如結局壞一點，反而能震撼人心。」關漢卿覺得妻子的話很有道理，於是做了修改。

後來，《竇娥冤》成為歷久不衰的悲劇，被清朝著名學者王國維譽為可與《趙氏孤兒》並列躋身世界悲劇之列的佳作。

41 死後救蒼生
元曲大師馬致遠

在大師關漢卿之後，元朝又出了一位元曲名家，他就是馬致遠。

當年，馬致遠的一首小令《天淨沙‧秋思》不知擄獲了多少遊子的心，而他本人的雜劇成就則更大。

馬致遠原名叫馬視遠，意為目光長遠、前程遠大，他也一心想在仕途上有所發展，於是勤奮苦讀，希望能早日考取功名。

在他的家鄉有一座鐵佛寺，寺裡有尊鐵佛，據說特別靈驗。於是，他就到寺廟裡參拜，恰好遇到住持，就攀談起來。

住持見眼前的這位書生氣度不凡，便笑道：「古書有云：非淡泊無以明志，非寧靜無以致遠，老衲看你志向遠大，不如改名為致遠。」

馬視遠一聽，喜不自勝，趕緊謝過住持。因住持讓他性情「淡泊」，他又特意改名號為東籬，取意自陶潛的詩句「採菊東籬下」，勉勵自己繼承陶淵明的志向。

然而，科舉之路雄關漫漫，馬致遠離家後漂泊了二十年，卻始終與官場無緣。此時的他已經冷靜下來，萌生退隱之意，把更多的精力投入到元曲的創作中。

他寫出了膾炙人口的《漢宮秋》，這部雜劇以漢元帝時期王昭君出塞和親為背景，添加了皇帝與昭君的夫妻之情，還在劇終時令昭君投江自殺，表達了在社會大環境下個人無能無力的複雜心情。

其實，他也是在哀嘆自己的命途多舛，元朝的漢人是沒有什麼地位的，雖然蒙古統治者嘴上說要「任用漢族文人」，可是始終沒有真正貫徹

執行。馬致遠最終失望了，他明白，自己不能再天真地幻想下去，世事不會為他一人而改變。

後來，他又寫了《薦福碑》等劇，逐漸在文壇出類拔萃。可是直到他死去，也沒能實現自己的政治抱負。

馬致遠若在天有靈，一定想不到在下一個朝代，他竟能受到皇帝如此大的恩賜。

明朝初期，燕王朱棣為奪取皇位，發動了「靖難之役」，北方的大

王昭君離國時，悲痛萬分。明朝著名畫家仇英據此創作了《明妃出塞圖》。

量百姓慘遭殺戮，人們不得不舉家逃難，以免受戰亂之苦。

屋漏偏逢連夜雨，此時北方又發生了自然災害，一時間民眾投生無門，餓殍遍野，尤其在河北，隨處可見嶙峋的白骨，令人怵目驚心。

可是，在馬致遠的家鄉東光，卻發生了一件幸事。

朱棣是個元曲迷，特別崇拜馬致遠，當他聽說東光是馬致遠的故鄉時，就勒令官兵：「逢馬不殺！」

不過，士兵會錯了意，聽成了「馮馬不殺」。這個消息很快就在當地百姓中傳開了，不僅馮姓和馬姓家族倖免於難，其他不姓馬的百姓也紛紛說自己姓馬，結果也保全了性命。

【說文解惑】

馬致遠，字千里，號「東籬」，元曲四大家之一，所作雜劇有十五種，可惜存世的僅有《漢宮秋》、《薦福碑》、《岳陽樓》、《青衫淚》、《陳

搏高臥》和《任風子》六種。他的散曲有一百二十餘首,《天淨沙·秋思》、《東籬樂府》是其代表作。

早年的馬致遠希望能成為朝廷名臣、輔佐君王左右,可惜一直沒能實現這個願望,後來他果真淡泊名利,在晚年過著隱居生活。

不過在雜劇的創作上,他始終飽含著極大的熱情。他很早就開始了雜劇的創作,組建了「貞元書會」,還與很多名士和藝人交情甚篤,因其從事雜劇創作的時間長、名氣大,而享有「曲狀元」的美譽。

【朝花夕拾】何為「靖難之役」?

明太祖朱元璋登基後,把兒孫封為各地的藩王,他的孫子朱允炆即位後,因採取一系列削藩政策,導致朱元璋第四子朱棣起兵反抗。朱棣在北平揮軍南下,最終奪取皇位,而朱允炆則在戰爭中下落不明。

這就是歷史上有名的「靖難之役」。

明成祖朱棣

42 倩女離魂的追愛神話
言情作家鄭光祖

在元朝，南北民族大融合的進程
飛速發展，催生了一大批優秀的元曲藝
術家的誕生。當時的元曲名家的作品大
多反映社會矛盾，展現出作者強烈的愛
國情懷。

不過，有一部雜劇卻帶上了浪漫
瑰麗的愛情色彩，那就是王實甫的《西
廂記》。

《西廂記》推出後，迅速在民間
流傳，讓很多文人嘆為觀止。此時，有
一位元曲家心裡不是滋味，他就是專門
寫言情曲目的鄭光祖。

鄭光祖見自己寫了那麼多有關愛
情的雜劇，名氣卻不及《西廂記》，而
《西廂記》也並非王實甫的原創作品，
居然能聲震八方，足以讓他憤憤不平。

他認為，正是《西廂記》借鑑了
前人的經驗才有如此成就，便決定也去
改編前人的故事，進而創作出一部絕世
之作。

他想到了唐朝傳奇《離魂記》，

《迷青瑣倩女離魂》刻本中的插圖

故事講述了美女倩娘與表哥王宙青梅竹馬，本在小時候有過婚盟，可是倩娘長大後，其父卻忘了婚約，結果將女兒許配他人。王宙得悉後悲憤異常，深夜乘船離開倩女的家，卻發現倩娘追來，不禁喜出望外。這對情侶從此在川中漂泊五年，後因倩娘思念雙親才返回故鄉。到家後，王宙才發現真正的倩娘一直臥病在床，而陪伴自己的是倩娘的靈魂。自此，倩娘魂魄回到身體裡，有情人終成眷屬。

鄭光祖想到開心處，不禁為自己的想法拍手叫好。他馬上動筆寫雜劇，名字就叫《迷青瑣倩女離魂》。出於一個元曲大師敏感的藝術直覺，他對《離魂記》的幾處不完善的地方進行了修改。

他讓女主角倩女處於孤軍奮戰的境地，讓男主角王文舉從攜倩女私奔變為考中狀元後回鄉迎娶倩女，又讓倩女的家人從不知女兒與男主角的婚約變為明確提出「三輩子不嫁白衣秀才」。

如此一改，使得《迷青瑣倩女離魂》的反封建意識大為提高，變成一部舊社會婦女突破封建束縛努力追求婚姻自由的進步之作。該雜劇引發了轟動，讓鄭光祖贏得了「名香天下，聲振閨閣」的美稱。

有意思的是，即使已經取得成功，鄭光祖仍是對《西廂記》耿耿於懷，於是他又模仿前者創作了一部雜劇，名為《㑇梅香》，不過該劇只侷限於風花雪月談情說愛上，而且等同於「紅娘」的婢女樊素也是滿口之乎者也，一點都不符合丫鬟的身分，使得《㑇梅香》與《西廂記》相差甚遠。

不過，僅憑一部《迷青瑣倩女幽魂》，鄭光祖就足以躋身「元曲四大家」，儘管後人也寫了很多類似《倩女幽魂》這樣的故事，但最後流傳下來的只有鄭氏版本的《倩女離魂》，足見這部作品深厚的文學功底。

【說文解惑】

與《迷青瑣倩女離魂》的受歡迎相反的是，作者鄭光祖留下的生平資料很少，只知他在杭州當過官，卻因性情耿直，不願疏通官場關係遭致仕途不順，常被同僚輕視。

他傾其一生從事雜劇創作，作品有十八種，不過如今留存於世的只剩《迷青瑣倩女離魂》、《周公攝政》、《王粲登樓》、《翰林風月》、《無塩破連環》、《伊尹扶湯》、《老君堂》、《三戰呂布》八種，另有小令六首，套數二套。

《迷青瑣倩女離魂》與唐朝《離魂記》的最大不同，是將倩女的肉身與魂魄分開描述，當病床上的倩女得知昔日戀人王文舉要結婚時，不由得悲痛欲絕，這種描繪手法為後代作家所效仿，如明朝湯顯祖的《牡丹亭》就是成功案例。

【朝花夕拾】電影《倩女幽魂》

二十世紀八〇年代，香港拍攝了一部電影，名字與《倩女離魂》相近，叫《倩女幽魂》，因此很容易與元曲混淆。其實，《倩女幽魂》的故事來自於《聊齋志異》中的《聶小倩》，講述了女鬼小倩被樹精操控，欲奪書生寧采臣的性命，後小倩愛上采臣，反助對方逃離。最後，在劍客燕赤霞的幫助下，樹精終於被打敗，可是小倩也從此消失的故事。該片已成為徐克和程小東的經典之作，由黃霑作詞的電影插曲也頗為動人。

43 《梧桐雨》下憶當年
寄情於曲的白樸

他又做夢了，夢中蒙古人的鐵蹄攻破了汴京的城門，瞬間讓整個城池陷入滅頂的恐慌中。城內火光沖天，街面上滿是雜物，百姓們拖家帶口提著行李四處逃逸，幼小的孩童被人流擠散了，孤立無援地坐在路邊大哭。

此時，一道銀光在明亮得讓人目眩的陽光中閃過，孩童停止了啼哭，他的頭骨碌碌地滾進了臭水溝，可是一雙眼睛卻死死地圓睜著，死不瞑目。

「啊！」白樸大叫著從夢中醒來，驚出了一身冷汗。

他已經三十六歲了，這樣的夢卻已做過無數次。自從他居住的汴京被蒙古人攻陷後，他那無憂無慮的童年便宣告結束了。

如今父親白華已經歸順元朝，可是白樸依舊對元軍昔日的罪行記憶猶新，他天資聰穎，詞賦成就均高於常人，卻從未想過做官，更不願為仇人效命。

可是就在今天早上，河南路宣撫使卻舉薦他出仕，還說是皇帝的命令，被他斷然拒絕。但是他知道，朝廷不會死心，若連番拒絕，恐將惹怒皇帝，到時家族恐怕是要被他牽連了。

白樸躊躇良久，終於做出一個決定：離開家人，去遙遠的南方獨居。

從此，他遠離官場，成了漂泊的遊子。他每經過一處，便心痛地發現當年的繁華之地已被元軍的兵火破壞殆盡，在荒蕪的九江，他傷心地沉吟道：「纂罷不知人換世，兵餘獨見川流血，嘆昔時歌舞岳陽樓，繁華歇。」

隨後，在一個梧桐葉落的秋日，他看著滿地金黃，想起了白居易《長

恨歌》中的詩句「秋雨梧桐葉落時」，不由得備感淒涼，寫下著名的戲劇《唐明皇秋夜梧桐雨》。

《梧桐雨》講述唐明皇在楊貴妃死後在梧桐下思念愛妃，竟與之相見，卻被雨聲驚醒，才發覺是南柯一夢的故事。其中第四折《三煞》這樣寫道：潤濛濛楊柳雨，淒淒院宇侵簾幕。細絲絲梅子雨，裝點江乾滿樓閣。杏花雨紅濕闌干，梨花雨玉容寂寞。荷花雨翠蓋翩翩，豆花雨綠葉瀟條。都不似你驚魂破夢，助恨添愁，徹夜連霄。莫不是水仙弄嬌，蘸楊柳灑風飄？

楊貴妃華清池出浴圖

這豈止是唐明皇的哀怨呢？這分明就是白樸對物是人非的祖國山河的感慨！此後他主要在江南一帶遊歷，中途因原配去世回了一趟北方，元朝統治者趁機再度勸他做官，又被他拒絕。

直到八十一歲時，他還重遊了一趟揚州，而後，他就隱匿於世，再也無人知曉他的蹤跡了。

【說文解惑】

白樸，原名白恆，字仁甫。他出身於一個官僚家族，父親白華先是在金朝的樞密院任職，後歸降南宋，在南宋滅亡後又成為元朝的官員。

白樸早年的身世充滿坎坷，他在父親隨金軍北上後，所居住的汴京遭遇到蒙古人的洗劫。幸好當時著名的文學家元好問也在汴京，便將白樸姐弟倆收養，並給予白樸良好的教育。因眼見元人對無辜百姓燒殺搶掠的罪行，白樸即便在後來成為元朝的子民後，也不願為朝廷賣命。

他唯有寄情山水，抒發自己對昔日繁榮的懷古之情，除了《梧桐雨》外，他的戲劇代表作還有《裴少俊牆頭馬上》、《董秀英花月東牆記》等，除此之外，他還寫有一本詞集《天籟集》，闡述自己對蒼涼人生的感慨。

白樸雕像

【朝花夕拾】白樸的貴人元好問

在白樸的成長過程中，有一個人對他起過相當重要的影響，這就是元好問。一二三三年汴京被攻陷後，一片喊殺聲中元好問抱著被他視為「元白通家舊，諸郎獨汝賢」的神童白樸逃出京城，自此，白樸有很長一段時間生活在他身邊。

元好問的家族為北魏鮮卑族拓跋氏，他從小就是個神通，七歲即能吟詩。他是南宋與金國對峙時期北方的文學代表，也是金末元初最有名的作家和歷史學家，享有「一代文宗」的美譽。著作有詞集《遺山樂府》、詩集《論詩絕句三十首》，編有《中州集》。

44　一段情事牽動三朝文人的心
《西廂記》

　　清朝小說《紅樓夢》裡提到一本禁書，它令賈寶玉和林黛玉愛不釋手，卻讓賈政等老古董談之色變，它就是古代言情小說《西廂記》。

　　《西廂記》做為元朝戲曲家王實甫的劇本而家喻戶曉，但王實甫並非原創作者，這部戲是根據唐末詩人元稹的帶自傳性質的小說改編而來。

　　元稹生於河內縣的趙後村，與鄰村崔莊的一位叫崔小迎的姑娘是青梅竹馬的戀人。元稹幼時喪父，家境貧寒，可是小迎一家人並未因此而看不起他，相反還待他如親人。

　　後來，小迎的父親因為要幫富人家做工，需要舉家搬遷至沁陽城，小迎捨不得離開元稹，便請求家人帶元稹一同前往，結果得到了家裡人的同意。

　　於是，元稹和小迎更加親密，如膠似漆，他們在竹林裡玩耍，去花園裡捉蝴蝶，還在沁園內認識了很多文人騷客，如韓愈、白居易、令狐楚等。愛情的種子悄悄萌芽了，少女小迎出落得亭亭玉立，如一朵沾著朝露的蘭花，淡淡散發著幽香；而元稹也是學識過人、儀表堂堂，這一對男女再也遮掩不住對彼此的愛慕，很快便私訂終身。

　　後來，元稹為了功名要赴京趕考。臨行前，小迎萬般不捨，含淚告訴元稹：「此番無論你名次如何，只盼早點歸來，我在這裡等你！」

　　元稹憐惜地幫小迎擦去淚水，安慰戀人：「放心吧！我一定早去早回！」

　　哪知，元稹到了京城後結識了太子少保韋夏卿，懂得審時度勢的他立

刻與韋夏卿的女兒結了婚，然後就音訊全無，再也沒有去找小迎。

直到妻子早逝，元稹才突然懷舊起來，他倒是沒忘記小迎的美貌，覺得自己有錢有勢了，娶回沉魚落雁的初戀也是一樁美事，於是多次回家尋人，可惜始終無果。

元稹很生氣，覺得小迎背叛了他，就寫下一篇傳奇《鶯鶯傳》，藉男主角張生之口大罵鶯鶯是禍國殃民的妖孽，借機為自己臉上貼金。

孰料偷雞不著蝕把米，很多人都對始亂終棄的張生不滿，斥其負心薄倖。至金朝，封建禮法在民眾間逐漸

《崔鶯鶯造像》，明朝仇英作，畫中鶯鶯焚香禱月的情景，是雜劇中的一個場面。

淡化，戲曲家董解元將《鶯鶯傳》改編成諸宮詞《西廂記》，不僅為原作增添了很多血肉，還改動了結局，變成鶯鶯和張生私奔，在白馬將軍的撮合下終於喜結良緣。

從此，《西廂記》變成了一個喜劇。元朝的王實甫又將其改編成戲劇《崔鶯鶯待月西廂記》，令劇情更加鼓舞人心。

在王實甫的筆下，老夫人雖然固執，卻還算懂得變通，她最後答應了鶯鶯和張生的婚事。這部戲還融入了很多古典詩詞，使其文學性大為提高。

透過《西廂記》的三朝變遷，可以看出人們對愛情的執著追求和對薄情的厭惡，即便在禮教甚嚴的古代，還能擁有一顆堅守真愛的心，是多麼

令人感動和欽佩！

【説文解惑】

　　三個朝代，三個版本的《西廂記》，在思想上是有很大不同的。《鶯鶯傳》中的崔鶯鶯雖然渴望愛情，骨子裡卻被封建禮教束縛著，她既與張生調情，又斥責對方風流，令人匪夷所思；此外，她與張生私通後，覺得自己是個不潔的女人，因而張生變心她也不去指責對方，足見封建糟粕對婦女的毒害程度。

　　董解元則帶領鶯鶯突破了桎梏，讓男女主角勇敢地追求真愛，為世人稱道。人們將他的《西廂記》譽為董西廂。

　　不過董西廂對於情節的描寫比較粗糙，經王實甫的補充後才豐滿起來。

　　王實甫首次在戲劇中刻劃了愛情心理，令人耳目一新，同時其情節的戲劇性也非常強烈，各種矛盾引人入勝，是中國古典戲劇的典範之作，有「天下奪魁」的美稱。

【朝花夕拾】「傳奇」與「諸宮詞」

　　兩者均為古代文體。傳奇指長篇英雄故事，亦指唐宋時期有看點的短篇小說，到了明清時，則指長篇戲曲。諸宮詞有點像現代的說唱，即樂師用琵琶或琴箏伴奏，將故事邊說邊唱，也有點類似於評彈。

45 心中的帝王夢
歷史演義小說《三國演義》

據說，每個男人心中都有一個帝王夢，《三國演義》的作者羅貫中自然也不例外。

羅貫中生於元朝末年，為反抗元朝的暴政，當時民間的起義不斷，羅貫中雖然年輕，卻頗有志向，他投靠了農民領袖張士誠，希望在政權上能擁有自己的一片天地。

誰知張士誠安於享樂，還不顧羅貫中等人的反對，自立為王。當時朱元璋的起義隊伍正在迅速壯大，羅貫中敏感地察覺到未來的權力將歸屬朱元璋，他失望地離開軍隊，黯然回到了蘇杭。

此時的羅貫中到了知天命的年齡，長年的征戰令他增長了不少閱歷，看待問題的想法也已成熟，不過那份帝王夢仍沒有消散，他決定寫一部小說，用文字代替刀槍在戰場上馳騁。

於是，他找了一個僻靜的地方住下，平日很少見客。朋友們都說他性格孤僻，其實他在蘇州師從施耐庵時就已這樣，為了潛心研讀書籍和認真創作，他並不害怕孤單。

某一天，有個久未謀面的朋友來拜訪他，二人相談甚歡，不知怎的，忽然說到了三國群雄。羅貫中眼睛一亮，開始侃侃而談，一個個英雄的故事從他嘴裡說出，讓朋友聽得聚精會神。

朋友因此打趣道：「你是不是想把三國的故事寫成書？」

羅貫中點點頭，認真地說：「是的，三國時期群雄輩出，而且精彩的戰事不斷，寫出來應該很吸引人。」

朋友贊同地頷首，卻又提出心中疑問：「西晉陳壽已寫過《三國志》，你就不怕被人說是拾人牙慧嗎？」

　　羅貫中不以為然地笑道：「不會，《三國志》太簡單了，不夠生動，我要寫一本男女老少皆宜的書，讓大家都愛看！」

　　可是，三國時期起始於東漢末年，自黃巾起義至晉朝一統三國，時間跨度將近一百年，而且三國群雄不下幾百個，要想將這些人、事、物轉變成一部內容緊湊的小說，並不是一件簡單的事情。

　　從此，羅貫中開始認真研究三國的歷史，他不僅多次閱讀《三國志》等歷史書，還四處收集有關三國時期的所有小說、戲曲劇作和話本。

　　他在三國主要人物劉備、曹操、孫權、諸葛亮的基礎上進行了充分想像，增添了如桃園三結義、關羽過五關斬六將、諸葛亮草船借箭等故事，讓這部名為《三國志通俗演義》的小說變得引人入勝，而歷史上發生的真實的故事，如赤壁之戰、官渡大戰等，他又進行了藝術加工，使三國的故事在真實中平添浪漫色彩，更具有藝術性。

　　後來，《三國志通俗演義》被更名為《三國演義》，這本書代表了中國明清小說的最高成就，它成功地描繪出各種政治家、軍事家之間的心理攻堅戰和實地作戰技巧，塑造了四百多個人物形象，令主角的性格突出鮮明，至今為後人所津津樂道。

【說文解惑】

　　羅貫中，號「湖海散人」，山西太原人。他的著作除了《三國演義》，還有《隋唐志傳》、《殘唐五代史演轉》、《三遂平妖傳》，此外他還是一位雜劇作家，為今世後人留下一部名為《趙太祖龍虎風雲會》的雜劇。

羅貫中早年參軍，晚年開始寫《三國演義》，待這本書完成時，他已是六十多歲的老人，然後為了紀念老師施耐庵，他又決定潤色老師的作品《水滸傳》，同時他還繼續書寫自己其他的歷史演義小說，是一位非常勤奮的作家。

【朝花夕拾】《三國演義》為何要擁劉反曹？

曾有學者認為羅貫中認定劉備是漢朝王室後人，擁有王室血統，所以要在《三國演義》中支持劉備，而苛責曹操。不過今人提出不同的意見，認為羅貫中之所以會擁劉反曹，是出於人民大眾的美好願望。因為劉備有德，愛護百姓，且施行仁政，相反曹操卻實施暴政，喪失民心。羅貫中也藉「擁劉反曹」來表達對元朝統治者的不滿，展現出他的仁者治天下的政治觀點。

英雄傳奇小說《水滸傳》

　　元朝末年，社會極度黑暗，被壓迫的農民起義不斷，在反抗的百姓中，就有一位大名鼎鼎的文人，他就是中國第一部描寫農民起義的長篇小說—《水滸傳》的作者施耐庵。

　　施耐庵本是錢塘的知縣，奈何元朝統治者縱容蒙古人欺壓漢人，他一怒之下辭去官職，回到家鄉蘇州，做起了教書先生。

　　此時，他的表弟卞元亨突然來找他，並向他道別。

　　施耐庵看著這個魁梧的年輕人，不解地問：「你這是要去哪裡？」

　　卞元亨抱一抱拳，爽朗地笑道：「大丈夫當為民請命，我要去投靠張士誠，參加農民起義！」

　　施耐庵還第一次聽到身邊人如此直言不諱，他驚訝地問：「你不怕死嗎？」

　　卞元亨微微一笑，無所畏懼地說：「我已變賣了全部家當，要為起義出一份力，你若有心，也跟我一起戰鬥吧！」

　　卞元亨是個商人，原本生意做得不錯，如今卻為了大義而甘願捨棄一切，令施耐庵深受感動，施耐庵當即決定投筆從戎，抗擊元朝。

　　他當上了農民領袖張士誠的軍師，並結交了一批戰友，逐漸對軍隊和作戰了然於心，後來他因不滿張士誠投降元朝，就返回蘇州繼續教書，可是這段軍旅生活的經歷卻對他日後的創作影響深遠。

　　當時的蘇州有很多說書先生，施耐庵在閒暇時喜歡坐在茶樓裡聽那些古今豪俠的故事，其中梁山泊英雄的動人傳說吸引著他，讓他每每聽完都

欲罷不能。

　　某一天，他在一家書店發現了梁山泊英雄的手繪話本，他如獲至寶，當即把書買回家中，並興起了一個念頭，要將宋江等人的故事寫成一本小說，讓大家都知道農民起義的力量堅不可摧。

　　他以曾經的戰友為原型，寫入小說中，其中卞元亨就成為現實版的武松，而投靠元軍的張士誠的女婿潘元紹和其兄弟潘遠明則被塑造成不忠的潘金蓮和潘巧雲。他還請人畫了一百零八張的人物畫像，然後掛在房間每天細心思索，為每位英雄的性格描述絞盡腦汁。

　　轉眼，新的一學期開始了，施耐庵的學館裡來了一位談吐不凡的學生羅貫中。施耐庵與羅貫中一見如故，師徒兩個從此經常探討文學作品和創作。

　　身為老師的施耐庵也想讓自己的學生提提意見，每寫好小說中的一回，就給羅貫中閱讀。羅貫中頭腦靈活，思維開闊，他總能發表一些有用的見解，於是施耐庵就根據羅貫中的話對小說進行修改，歷時數年，《水滸傳》終於完成。

　　幾年後，施耐庵病逝，但他的《水滸傳》卻成為一代傳奇，在民間長久流傳。

日本浮世繪大師歌川國芳所畫的打虎英雄武松

【說文解惑】

　　施耐庵，本名彥端，因才氣過人且品行端正，被舉薦為進士，但因為元朝腐敗，隨後又辭官回鄉，專心致志與學生羅貫中一起研究《三國演義》、《三遂平妖傳》的創作。

　　《水滸傳》最早被施耐庵命名為《江湖豪客傳》，他在寫《江湖豪客傳》時，恰逢朱元璋擊敗張士誠、大肆鎮壓張士誠餘部，為避免受牽連，施耐庵不得不舉家搬遷至淮安，隱姓埋名，專心創作小說。

施耐庵雕像

　　《江湖豪客傳》完結後，改名為《水滸傳》，從此沿用至今。

【朝花夕拾】**少不讀水滸，老不讀三國**

　　現代有句諺語，叫「少不讀水滸，老不讀三國」，這句話是什麼意思呢？原來，《水滸傳》描寫生性衝動的江湖草莽，年輕人看了容易心生叛逆之心；《三國演義》則滿篇工於心計，本就城府很深的老年人看了會加重心機，因此「少不讀水滸，老不讀三國」，是讓大家不要被小說所迷惑，以免誤入歧途。當然，這只是危言聳聽，有正確價值觀的人想必不會被書本左右。

47 不能說的祕密
吳承恩與神魔小說《西遊記》

孫悟空三打白骨精

自古才子難當官,對明朝著名的小說家吳承恩來說,尤其準確。

他出生在一個小商人家庭,但父輩兩代人都做過官,他的父親給兒子取名為承恩,就是想讓兒子上承皇恩,下澤黎民,為國家做一個清官。

少年吳承恩謹遵父親教誨,他自幼喜歡讀書,而且極具天賦,擅長敘事抒情,以致於每創作一篇佳作,都會迅速在鄉野村鎮中流傳開來。

人們紛紛點頭稱讚:「這孩子聰明啊!」大人們更是拿吳承恩舉例來教育孩子,他們一致認為吳承恩肯定能高中進士。

沒想到事與願違,他一直科舉落選,直到五十歲時才得了一個歲貢生的頭銜,千里迢迢趕去北京等待分配官職。

此時,他的小說《西遊記》剛開了個頭。

吳承恩一向喜歡神鬼傳說、稗官野史,喜歡讀唐傳奇如《百怪錄》、《酉陽雜俎》等。這麼多年的考試,讓他甚覺無聊,於是萌生了寫一部自己的小說的想法。一開始,他只想寫個猴精保護唐三藏的故事,在寫了幾回後,他就來到京城,滿心以為自己可以出仕了,便停止了創作。

可是朝廷遲遲不給他職位,吳承恩等了一年又一年,終於從欣喜萬分變成灰心沮喪。這麼多年的科舉經歷,使他察覺官場的黑暗絕非自己所能想像,不禁對現實非常失望。

他一連等了六年,才上任浙江長興縣丞。當官之後,果然與他想像的不差,各種腐敗之事頻頻發生,他想力挽狂瀾,卻是有氣無力。

兩年後,吳承恩再也不願同流合汙,便告老還鄉,以賣字畫維生。他

重新拿起筆，開始寫《西遊記》。

此時他的想法已經和過去不一樣，他要藉各路神魔鬼怪來比喻當今官場上的各色人等，用神話的形式來抨擊社會的墮落。他相信自己的小說會在民間流傳，而有內涵的人也能讀懂他的真正意圖。

為了寫好這本書，他還去南京城的國子監借閱《永樂大典》。《永樂大典》裡有唐三藏取經的詳細資料，可是這套典籍是平民百姓無法接觸的。在好友的幫助下，他唯有出錢請國子監裡的太學生抄錄。每日下午，他都早早來到國子監大門口耐心等待，看到太學生們出來便趕緊迎向前索取書稿。憑著這些資料，他獲得了創作《西遊記》最寶貴的文字紀錄，並最終完成了這部充滿諷刺效果和神話色彩的章回體小說。

【說文解惑】

吳承恩，字汝忠，號「射陽山人」。他的一生著作頗豐，卻因為沒有子嗣，唯一完整作品竟只剩《西遊記》一本。他的志怪小說集《禹鼎記》如今只留下一些殘篇，已被後人編撰成《射陽先生存稿》。

他的《西遊記》是中國四大名著之一，也是中國第一部帶浪漫主義色彩的長篇神魔小說，該書已被翻譯成多國語言，在世界上廣為流傳。世人均認為該書蘊含著深刻的思想，書中的某些暗示和諷喻對今人都有重大的啟示意義。

【朝花夕拾】《西遊記》的作者到底是誰？

有人曾提出異議，認為吳承恩並非《西遊記》的作者，因為各種版本的《西遊記》，均無一部署名為吳承恩。有學者推斷，其作者應為吳承恩的好友、《西遊記》的策劃者李春芳。不過，魯迅與胡適兩大學者一致認為《西遊記》為吳承恩所作，最終奠定了吳承恩為最終作者的地位。

48 能殺人於無形的奇書
世情小說《金瓶梅》

在明朝後期，儒學發展到極致，各種禮法甚嚴，文人士大夫動輒便是「仁義君子」，實則社會腐朽黑暗，官場上爾虞我詐之事層出不窮，所謂的「君子」，大多是披著羊皮的狼而已。

於是，有一本「禁書」在當時流傳開來，人們爭相觀看，最喜歡在雪夜圍爐賞讀玩味。這本書，便是赫赫有名的世情小說《金瓶梅》。

《金瓶梅》是一本反映社會百態的世情小說，自然能滿足不同人的口味，然而關於這本書還有一個傳奇故事，它竟是一本能殺人的書！

故事要從明朝嘉靖年間說起，當時的湖北麻城縣住著一位告老還鄉的錦衣衛，名叫劉承禧，他在家鄉造了一座極其奢華的住宅，並在蘇杭買來一些年輕女子，過著窮奢極慾的享樂生活。

劉家的富庶引來了一些門客的投靠，一位從山東蘭陵來的書生就上門來求見。書生自稱「笑笑生」，說自己身上有一本絕世罕見的抄本未完成，想借劉家的藏書樓補充些資料。

劉承禧見笑笑生氣度不凡，就收留了對方。從此，笑笑生一直待在劉家的藏書閣裡，但他平時也經常目睹劉承禧蹂躪家伎的惡行，便將所見所聞加到自己的書中，終於在幾年後，完成了《金瓶梅》的初稿。

《金瓶梅》出世後，受到社會大眾的一致歡迎，連奸臣嚴嵩之子嚴世蕃都慕名求讀。

當時《金瓶梅》的手抄本已經流落到史學家王世貞手中，嚴世蕃便在大庭廣眾之下逼問王世貞：「世弟啊，聽說你又在寫什麼傳奇劇本，可否讓老夫先睹為快？」

王世貞眉頭微蹙，這嚴世蕃是他的殺父仇人，當年嚴世蕃為了索取《清明上河圖》，將王世貞的父親藉故殺死，這等血海深仇王世貞一直沒有忘記，他做夢都想殺了嚴世蕃這老賊。

王世貞靈機一動，告訴嚴世蕃：「卑職新覓得一本《金瓶梅》，但書頁有殘缺，還等卑職請人增補些內容，再獻給大人！」

嚴世蕃聽了非常高興，快意地踱步離開。其實他不知自己已經中計，因為王世貞知道嚴世蕃讀書時有個習慣，就是翻書時喜歡用食指蘸著口水翻，若在書的每一頁都塗上砒霜，那嚴世蕃必死無疑。

幾天後，嚴世蕃在回家的路上遇到一個衣衫破舊的儒生，儒生說自己手上有本《金瓶梅》的殘頁，經過補充後已是完本，所以想獻給嚴大人。

嚴世蕃大喜過望，連忙賞賜了儒生一些銀兩，然後帶著《金瓶梅》回到府上。

在閱讀之前，他還特意把王世貞喊過來，狠狠羞辱了一番這個一直對自己心懷憤恨的年輕人。王世貞表面上深感無奈，內心卻狂喜不已，他興奮地想：自己的計謀終於要成功了！

當天晚上，嚴世蕃迫不及待地觀閱《金瓶梅》。他看一頁，便用食指蘸一蘸口水，然後翻下一頁。剛開始，他還看得津津有味，可是時間一長，他便覺得舌頭發麻，老眼昏花，喉間有一絲絲腥甜的氣息在往上冒。

終於，他渾身僵硬，重重地跌落在地。這個大奸臣至死都不瞑目，自己宅院中布滿了武林高手，卻被一介書生斷送了性命！自此，《金瓶梅》便有了「天下第一奇書」的美名，並廣為流傳。

【說文解惑】

《金瓶梅》也叫《金瓶梅詞話》，是明朝「四大奇書」之首，也是中國第一部由文人獨立創作的長篇章回體白話小說。

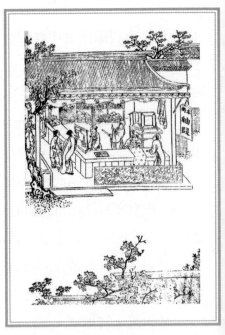

《金瓶梅》刻本中的插圖

該書以《水滸傳》中潘金蓮和西門慶勾搭成奸的故事為首，描寫了北宋末年賣官鬻爵、富商魚肉百姓、惡霸橫行於市的黑暗情形，實則影射了明朝腐敗不堪的社會現狀，因而具有很高的研究價值。

另外有人說，王世貞才是《金瓶梅》的原作者。王世貞是江蘇太倉人，明朝史學巨匠，「後七子」領袖之一，曾獨霸文壇二十年而無人能望其項背。至於笑笑生，無人能知此人真實姓名，有學者認為，從《金瓶梅》中大量可考的山東方言來看，《金瓶梅》確實應為山東人所作。

【朝花夕拾】何為「後七子」？

明嘉靖年間，文學家李攀龍、王世貞欲重振文壇復古旗幟，聯合徐中行、梁有譽、宗臣、謝榛、吳國倫組成了一個文學流派，七人便被稱為「後七子」，又稱「嘉靖七子」。後七子提出「固守唐音」的思想，強調文章學習秦漢、古詩效仿漢魏、近體宗法盛唐，反對八股文，有著時代進步的意義。

49 屢禁不止的警世之作
短篇小說集《三言二拍》

明朝是小說快速發展的時期，且類型多樣。

在明朝末期，有兩套書一問世便豔驚四座，掀起了文人學寫小說集的狂潮。

這兩套書便是馮夢龍的《三言》和凌濛初的《二拍》。

《三言》和《二拍》本是由兩個文人所編纂，為何人們要將它們相提並論呢？這是因為兩個作者生活的年代相近，且兩套書的成書時間和內容也相似，所以就成為後世的《三言二拍》。

《三言》裡有三本書，分別是《喻世明言》、《警世通言》、《醒世恆言》，《二拍》裡有兩本書，分別為《初刻拍案驚奇》和《二刻拍案驚奇》。《三言二拍》本是代表極高文化成就的書籍，沒想到發表後竟會成為朝廷的禁書。

馮夢龍是一個失意的文人，屢試不第，卻莫名其妙成了宦官迫害的對象。天啟六年，外界一片風聲鶴唳，馮夢龍東躲西藏，內心充滿悲憤，便藉文字來對黑暗的現實予以還擊。

他將民間的話本小說整理成《三言》，儘管裡面的故事幾乎都不是他的原作，但經過他的潤色和修改，可讀性和寓意更加深刻。這些故事諷刺了貪官汙吏，讚揚了愛情和正義，對社會的不公正現象進行了猛烈抨擊，另外還描述了市井百姓的生活風貌和思想感情，具有很強的警世作用。

結果，明朝統治者對《三言》甚為不滿，加上該書描寫了大量妓女的感情，朝廷認為有傷風化，便將《三言》列入禁書之列。即便到了清朝，朝廷也嚴令禁止《三言》流傳，直到民國時期，魯迅先生撰寫《史略》時，

也僅能得到《醒世恆言》的全本，而《喻世明言》和《警世通言》就只能知悉目錄了。

《二拍》同樣遭受了不公的待遇。

《二拍》主要反映了普通百姓的生活，如《三言》一樣，對封建王朝和制度進行了深刻的披露。《二拍》提出「因果報應」的理論，教導人們要積德行善，才能獲得好報，因此也是一套極具教育意義的書籍。

然而統治者卻對《二拍》更為反感，清朝政府直接將其視為「淫詞小說」，並頒布禁令，屢次查抄《二拍》在內的書籍。結果到了清朝後期，社會上流傳的《二拍》就只剩《初刻》，《二刻》已差不多失傳。

不過《三言二拍》在民間的受歡迎程度卻是空前的，《三言》在問世後不到數年內，就有三、四種不同的版本在市面上流傳，而《初刻》更為誇張，竟有十餘種不同版本出現，足見《三言二拍》在市民心目中的分量。

國外對《三言二拍》的崇拜則達到了白熱化的程度。日本人將其引入國內，翻譯成日文，還摘選出部分故事，編成日本的三言—《小說精言》、《小說奇言》、《小說粹言》。另外，日本還有《二拍》的全譯本。國外擁有很多《三言二拍》的研究者，他們給予這兩套書極高的評價，認為其是研究中國歷史的寶貴資料。

在《三言二拍》的帶動下，明末清初的文壇一下子出現了四十多部白話短篇小說集。這就是「禁書」的魅力，是經得起時間考驗的傳世佳作。

【說文解惑】

據考證，《三言》內有一百二十篇故事，唯有一篇《老門生三世報恩》是馮夢龍所作，其餘均來自話本小說。《三言》的內容深刻，語言出眾，尤其擅長用細節展現人物心理，擁有很高的寫作技巧。

相較之下，《二拍》的文學成就則不如上者。不過，《二拍》的全部七十八篇故事都是凌濛初所編寫而成，而且故事極富戲劇性，特別會製造懸念，因而頗為扣人心弦。

在《二拍》問世約五年後，一本名為《今古奇觀》的書開始在市面上出現。它所選的作品全來自「三言二拍」，分別為《喻世明言》八篇，《警世通言》十篇，《醒世恆言》十一篇；《初刻拍案驚奇》八篇，《二刻拍案驚奇》三篇，均是《三言二拍》中的精華。雖然有了此書後，看《三言二拍》的讀者大量減少，但也正因如此，《三言二拍》在被朝廷禁毀之時才沒有失傳，依舊頑強地活躍在民間。

【朝花夕拾】什麼是「話本」？

話本是宋朝興起的白話文小說，為當時民間藝人說唱故事時所用，後來演變成說書藝人的底本。話本小說泛指短篇的人情小說，內容多以歷史故事和社會生活做為題材，那些長篇累牘的故事不包含在內。

50

聰明反被聰明誤
蒲松齡與短篇文言小說《聊齋志異》

清朝順治時期，山東淄博出了個人才，他十九歲參加縣、府、道試，竟然連續第一，還受到山東學政施閏章的讚譽：「在眾位學子中鶴立雞群！」風頭可謂一時無兩。

此人便是蒲松齡，他少年時風光無限，卻沒料到日後自己竟將潦倒一生。

中了秀才後，蒲松林就打鐵趁熱去京城考進士。與此同時，順治想出了一個籠絡漢人的好方法，他命老臣范文程在京城的南郊開設一家客棧，以此來發掘人才。

這一日，蒲松齡正好風塵僕僕地來到客棧，他發現店門口張貼著一張奇怪的告示，告示上說只要能對得出店老闆的下聯，食宿不僅全免，還白送十兩紋銀。

天下竟有這樣的好事！

蒲松齡暗笑，他決定接下店老闆的招，就大搖大擺進了客棧大門。

他剛一進屋，就天降大雨，范文程有感而發：「大雨擋行人，誰做相公之主？」

蒲松齡微微一笑，抱拳答道：「蒼天欲留客，君為在下的東。」

范文程暗想：不錯，是個人才。他讚許地點點頭，為蒲松齡辦下一桌酒席。

蒲松齡酒量很大，連續喝了兩個時辰都若無其事。這時范文程的姪子千里迢迢從重慶來拜訪叔叔，范老先生欣喜之餘，又來考蒲松齡：「千里

為重，重山重水重慶府。」

蒲松齡冷笑：區區上聯難不倒我！他立刻對道：「一人成大，大邦大國大明君！」

范文程只好作罷，看蒲松齡自斟自飲。

又過了很久，夜已很深，屋外的更夫「哐哐哐」敲起了梆子，范文程再出一聯，提醒蒲松齡時候不早了：「聽譙樓，叮咚已到三更三點。」

孰料蒲松齡還沒喝夠，他滿不在乎地說：「猜幾碼，咕唧正好一口一杯。」

范文程氣得直跳腳，礙於情面，又不好明說，就借題發揮道：「屋外舊紙黑燈籠，火星照明。」

蒲松齡放下筷子，指著范文程頭上的道冠，戲謔道：「屋內白頭烏道冠，太歲當前。」

范文程吃了悶虧，只好悻悻地回房休息去了。第二天，蒲松齡果然拿到了十兩紋銀，卻不知范文程跑到皇帝那裡告了狀，說有個叫蒲松齡的秀才不僅目無尊長，還反清復明。

順治聽到那句「大邦大國大明君」也很生氣，可是又沒有辦法，就吩咐考官永不錄用蒲松齡。

結果，蒲松齡一輩子都沒有考取功名，直到他七十二歲，才補了個無用的歲貢生，他滿腹委屈，唯有在其著作《聊齋志異》中藉妖魔鬼怪抒發內心的憤慨，度過後半生的淒苦人生。

【說文解惑】

蒲松齡，字留仙、劍臣，號「柳泉居士」，自稱異史氏，後人稱其為

聊齋先生。他從小就喜歡讀神怪故事，並熱衷收集民間傳說，曾有朋友擔心他寫小說誤了功名，勸他安心讀書，但自恃才高的他從未聽勸。

大約在蒲松齡四十歲時，《聊齋志異》初稿已經完成，但為了完善此書，他又不斷修改並增刪。全書由近五百篇故事組成，大多為狐妖、女鬼之類的內容，對社會的黑暗面進行了有力的揭露和抨擊，並在一定程度上反映了勞動人民的美好願望。

當此書完成後，蒲松齡卻無錢刊印，只好去求同鄉好友王士禎。王士禎特別欣賞蒲松齡的才華，不僅資助蒲松齡出書，還為《聊齋》題詩曰：「姑妄言之姑聽之，豆棚瓜架雨如絲。料應厭作人間語，愛聽秋墳鬼唱詩。」

【朝花夕拾】《聊齋志異》書名的由來

蒲松齡的書房名為「聊齋」，「志」有記錄之意，而「異」則是指奇特的故事。這就是蒲松齡為他的書取名《聊齋志異》的由來。

51

狂放不羈的反八股鬥士
吳敬梓與諷刺小說《儒林外史》

　　贛榆縣城，瀕臨東海，在清雍正時代的一個秋日，這裡的一座三層木樓裡正在舉行一場名流的宴會。

　　一個十七歲的少年也在其中，他雖年紀輕輕，卻言談舉止落落大方，其自信的姿態很快就吸引了諸位名士的目光。

　　當宴會的發起人要求大家為此次聚會寫詩紀念時，少年當仁不讓地拿起筆，胸有成竹地揮毫寫就一首《觀海》：浩蕩天無極，潮聲動地來。鵬溟流隴域，蜃市作樓臺。齊魯金泥沒，乾坤玉闕開。少年多意氣，高閣坐銜杯。

　　「不錯不錯，賢弟的氣魄堪比王子安啊！」一個肥頭大耳的男人拍拍少年的肩膀，對著少年的父親滿臉堆笑。

　　少年的臉上除了得意，另有一番淡漠的表情。

　　他的父親吳霖起是贛榆一個不起眼的地方官，三年前拿出了年俸、變賣了祖上的三千畝肥田和祖傳商鋪，變現萬兩白銀去修復當地地震後被毀壞的建築，可是上司卻視而不見。只因為吳霖起不會拍馬屁就屢次找碴刁難他，官場的瞞上欺下讓少年的心冷成了冰。

　　這個少年叫吳敬梓，他誕生在一個世族家庭，祖上三代都是進士出身，他的四個兄弟日後也都考取了進士。

　　可是吳敬梓卻是個例外。

　　他極度厭惡官場的巴結和徇私舞弊之風，加上生性自由愛結交三教九流，所以一直對科考不以為然。雖然二十三歲那年，他中了秀才，可是隨後父親因病去世，留下的遺產被敗光，他就再也未對進仕途做出絲毫努

力。

自從成為家族中有名的敗家子後，吳敬梓就舉家搬遷到南京，此時的他已經窮到快連飯也吃不起的地步了，卻依舊拒絕參加科舉考試。

家族中的長輩對這個不肖子大為頭痛，苦口婆心勸他「回歸正道，考個功名」，他卻半分也聽不下去。

因為對世人熱衷八股的做法心存不滿，吳敬梓開始寫一部關於儒生科考的小說《儒林外史》，他就是要讓大家看看，一味地追求中舉會產生多少痴人，會有多少啼笑皆非的事情發生。

在《儒林外史》中，周進、范進這幫儒生浪費了一輩子的時間在科舉上，直到鬍子花白才中了一個舉人，而先前那些冷嘲熱諷的人們立刻轉變嘴臉，恬不知恥地吹噓拍馬，一幕幕場景莫不貽笑大方。

吳敬梓始終認為「眾人皆醉我獨醒」，就算眼前人們對他輕慢再三，日後必定會有明白人懂他，於是他繼續狂放不羈，不肯為世俗道德所束縛。

五十四歲那年，吳敬梓欲北上投靠兩淮鹽運使，途中與好友聚會，喝了太多酒，一時痰氣上湧窒息而死，當時家裡連買棺材的錢都沒有，靠著生前朋友的協助，才得以安葬於南京清涼山下。

【說文解惑】

吳敬梓，字敏軒，號「粒民」，出生在儒官輩出的安徽全椒，晚年自稱「文木老人」和「秦淮寓客」。他自幼稟賦極佳，且不愛死讀書，喜歡縱情山水與結交朋友，所以成年後形成了叛逆的性格，但正是這種個性，才讓他寫出了《儒林外史》等不朽著作。

吳敬梓紀念館

　　《儒林外史》為他三十歲左右所著，前後花了約二十年時間才完成，在書中，他詳盡地描寫了官宦豪紳的腐敗勾結、名流土豪的虛偽做作、富貴子弟的飽食終日和貧寒讀書人的利慾薰心。這本書對所謂的知識份子的揭露是赤裸裸的，足以有振聾發聵的效果。

　　除了《儒林外史》，吳敬梓還創作了大量詩歌、散文和史學研究作品，他的《文木山房詩文集》本有十二卷，今僅存四卷。

【朝花夕拾】吳敬梓「暖足」

　　吳敬梓在晚年時已經窮困潦倒，他的那點字畫已經幫不上家裡什麼忙，只能靠朋友的接濟過日子。在苦寒的冬天到來時，他無錢買新鞋，就會隨朋友們一起繞著城門走，一邊走一邊放聲高歌，藉此來取暖。他還為這項運動取了個有趣的名字，叫「暖足」。

52 從貴公子到窮書生
四大名著之首《紅樓夢》

清雍正年間，南京發生了一件大事，擔任織造之職的大戶曹家在一夜之間成為朝廷的罪人，家產全部被抄，曹家頓時成為連平民也不如的階下囚。

少年曹雪芹最初並不知問題的嚴重性，他只是好奇家中怎麼會突然多出那麼多官兵，然後那麼多的箱子、櫃子怎麼會突然之間被運送出去。不過，他從父母、姨娘、姐妹驚恐的表情上有所察覺，家中肯定出現了變故。隨後，曹家舉家遷往北京，在京城裡找了一處老舊的平房住下。這時，曹雪芹才發覺一切都變了，吃飯用的銀筷子沒了，每日的山珍海味沒了，連丫鬟和小廝都所剩無幾。他必須自己學會洗衣、做飯，還必須獨自去私塾上學，什麼都得身體力行，這讓他很不適應。

曹雪芹從出生開始就沒吃過苦，他是家中為數不多的男孩，頗受祖父祖母喜愛，也是全家人的掌上明珠，可是如今這顆明珠變成了玻璃，宛若賈寶玉的美玉成了石頭，開始遍嚐人間辛酸。

後來，曹家徹底敗落，不得不搬到北京西山的村莊裡。曹雪芹的生活就更加艱難了，因為經常缺米斷炊，家裡只能煮粥喝，粥裡幾乎全是水，簡直可以當鏡子用。

可是曹雪芹卻沒有被逆境打倒，他已經忘了自己曾經是個「富二代」，轉而盡一切努力去貼補家用。

他很有才華，字畫在京城裡堪稱一絕，然而他又喜歡喝酒，即便無錢也賒帳買酒喝，因此又讓本就窘迫的家庭境況雪上加霜。

好在他還有幾個熱心的朋友，如教書先生張宜泉、宗室子弟敦敏和敦誠，朋友們有時會資助曹雪芹一些錢，這多少減緩了曹雪芹的經濟壓力。

由於家裡實在太窮，曹雪芹不得不整日寫詩畫畫去叫賣，有一段時間，他一點原創作品也沒有，竟似乎要荒廢自己的才華一般。

朋友們很著急，敦誠特意寫了一首名為《寄懷曹雪芹》的詩來勸告他：勸君莫彈食客鋏，勸君莫叩富兒門。殘杯冷炙有德色，不如著書黃葉村。

看到這首詩後，曹雪芹的眼眶溼潤了，他感激朋友們的關懷，也堅定了自己創作《石頭記》的決心。《石頭記》是一本以曹家為原型的小說，講述京城四大家族從興盛到衰亡的過程。

曹雪芹剛著書之時不過二十歲，他花了十年時間寫作此書，中途五次增刪，可謂耗盡心血。他曾感慨地說：「字字看來皆是血，十年辛苦不尋常。」就在他晚年堅持寫書的時候，他兒子因得痘疹而死，曹雪芹悲痛欲絕，強忍哀傷繼續執筆。

西元一七六四年的除夕之夜，白雪鋪滿了整個北方，爆竹聲在鄉間的土地上此起彼

清朝改琦所畫的《紅樓夢人物圖》

落。就在大家歡天喜地準備迎接新的一年到來，曹雪芹悄然離開了人世。此刻，他那原定為一百二十回的《石頭記》只寫到第八十回。

【說文解惑】

曹雪芹，字夢阮，號「雪芹」，又號「芹圃」、「芹溪」，他的愛好非常廣泛，不僅熟知書畫，還對金石、園林、中醫、織補、工藝、飲食等頗有研究。他們家是清正白旗人，從曹雪芹曾祖父開始，曹家擔任江甯織造達六十多年。康熙南巡六次，有四次住在曹家，儘管這對曹家來說是一種至高無上的光榮，但也因此為曹家的衰敗埋下了隱患。

《石頭記》後改名為《紅樓夢》，其實曹雪芹不光寫了前八十回，還寫了後四十回的一些章節，可惜沒有留存下來。如今的後四十回，紅學家普遍認為是由乾隆年間的作家高鶚所寫。

【朝花夕拾】曹雪芹名字的由來

蘇東坡曾寫過一首詩，其中的「泥芹有宿根，一寸嗟獨在；雪芹何時動，春鳩行可膾」是曹雪芹的最愛，他認為芹菜濁淤泥而不染，尤其是雪地裡的芹菜，尤其潔白而純真，於是就給自己改名為雪芹，以示自己為人方正之意。

53 開一代俠氣之先河
武俠小說鼻祖《三俠五義》

　　清道光年間，北京城裡出現了一位家喻戶曉的說書人，他叫石玉昆，凡有他表演的場所，總是人滿為患。

　　石玉昆的要價也高，只要說兩三場書，就能收穫好幾十吊錢。不過，他的性格也頗為桀驁，從不肯為王公貴族說書，寧願遊走於市井小巷，為貧苦大眾表演。

　　他最愛說明末的白話短篇故事集《龍圖公案》，而且還對其進行加工整理。當包公斷案的故事從他嘴裡娓娓道來後，聽眾們忍不住為清正廉明的包大人鼓掌，喝彩聲連綿不絕。

　　有一天，石玉昆在茶樓裡說書，一個茶客無意間說了一句：「這麼好的故事，如果流傳不下來就可惜了！」

　　雖然茶客的聲音很小，卻還是被石玉昆聽到了。他悵然若失，醒悟道：是啊，自己雖然在京城享有一定的名氣，可是並無弟子，百年之後，所講述的這些精彩故事恐怕是要在世間絕跡了！

　　思量再三，他決定圍繞包公斷案的主題將平日裡自己口述的故事寫成一本書，取名為《忠烈俠義傳》。他當時沒有想到，自己的這本書竟會成為中國第一部武俠小說。

　　既然是俠義傳，其中必定有俠客。石玉昆是覺得光有包公和一批官差，小說的視野太偏促，不利於故事的展開，於是就根據想像增添了三個俠客和五名義士，分別為：北俠歐陽春、南俠展昭、丁氏雙俠丁兆蘭、丁

兆蕙（二人合為一俠）、鑽天鼠盧方、徹地鼠韓彰、穿山鼠徐慶、翻江鼠蔣平、錦毛鼠白玉堂。

《忠烈俠義傳》共有一百二十回，後更名為《三俠五義》。

此書一出，轟動京城，盜版和續集紛至沓來，當時市面上湧現出了《小五義》、《續小五義》等小說，且作者的署名也是石玉昆，後經考證，不過是一些說書人打著石玉昆的名號賺錢罷了。

到了清朝末期，著名學者俞樾認為《三俠五義》的第一回《狸貓換太子》一事描述得不詳細，就重寫了一版，又認為丁氏兄弟應該被算作兩名俠客，然後增加了三位俠士—小俠艾虎、黑妖狐志化、小諸葛沈仲元，改書名為《七俠五義》，於清光緒十五年發行。

不過後代文人均認為俞樾的改法欠妥，魯迅就曾說，《三俠五義》比《七俠五義》要好，尤其是第一回。上海戲園編戲，也採用的是《三俠五義》的第一回，因為俞樾的版本戲劇性較差，不適合用來演戲。

《三俠五義》開創了一個嶄新的文學流派，讓近現代中國的武俠小說繁榮興盛起來，如今武俠小說可分為傳統武俠、浪子異俠、歷史武俠、諧趣武俠這四種類型，但隨著網路小說的興起，又有修真、奇幻等加入陣營，極大地豐富了讀者的閱讀口味。

【說文解惑】

石玉昆，字振之，號「問竹主人」，也被後人尊稱為石先生或石三爺。他的說書風格被譽為「石派書」，又擅長說唱單弦，因此被敬稱為「單弦之祖」。

《三俠五義》堪稱中國武俠小說的鼻祖，它獨創了前無古人的武藝，如輕功、點穴、刀法、劍訣等，還想像出各式江湖招數，如暗器、易容、迷香、機關等。此後武俠題材的小說及評書盛行一時，至今又演化成電視、電影，甚至流行到國外，讓好萊塢也成為武俠的擁躉。

【朝花夕拾】當代中國武俠小說名家

　　近半個世紀以來，中國催生了一大批武俠小說的著名作家。當代第一位名家當屬梁羽生，他在五○年代獨霸武俠文壇，代表作有《七劍下天山》，而《萍蹤俠影》、《雲海玉弓緣》則成為他的巔峰之作。至五○年代後期，香港的金庸成為如今讀者心中的一代大俠，他的書名可串成一副對聯：飛雪連天射白鹿，笑書神俠倚碧鴛。此外，臺灣的古龍成為唯一可與金梁相媲美的大俠，但他的文字採用電影分鏡的寫法寫成，情節的聯貫性不佳，使後來模仿他卻不具備其才華的人深受其害。而今較著名的只剩溫里安和黃易，後者的風頭更盛，一部《大唐雙龍傳》令其紅遍華人世界。

54

喜歡在牆上鑿洞的才子
「揚州八怪」之一鄭板橋

雍正年間，揚州出了一位擅長畫蘭竹的教書先生，他名叫鄭板橋，所作的詩、書、畫無人能及，可惜為生活所迫，常常陷入窘境之中。

人到中年的鄭板橋在朋友的慫恿下參加了科舉考試，結果在乾隆年間應試成功，五年後任山東范縣縣令。

哪知鄭板橋一到范縣，差點被氣壞了，原來百姓們不堪前幾任縣令的敲詐勒索，集體搬遷，讓原本有十萬人口的范縣僅剩百餘人口，還不足一個村莊的人數！

鄭板橋嘆了一口氣，想出一個怪招：他號召村民在縣衙的牆壁上鑿洞，以此來平復村民的怨氣。果然，百姓們雖然莫名其妙，卻積極回應鄭板橋的提議，大家一下子覺得這位新來的縣官親切了很多，當地的民情也變得和諧了。

鄭板橋從不擺官架子，他愛民如子，經常下鄉視察，還將自己的俸祿捐給災民，因而與魚肉百姓的官場格格不入，經常惹得上司惱怒。

有一次，鄭板橋去濟南出差，上司知道他才華過人，就大設宴席招待鄭板橋，並趁機索取他的字畫。

鄭板橋眼見百姓們數年遭遇重災，民不聊生，而官吏們則整天大魚大肉大快朵頤，心中甚為不滿，便暗中以詩文來譏諷當權者腐敗無能，他這樣寫道：源源有本豈徒然，靜裡觀瀾感逝川。流到海邊渾是鹵，更難人辨識清泉。

他是諷刺官場如同一個大染缸，進去的人即便再清白，最後仍像墨水一樣黑。可是上司不知道，反而還大讚鄭板橋詩與字俱佳，令鄭板橋暗笑

不已。

　　鄭板橋贈字的事很快被山東巡撫知道了，巡撫也向鄭板橋要字畫。

　　這次鄭板橋沒有戲謔巡撫，他希望對方能體察民情，於是畫了有氣節的竹子，並題詩曰：衙齋臥聽蕭蕭竹，疑是民間疾苦聲。些小吾曹州縣吏，一枝一葉總關情。

　　乾隆十七年，濰縣發生了嚴重的旱災，鄭板橋不顧上司反對執意申請救濟金，結果被革職，不日還鄉。

　　臨走那天，百姓們戀戀不捨地來送別。鄭板橋贈給百姓一首詩：烏紗擲去不為官，囊囊蕭蕭兩袖寒。寫取一枝清瘦竹，秋風江上作魚竿。

　　從此，他只以賣字畫維生，並教導自己的子女勤奮獨立。

　　鄭板橋為官十餘年，全部財產只有一匹騾子和幾大箱子的書籍。

　　在女兒出嫁時，鄭板橋沒有嫁妝贈送，唯有賦詩一首鼓勵愛女：官罷囊空兩袖寒，聊憑賣畫佐朝餐。最慚吳隱奩錢薄，贈兒春風幾筆蘭。

鄭板橋所畫的《蘭竹雙清》

【說文解惑】

鄭板橋原名鄭燮，因為他總是喜歡在自己的書畫上題名板橋鄭燮，所以後來就被人們稱為鄭板橋。他是清朝「揚州八怪」之一，擅長詩文、書法和繪畫，喜歡畫蘭、竹、石、松、菊等象徵高尚氣節的靜物，其中竹子是他最中意和最拿手的植物，他畫竹五十多年，下筆最為傳神。

鄭板橋在中進士之前，所賣的字畫雖然是行家眼中的佳作，卻因為身分卑微而鮮少有人問津。後來，他當了縣令，在揚州城名氣大振，所有字畫全部被人搶購一空，還不斷有人向他求字求畫。

鄭板橋感慨人心薄涼，特地做一印章，上書：二十年前鄭板橋，以示自嘲。

【朝花夕拾】揚州八怪

揚州八怪，雖說確實有八個人，但並非特指八人。因為在揚州話中，「八怪」是形容一個人特立獨行的詞語，所以揚州八怪，其實是清朝中期活躍在揚州一帶的風格怪異的書畫家的總稱。揚州八怪照最流行的說法，指的是羅聘、李方膺、李鱓、金農、黃慎、鄭板橋、高翔和汪士慎八人。

55

慈禧太后的反腐法寶
譴責小說《官場現形記》

　　一個夏日的午後，大太監李蓮英匆匆奔跑在皇宮裡，慈禧太后剛才派人傳喚他，說有急事需要「請教」。

　　根據以往的經驗，李蓮英知道老佛爺此次肯定是動了怒，否則不會如此「虛心」地請他解決問題。

　　其實，前來通風報信的小太監已悄悄告訴過他，說老佛爺的臉色很不好看，這讓李蓮英的心裡著實有點慌張。

　　快步趕了半個時辰，李蓮英終於來到儲秀宮的大門前，還未進門，就聽到屋裡傳來「啪」的一聲脆響，料想是茶杯摔破的聲音，李蓮英趕緊擦擦腦門上的汗，快步進入屋內。

　　「李蓮英給老佛爺請安！」剛一進屋，李蓮英眼皮也沒敢抬，就趕緊行禮。

　　「免了！免了！」坐在矮榻上的慈禧不耐煩地揮了揮手，她的眼睛裡充滿了慍色，只勉強壓抑著怒火，慢悠悠地對跪在地上的太監總管說，「小李子，你來得正好！我今日看到一本書，覺得頗為有趣，就想唸給你聽聽。」

　　李蓮英以為老佛爺想請教的不過是書裡的問題，心頭大石頓時放了下來，討好地說：「奴才洗耳恭聽！」

慈禧太后在頤和園仁壽殿前乘輿照，前為總管太監李蓮英（右）、崔玉貴（左）。

慈禧太后用犀利的目光剜了一眼李蓮英，這個動作不禁又讓後者冷汗直流，然後她清一清嗓子，拿起懷裡的一本書，開始唸：「點了翰林，就有官做，做了官，就有錢賺，還要坐堂打人，出起門來，開鑼鳴道！」

慈禧唸完後，李蓮英的腦子飛快地轉了幾圈，然後他自認為想出一個妥善的說詞，就涎著臉笑道：「老佛爺又在看什麼書呢？這些民間落榜生寫的東西太憤世嫉俗，當不得真！」

豈料慈禧變了臉色，一甩手將自己手裡的《官場現形記》扔到李蓮英臉上，怒喝道：「你倒給我說說，『多磕頭少說話』都是些什麼人在說！」

李蓮英嚇得「撲通」一聲跪下，嘴裡不停唸叨著「奴才該死」。

過了一會兒，慈禧的怒氣稍有平息，李蓮英才敢湊上前稟報：「據奴才所知，『多磕頭少說話』是榮祿榮大人所說。」

「他倒識時務！」慈禧冷笑。

「不過據說曾國藩曾大人也曾說過同樣的話。」李蓮英垂著腦袋，死死盯著地上《官場現形記》的藍色封面，和盤托出。

慈禧猛地一拍桌子，聲音都夾雜著怒氣：「這還成風氣了！難怪國家越來越亂，全是因為這幫蛀蟲！」

她本聽說《官場現形記》在民間流行，就拿來觀閱，沒想到書中那些腐朽的官場現象讓她又驚又氣，現在又有李蓮英佐證，讓她對書中所寫的仕途黑幕深信不疑。

當時正值封建社會的末期，朝廷法紀鬆弛，百姓生活困苦，慈禧太后認為這一切都是因官員腐敗造成的，她怒不可遏，就根據《官場現形記》來按圖索驥，一個一個地去抓人查辦，希望能讓官場變得廉明起來。

而《官場現形記》所描述的大小官吏，確實影射了現實中的不少人物，那些官老爺們沒想到此書會跑到慈禧太后手中，紛紛大呼倒楣，而這

李伯元半身照

部原意是諷刺朝廷腐敗的小說，竟意外發揮了反貪的作用，可謂歪打正著。

【說文解惑】

《官場現形記》是晚清文人李伯元的代表作，共六十回，屬清朝四大譴責小說之一，該書與《儒林外史》結構安排類似，每章都是獨立的故事，但前一章由一人引出另一人，然後下一章開始圍繞後者展開敘事。

《官場現形記》以現實中的人物為原型，寫盡官場醜態，其創下了兩個第一：它是第一部在報刊上連載的章回體小說；它是首部透過法律訴訟來維護版權的小說，判決生效後，盜版的書館被判以三千銀元購買原書版權。

李伯元十六歲時便已考中秀才，然而他的興趣並不在當官上，而是開始寫起了小說，後來他在上海寫作出名後，曾有官員保薦他參加科考，卻被他予以拒絕。李伯元是個多產的作家，他在十年間寫出了十多部作品，最終因積勞成疾，年僅三十九歲就不幸辭世。

【朝花夕拾】清末四大譴責小說

清末四大譴責小說的定義來自於魯迅，這四部小說除了《官場現形記》外，還包括吳沃堯的《二十年目睹之怪現狀》、劉鶚的《老殘遊記》和曾樸的《孽海花》。四大譴責小說均透過對晚清社會的批判，揭露了統治階級的腐朽沒落，表現出作者強烈的憂國憂民情懷。

56 離別或許是個意外
胡適與中國第一首白話詩《蝴蝶》

中國的五四運動湧現出了大批人才，其中有兩個人值得被世人所關注，一個是「新白話文運動創造的英雄」—魯迅，另一個則是「創造新白話文運動的英雄」—胡適。

一九一六年，已獲得哥倫比亞大學博士學位的胡適寫下一首白話詩《蝴蝶》：兩個黃蝴蝶，雙雙飛上天。不知為什麼，一個忽飛還。剩下那一個，孤單怪可憐。也無心上天，天上太孤單。這首詩雖然文字粗淺意境不夠，卻在當時有著劃時代的意義，因為此詩是中國第一首白話文作品。

四年後，胡適完作成白話文詩集《嘗試集》，「嘗試」著在《新青年》雜誌上發表。正當他盼望其他有志青年一起加入新文化運動的浪潮時，魯迅卻給他潑了一盆冷水。

魯迅嘲笑胡適只知道一味模仿西方文化，卻又學不像，生搬硬套地像個怪胎，還不如不創新。

此事給胡適的打擊很大，而他的《嘗試集》最終也以全部詩作失敗告終。不過，《蝴蝶》至今仍被人們津津樂道，不僅因為它是第一首白話詩，還因為在這首簡單的詩作背後，隱藏了一段不為人知的辛酸愛情。

一九一〇年，胡適赴美國康乃爾大學讀書，這個英俊的年輕人在邂逅了韋蓮司教授的女兒柯利弗德‧韋蓮司後，很快與這個熱情活潑的女孩一起跌入情網中。

韋蓮司不是很漂亮，可是她自由開放，有著自己獨特的見解，對才華

橫溢的胡適十分崇拜。胡適剛認識韋蓮司時，還惦念著遠在家鄉的未婚妻江東秀，然後隨著與韋蓮司相處時間的增多，他發現這位歐美少女的知性和聰穎是無與倫比的。二人經常進行心靈層面的溝通，配合默契，逐漸成為知己。

在愛到不能自拔之時，胡適覺得未婚妻不可能是自己的精神伴侶了，於是他寫下一首英文詩《今別離》，並譯成中文，含蓄地告訴未婚妻，他們之間因為時間和距離的原因，恐將成為「最熟悉的陌生人」。

胡適的這封信寄到老家時，引起了家人的巨大恐慌，胡適的母親氣得快暈過去，寫信強迫胡適回來與江東秀成親。

胡適推託著不肯回國，因為他始終放不下韋蓮司。到了一九一五年，胡適搬到紐約的哥倫比亞大學後，他與韋蓮司的聯繫逐漸減少，因為韋蓮司認為兩人的緣分已盡，所以刻意減少了交流。

一九一七年春，韋蓮司隨母親來到紐約，胡適聽說後激動萬分，想去見韋蓮司一面。誰知韋蓮司母女走得匆忙，竟然沒有給胡適送別的機會。

胡適遺憾不已，他趕緊寫了一封信給韋蓮司，告訴這位心上人自己不久後將回國，回國前他想去看望她。

韋蓮司收到信後也是舊情湧生，她孩子氣地回信道：你一定要來看我。我知道這很自私，但是，我就是要！

這次短暫的重逢後並沒有讓胡適的情感狀況有任何改變，回國後的胡適遵從孝道，娶了江東秀為妻，並將自己的婚事寫信告訴了韋蓮司。

直到這時，韋蓮司才痛心地發現自己早已深深地愛上了胡適，她為自己的情感付出了巨大的代價—終生未嫁，而胡適對韋蓮司的情感，日後只能在《蝴蝶》中略窺一二了。

青年時期的胡適

【説文解惑】

胡適，字適之，五四運動的核心人物，中國第一位提倡白話文和新詩學的學者，新文化運動的領導者之一。

胡適早年深受梁啟超和嚴復影響，對西方的文化領悟較深，後進入美國學習文學和哲學。一九一七年回國後，胡適任北京大學教授，開始成為反封建的先鋒人物。他在《新青年》雜誌上發表《文學改良芻議》，號召社會進行白話文改革，他出版了多部作品，如《中國古代哲學史》、《胡適文存》、《嘗試集》、《中國哲學史大綱》等。一九三九年，還獲得了諾貝爾文學獎提名。

胡適的研究涉及文學、哲學、史學、教育學、倫理學、考據學等多個範疇，是一位真正的博學家，他曾任中國出席聯合國大會代表和中國駐美大使，並與張愛玲、季羨林等多位學者結下了深厚的友誼。

【朝花夕拾】新三從四德

在自由風氣盛行的民國初期，標榜自由民主的胡適並未自由戀愛，而是遵從母親的意願，娶了鄰縣望族之女江東秀。胡適在婚後被聰明的江東秀治得服服貼貼，還自創了著名的「新三從四德」：新三從：太太出門要跟從，太太命令要服從，太太說錯了要盲從；新四得（德）：太太化妝要等得，太太生日要記得，太太打罵要忍得，太太花錢要捨得。其實胡適並非真的懼內，只是他懂得尊重女性，所以才能讓婚姻長久美滿。

57 惜書如金的先生
文壇巨匠魯迅

　　還記得《故鄉》中那個刺猬的閏土嗎？還記得《阿Q正傳》中那個可憐又可悲的阿Q嗎？從懵懂的鄉村少年，到飽受階級壓迫的小人物，一代文學巨匠魯迅先生為我們描述了民國時期的芸芸眾生相，揭露了暴風雨來臨前的黑暗現狀，他的犀利筆鋒，至今都有著深刻的影響。

　　擅長書寫戰鬥檄文的魯迅並不重視自己的書稿，他的妻子許廣平曾痛心地回憶，每當魯迅出版一本書，他就會隨意丟棄自己的親筆稿件。

　　為了提醒丈夫重視書稿，許廣平就悄悄地將魯迅的稿件收藏起來，魯迅發現後，竟然開始撕稿子。

　　許廣平大急，勸道：「你這又是何苦呢？這些都是你的心血啊！」

　　魯迅卻不以為然地說：「我們這裡地方太小，不好放！」說完，繼續撕。

　　許廣平瞥一眼四周，發現魯迅的身邊有很多並不太重要的書籍，但魯迅卻任其凌亂地堆放在各個角落。她是個善解人意的女子，只能嘆一口氣，任由丈夫蹧蹋那些書稿。

　　魯迅儘管對自己的稿件毫不愛惜，卻十分珍惜書籍，用許廣平的話說，簡直到了「惜書如金」的地步。

　　魯迅一家人在上海居住的時候，因為生活艱苦，只雇了一個年長的保姆。這位保姆和藹可親，對孩子特別好，頗似魯迅筆下的「長媽媽」，魯迅很尊敬她，還讓孩子喊她為「姆媽」，視她為親人，從不責罵呵斥。

　　可是有一次，姆媽卻做了一件令魯迅很生氣的事情。

一天，當魯迅夫婦去朋友家拜訪時，姆媽帶著魯迅的兒子周海嬰去了書房，一邊打掃環境一邊照顧孩子。

小海嬰見父母不在身邊，小嘴一扁，淚水開始在眼眶裡打轉。姆媽連忙哄孩子說有好玩的遊戲給他看，她撿了一本舊書，撕下一頁，摺成一隻紙飛機，然後放在嘴邊呵了一口氣，就將紙飛機扔了出去。

海嬰立刻被逗得咯咯笑，眼淚也收了回去，他要求姆媽陪他去陽臺放飛機。於是，保姆帶著孩子就來到陽臺，一頁一頁地撕書，讓那些紙片在空中翻飛飄舞，宛若一隻隻輕盈的蝴蝶。

當魯迅夫婦回家時，驚訝地發現屋子裡已滿是紛飛的泛著黃色的紙團。魯迅的臉色當場陰沉，許廣平大驚失色，趕緊讓姆媽停止遊戲。

姆媽見魯迅神色不對，急忙知趣地收起被撕了大半的書。海嬰卻不高興，哭著鬧著要紙飛機，結果被父親狠狠地教訓了一頓。

不過魯迅並沒有責罵姆媽，而是和聲細語地告訴對方，以後不能再這樣蹧蹋書。

不久後，魯迅的一位鄰居搬家，姆媽按照慣例帶著海嬰給鄰居送別，雖然她不識字，可是她知道魯迅喜歡書，就特地要了一本書回家。

果然，這本英文版的《夏娃日記》讓魯迅喜不自勝，他很快沉浸在那五十多幅精美的插圖和作者詼諧的敘述中。因為太過喜愛此書，後來他還找人翻譯了《夏娃日記》，並對馬克‧吐溫給予了很高的評價，稱讚對方為世界一流的作家、近代幽默文學泰斗。

【說文解惑】

在二十世紀的中國，魯迅是一個不能被淡忘的作家，他原名周樹人，是五四運動的先鋒人物，創作有中國第一篇白話小說《狂人日記》，且文筆辛辣、情節嚴謹，是一部閱讀性與思考性俱佳的作品。

魯迅像

隨後，他又不斷發表針砭時弊的散文、短篇小說和雜文，散文集《朝花夕拾》和散文詩集《野草》揭露了社會的黑暗，是無產階級文學的重要作品。

不過魯迅在雜文上的成就最大，他一生共創作了十六部雜文集，代表作有《墳》、《而已集》、《南腔北調集》、《且介亭雜文》。

魯迅是一位多產作家、革命先驅者，他一生原創加翻譯共寫了近一千萬字，其作品多直刺人性中的卑劣一面，具有發人深省的時代號召力。

【朝花夕拾】魯迅身後的女人

在魯迅的生命中，貫穿著兩個女人截然相反的命運。結髮妻子朱安是周家明媒正娶的媳婦，卻被深受西方自由民主思想影響的魯迅強烈抗拒，在新婚的第三天，魯迅就偷偷溜出家門，從此再也沒有見過朱安。一直陪在魯迅身邊的妻子是小他二十歲的學生許廣平，許廣平默默為魯迅打點生活一切瑣事，成為魯迅最堅實的後盾，可以說，魯迅能有如此成就，許廣平是功不可沒的。

劍橋邊的淡淡情愫
新月派詩人徐志摩

時光是個可怕的東西，它靜靜地來，卻彷彿從未來過，在它溜走的八年間，似乎一切從未改變，橋還是那座橋，河還是那條河，河畔兩旁的咖啡館和商鋪優雅地矗立著，仍舊一派英格蘭田園風格。

只是，如今的橋上，再也沒了那位巧笑盼兮的少女，再也沒了當年那份純純的心動和淡淡的情愫。

一九二八年，「新月派」代表詩人徐志摩第三次去歐洲旅遊，在拜訪完英國大哲學家羅素後，他獨自前往劍橋故地重遊。

劍橋邊熟悉的場景勾起了他對往昔的回憶，徐志摩的眼眶溼潤了，他耳邊彷彿又聽到了那句清脆的笑語：「徐先生好！你看起來和我也差不多大呀！」

當年林徽因十七歲，徐志摩二十四歲，兩人的相識源自徐志摩對林徽因父親林長民的上門求訪。

林長民是著名的書法家兼詩人，也是一位自由民主的父親，當他發現身為人父的徐志摩已對自己的女兒產生了熾熱的情感時，並沒有暴跳如雷，而是平靜地給徐志摩寫了一封信，表示能夠理解對方的感情，但是女兒太年輕，不知道如何應對，就由他來代女兒向徐志摩解釋。

徐志摩是文人，文人多情，且又在充滿浪漫氣息的劍橋旁，他隱忍良久，終於還是按捺不住，熱情像火山一樣地劇烈噴發了。

林徽因畢竟是個未經世事的少女，只是朦朧地感覺自己對徐志摩有一些莫名的好感。當時，她正值少女春心萌動，就任戀情發展。

嫻靜的劍橋邊留下了二人的很多歡聲笑語，徐志摩常給林徽因詠詩，

在詩人的薰陶下，林徽因也逐漸對文學產生了興趣，經常和徐志摩探討文學知識。

由於二人越發心意相通，最終導致徐志摩向妻子張幼儀提出了分手。

泰戈爾在一九二四年訪華時與徐志摩（右一）、林徽因（右二）、梁思成（左一）等合影

不過林徽因也不是自由身，她早就被許配給了梁啟超之子梁思成，經過一番慎重思考，林徽因不辭而別，回國後她迅速和梁思成訂了婚。

徐志摩是梁啟超的學生，無法再明目張膽地對林徽因示好，他只能時常出入梁思成家裡，保持著禮貌看望日思夜想的林徽因。

後來，徐志摩與陸小曼結婚，婚後卻不幸福，經常找林徽因訴苦，而林徽因與梁思成夫婦也經常小摩擦不斷，林徽因也經常寫信給徐志摩。這種孩子氣般的尋求安慰，也許並不是真正的愛情，可是徐志摩當真了。

當徐志摩多年後回到劍橋，與林徽因的過往敲打著他的心，讓他在回國的路上寫下深情而憂傷的詩篇《再別康橋》。民國時期，「劍橋」被音譯成「康橋」，所以《再別康橋》實際是《再別劍橋》。

《再別康橋》的開頭和結尾，均表達了告別之情，那句「悄悄的我走了，正如我悄悄地來；我揮一揮衣袖，不帶走一片雲彩」不知迷倒了多少渴求浪漫的紅塵男女。

可惜，這句話竟成為讖語。

一九三一年，徐志摩搭乘飛機去聽林徽因的演講，不料遭遇墜機事故，年僅三十四歲就不幸辭世。

得知噩耗的林徽因如遭雷擊，她始終不敢相信這個消息。當時的飛機有一些部件是用木頭做的，梁思成就去墜機現場撿了一片木頭燒焦的殘骸

回來，林徽因將這片木頭掛在自己的床頭，一直到她逝世，都沒有將木頭取下來。

在徐志摩遇難的第三年，林徽因在春天寫了一首詩—《人間四月天》，詩中說：你是一樹一樹的花開，是燕在樑間呢喃，你是愛、是暖、是希望，你是人間的四月天！

那劍橋邊的淡淡情愫，如這明媚的四月天，永遠在紙上燦爛著，任由世事變遷，永不褪色。

詩人徐志摩

【說文解惑】

徐志摩是現代詩人和散文家，曾留學歐美，主攻政治經濟學，他的家族名人輩出，他父親徐申如是清末鉅賈，他的表叔是著名政治家沈鈞儒，他的姑表弟是金庸，表外甥女是瓊瑤。

在英國求學時期，徐志摩深受歐美浪漫主義和唯美派詩人的影響，回國後創立了新月詩社，代表作有《再別康橋》、《沙揚娜拉》、《偶然》。他的詩句清新飄逸，想像力豐富，他在短暫的生命中致力於詩歌的創新，對中國的新詩發展史產生了一定的影響。

【朝花夕拾】新月派

在五四運動後，一些文人不滿意文壇忽視藝術美感的做法，又受印度詩人泰戈爾的《新月集》影響，創立了新月派這一重要的詩歌流派。前期的新月派注重格律，反對詩歌的散文化傾向，後期則提倡「健康」、「尊嚴」主題，但仍強調格律的重要性。

59 兩大才女的惺惺相惜
南張北梅

中國自古有句老話—文人相輕，然而在民國時期，中國文壇上的兩大才女之間卻始終縈繞著一股惺惺相惜之情，雖然她們因機緣巧合錯失見面機會，卻從未忘記彼此。

這兩位奇女子便是有「南張北梅」之稱的張愛玲和梅娘。

當年，北平和上海的兩家書店聯合舉辦一場頗為時尚的評選活動，名為「誰是讀者最喜歡的女作家」。

調查結果出爐後，上海的張愛玲與北平的梅娘並列第一，被熱心的讀者們譽為「南張北梅」。

因此次評選，張愛玲與梅娘這兩位從未有交集的才女都聽說了對方的名字，好奇感油然而生。

張愛玲外冷內熱，不太擅長交際，解放前她長期在上海、香港和天津居住，只跟熟悉的人交往，行為舉止十分神祕。

張愛玲或許對梅娘有些印象，但她只跟自己圈子中的一幫朋友聯繫，如蘇青、炎櫻等，她對梅娘究竟懷有怎樣的一種感情，現在無從得知。

梅娘則不同。梅娘是熱情的，她一聽到南方有個叫張愛玲的才女與自己齊名，立刻就興奮起來，開始找對方的作品來研讀，希望能從字裡行間瞭解到一個真正的張愛玲。

梅娘與張愛玲一樣出生於富庶人家，童年也均命途多舛。梅娘之母早逝，梅娘在少女時代為追求真愛還被族人趕出家門。儘管生活一直讓她失望，她卻始終堅強而溫暖。梅娘的性格在她的文字中一覽無遺，她滿懷革

命情，渴望解除婦女身上的桎梏，因而一開始對張愛玲筆下所表現出的幻滅風格並不喜歡。

後來，梅娘才看出張愛玲的真正意圖。她領悟到張愛玲之所以不憧憬未來，是因為對方有足夠的勇氣去揭露這個民族的痼疾。張愛玲是勇敢的，她無需用任何幻想來滿足自身的希冀，她需要真實，哪怕真實得醜惡。

漸漸地，梅娘渴望與張愛玲見面。

一九四二年的一個初夏，梅娘忽然聽說張愛玲來中南海了！她頓時欣喜若狂，急匆匆去找對方。當日花園裡人山人海，梅娘遠遠望去，只見一個女子穿著顏色鮮豔的絳紅配大綠雲頭上衣，被眾人眾星捧月似的團團圍住。梅娘不願擠入人流中，因而沒有搭訕成功。

不過有人說張愛玲從未來過北京，所以梅娘想見的該名女子並非張愛玲。

兩年後，梅娘才有著與張愛玲見面的真正機會，那一年冬天，正值張愛玲改編的話劇《傾城之戀》在上海蘭心大戲院彩排。張愛玲一襲絳紅色旗袍，被眾名人簇擁著向外走，梅娘是有些驕傲的才女，她並沒有上前去搭話。

不能與張愛玲交談的遺憾在梅娘心上纏繞了好多年。

時光荏苒，到了一九九五年，梅娘來到美國，當她得知張愛玲也在美國後，又勾起了與對方見面的心思，就委託朋友聯繫張愛玲。

此時的張愛玲已經深居簡出很多年，她雖生活窘迫，卻始終保持著孤傲的脾氣，她直接予以拒絕：「陌生人一概不見！」

可惜梅娘是個心思敏感細膩的才女，她沮喪不已，是啊，她和張愛玲當然是陌生人了！

不久，張愛玲逝世，梅娘遺憾終生，兩大才女在有生之年，始終未曾有過一次面對面的深入交流。

【説文解惑】

張愛玲與梅娘起點相同，兩人均有著不幸的童年，因而都比較早熟，只是張沉浸在蔓延著殖民地氣息的貴族生活中不能自拔，而梅娘卻已在淪陷區接受著農業文明的薰陶，生活環境的不同導致了兩個才女創作風格的迥然不同。

梅娘評論張愛玲過於「陰冷」，但她不得不承認對方的深刻洞察力和磅礴才氣，她也遺憾自己寫不出《傾城之戀》那般的浪漫故事。是的，淪陷一座城而成全一對人，這是梅娘想都不敢想的，在時代的洪流下，她只會默默犧牲個人，不過這也正展現出她的善良品格，讓她無愧於德藝雙馨的才女名號。

【朝花夕拾】梅娘簡介

梅娘是東北一個富商的私生女，其母早逝，於是她取名為梅娘（沒娘）。十六歲時，梅娘的父親病逝，從此梅娘成為孤兒。十七歲時，梅娘赴日本留學，與中國留學生柳龍光不顧家庭反對自由戀愛，結果失去了家族的經濟支援。五年後她學成歸國，創作了《蚌》、《魚》、《蟹》等大量知名中短篇小說集。解放後，她擔任過教員、編輯等職，文革期間被打成右派，停止了創作，文革後她重新拾筆，寫下大量散文和回憶錄，二十世紀九〇年代起，她的作品得以重新出版，並贏得了世人的關注和喜愛。

第二卷

波瀾壯闊的
外國文學

第一章

英雄頌歌宛如陽光
一 史詩與神話

60 詩歌是他的明亮眼睛
古希臘最偉大的作品《荷馬史詩》

　　西元前八世紀末，在愛琴海東岸的溫暖海風吹拂下，一位中年男子正由一個男童攙扶，拄著枴杖遊走在各個村落裡。

　　他天生有著優美的歌喉和聰明的頭腦，會將各種神話故事唱成扣人心弦的歌曲，因此很受村民們的歡迎，每日賺來的錢也能解決吃飯問題。

　　這名男子叫荷馬，是位行吟詩人。在當時的希臘半島上，隨處可見這種詩人，他們大多失明，沒有別的生活來源，只能依靠到處吟唱詩歌來養家糊口。上天為了補償他們，就特別賜給他們動人的歌喉，讓他們雖然落魄，卻可以在民間得到百姓的讚譽和同情。

　　不過荷馬的心中仍有陰影，他為自己的黑暗世界而懊惱，他痛苦地抱怨著：「追尋影子的人，自己也是影子。」

　　他覺得自己也是黑暗的，因此在相當長的時期內，他的心都沉浸在悲憤之中，這也導致了他喜歡悲劇的心理。所以他往往吟出帶悲慘結局的神話故事，讓聽眾聽後泣不成聲。

　　有一天，他在一個村莊裡唱詩，意外地唱了一段振奮人心的故事——特洛伊戰爭。這是一場四百年前希臘人對抗特洛伊人的戰役，歷經十年艱苦卓絕的戰爭後，希臘人憑藉一隻巨大的木馬攻破特洛伊城，取得了最終勝利。

　　當荷馬唱完最後一個字時，圍

木馬屠城

觀的人群壓抑不住雀躍之情，高舉雙臂振奮地歡呼：「萬歲！萬歲！」

荷馬驚訝於人們的反應，他也被這熱情所感染，長期陰鬱的臉上展露出難得的笑容，隨即跟大家一起唱起慶祝歌曲來。

這次的經歷讓荷馬開始反省自身：自己是不是應該拋開個人情緒，為希臘人民帶來希望？儘管他是個流浪的盲人，但他有著深刻的思想覺悟，他意識到希臘半島有著悠久燦爛的文明，做為一個藝術家，他有義務把這些史前文明傳承下來。

一份全新的使命感在荷馬的心中激盪，他感覺到生命之樹煥發了新生，在明亮的星空下，他忍不住張開雙臂，對著天空眾神大喊：「神啊！請將祢們的英雄賜給我吧！」

「英雄就在你心裡。眾人皆是，你也是！」他的耳邊幽幽地飄來滄桑的話語。

從此，荷馬開始收集各種神話故事，並整理成兩部長篇史詩《伊利亞德》和《奧德賽》。這兩部史詩均圍繞著特洛伊戰爭而寫，前者寫戰爭原因與戰時場面，後者寫戰後英雄奧德修斯的歸國歷程。

他銘記著神的旨意，驕傲地認為詩中的英雄屬於自己，於是將兩部長詩統稱為「荷馬史詩」。

從此，他四處傳播《荷馬史詩》，並獲得了人們的熱烈歡迎，百姓們都喜歡這個身著白色長袍，清瘦卻又充滿活力的老人，而《荷馬史詩》真如詩人所願，將希臘的文明保存下來。

【說文解惑】

史學家懷疑《荷馬史詩》並非荷馬一人所作，而是古希臘行吟詩人的集體成果。

荷馬和他的嚮導

不過，荷馬這個人確實存在，正是因為他，希臘戰爭的勝利才成為了讓人耳熟能詳的詩歌。

這部偉大的史詩以揚抑格六音部寫成，講述了西元前十一世紀到西元前九世紀的邁錫尼文明，若沒有它，古希臘邁錫尼地區在這段時間的歷史將會是一片空白。

《伊利亞德》和《奧德賽》的篇幅都為二十四卷，全詩總行數將近兩萬八千行，是一部浩瀚之作，它追求自由主義精神，歌頌實現自我價值的倫理觀，為西方的道德觀念奠定了基礎。

正如荷馬所認為的，每個人都是英雄，《荷馬史詩》在民間流行後，希臘許多城邦的領主紛紛認定史詩中的英雄為自己管轄地的英雄，有意思的是，連荷馬都成了守護城堡的英雄。

荷馬的願望終於實現，他不再是一個漂泊的盲人，而是引導人類文明發展的偉大導師。

【朝花夕拾】邁錫尼文明

邁錫尼文明發源於伯羅奔尼薩斯半島的邁錫尼城，是古希臘愛琴文明的重要組成，是繼克里特文明的傳承。該文明大約誕生於西元前二〇〇〇年，自西元前一二〇〇年開始衰敗，後因多利亞人入侵宣告滅亡。

61 君王的命令
羅馬文學的最高成就《埃涅阿斯紀》

在遙遠的古希臘時代，出現了一位一千年才降臨的大才子，他就是盲詩人荷馬，而在文明不及希臘的羅馬，是否也有一位荷馬的繼承人呢？

答案是肯定的，他就是羅馬詩人維吉爾。

其實，維吉爾出生時並非羅馬人，後來他的故鄉被羅馬第一位皇帝屋大維的軍隊佔領，他被迫去了義大利南部，成為了屋大維的外交官該尤斯·梅賽納斯的幕僚。

四年後，屋大維統一了羅馬並登上王位。從此，羅馬進入軍人掌權時期，羅馬帝國的獨裁時代開始了。

屋大維當上帝國的最高領袖後，不禁有些飄飄然，一方面，他需要頌歌來鞏固自己的統治；另一方面，他也想感受一下文人那些華麗至極的讚美。

於是，他命該尤斯·梅賽納斯去幫找一批能說會道的詩人，希望能盡快寫出一些稱頌自己功績的詩歌給百姓看。

梅賽納斯第一個想到的就是維吉爾。當時維吉爾已經寫出《牧歌集》、《農事詩》這兩部出色的詩歌集，是一個才華橫溢的詩人，若由他來寫頌歌，定能不辱使命。

事實上，維吉爾也很願意為皇帝創作，他對具有極高軍事才能的屋大維十分敬佩。當梅賽納斯讓他寫頌詩時，他立刻就同意了。

可是，寫什麼內容好呢？

維吉爾是個要求很高的人，他絕不容許自己的作品像普通詩人那樣只

是單純為了稱讚而稱讚。他翻閱典籍，精心挑選素材，終於將目光定格在了羅馬神話中的英雄埃涅阿斯上。

他決定寫一部關於埃涅阿斯的史詩，在神話中，埃涅阿斯是羅馬人的祖先，當他駐守的伊利昂城被攻陷後，他在天神的庇護下與父親和兒子一起來到義大利，並娶當地的公主為妻，重新建立了王朝。

當屋大維聽到這個思路後，不禁喜上眉梢，連連叫好。

的確，維吉爾將羅馬統治者比作英雄，且有神的保護，意味著帝國肯定能福祚綿長。

在得到皇帝的大力支持後，維吉爾就信心滿滿地開始了創作。他非常認真，花費十年的心血才完成了初稿，結果還未來得及修改就已生命垂危。

在臨終前，他對朋友千叮嚀萬囑咐：「一定要把我的這部《埃涅阿斯紀》焚毀，我寫得太糟糕了，根本無法發表！」

他的朋友卻不認為這部史詩很糟糕，而屋大維在得悉詩歌完成後就立即要求將《埃涅阿斯紀》上交到宮廷，因此這部流芳百世的作品得以流傳

《埃涅阿斯奔離燃燒的特洛伊城》，菲德里克·巴洛奇
在一五九八年所畫，現存於羅馬的波各賽美術館。

下來，成為今世最偉大的史詩之
一。

【說文解惑】

維吉爾是古羅馬著名詩人，
他在生命的最後十年裡書寫的
《埃涅阿斯紀》是其最重要的作
品，也是西方文學史上的第一部
「文人史詩」。全詩分十二冊，
一共近九千行，維吉爾憑此詩被
譽為古羅馬最偉大的詩人，且在
中世紀被當成聖人，他的《埃涅阿斯紀》竟也變成了可用來占卜的神奇書
籍。

名畫《維吉爾對奧古斯都和屋大維朗誦埃涅阿斯
紀》，現藏倫敦國家美術館。

維吉爾的詩歌影響了後世的很多文人，如羅馬詩人賀拉斯和奧維德、
義大利詩人但丁、英國作家伊莉莎白等。但丁還直接在《神曲》中將維吉
爾比作引領大眾走向光明的神，對這位藝術大師表達了無比的崇拜和敬
仰。

【朝花夕拾】古希臘與古羅馬的關係

古希臘的地理位置包括今日的巴爾幹半島南部、小亞細亞半島西岸和
愛琴海中的許多小島；古羅馬一般認為在義大利半島的中部。

西元前五至六世紀，古希臘文明發展到頂峰，可惜在三百年後被羅馬
所滅。不過羅馬雖吞併了希臘，卻在文化上開始被同化，有句名言說：羅
馬人用武力征服希臘，希臘人用文化征服羅馬。

62 生命是一場悲劇
「悲劇之父」埃斯庫羅斯

狄俄尼索斯雕像

「媽媽，我夢到酒神狄俄尼索斯了，祂向我傳授悲劇的創作之法！」

在雅典的貴族勢力中心厄流西斯，有著黑色頭髮和明亮眼睛的少年興奮地將昨日的夢境告訴母親，酒神讓他在戲劇中增添人物和衝突，他覺得非常有用。

可是美麗的母親聽後卻沒有他想像得那麼高興，只是嘆息道：「酒神是個悲慘的神，祂被赫拉天后追殺，只能四處流浪，神保佑祂不會再來找你！」

少年聽到如此掃興的話，只得暗暗地吐了吐舌頭，但他並沒有把母親的話放在心上，而是專心致志創作起戲劇來。

這個少年就是日後的「悲劇之父」埃斯庫羅斯，此時的他覺得自己的藝術生命剛剛萌芽，以後必定會走向輝煌。

他從小就喜歡戲劇，尤其喜歡暴君希庇亞斯的詩，每當他讀起後者的作品，家人們都會吃驚地阻止他：「別讀啦！讀他的詩會被詛咒的！」

儘管不被祝福，埃斯庫羅斯卻從未放棄過夢想。二十五歲時他首次登上了雅典詩人比賽的舞臺，不過很可惜，他落選了。

西元前四九〇年，希臘與波斯之間爆發了著名的馬拉松戰役，希臘人獲得了壓倒性的勝利，不幸的是，埃斯庫羅斯的兄弟卻陣亡了。十年後，埃斯庫羅斯又參加了薩拉米斯海戰，這場戰役雖然也以希臘人的勝利告終，可是埃斯庫羅斯的家園雅典已被波斯人摧毀，他不得已來到西西里島。

一晃八年過去了，埃斯庫羅斯回到雅典，他根據戰時經歷寫出了劇本

《波斯人》，並奪得了詩人比賽的桂冠。

綜觀埃斯庫羅斯的一生，他一共贏得了十三次雅典詩人比賽的冠軍，他的悲劇大師名號日益響亮，成為希臘人心目中可與酒神相媲美的人物。

也許是悲劇寫得過多，埃斯庫羅斯的死也極具悲劇色彩。六十九歲那年，他再度遊歷西西里島，竟被高空落下的一隻烏龜砸死，沒有人知道那烏龜怎麼上天的，也許只有天后赫拉最清楚。

【說文解惑】

埃斯庫羅斯，古希臘最偉大的悲劇大師之一，享有「悲劇之父」、「有強烈傾向的詩人」的美稱。他一共創作了九十部戲劇，可惜最著名的二十部作品已失傳，僅剩七部劇流傳至今：《被縛的普羅米修士》、《波斯人》、《乞援人》、《七將攻忒拜》、《阿伽門農》、《阿慕莫內》、《斯芬克斯》。

埃斯庫羅斯的劇作多取材於古代神話，他喜歡用三聯劇形式創作，情節緊湊且不複雜，戲劇性很強，劇中的正面人物都很偉大。他還首創地讓演員從一個增加到兩個，以便於對話的展開，從而被譽為「希臘悲劇的創始人」。

【朝花夕拾】「山羊劇」

希臘人為紀念酒神，就在每年葡萄收穫的季節舉行化裝舞會，向酒神獻上自己的祈禱和祝福。人們推選出一位表演者，讓表演者披上羊皮、戴上面具，然後大家一起圍繞著「羊人」飲酒、唱歌，形成希臘最初的戲劇雛形。後來，人們又從唱歌跳舞演變成戲劇對話，並增添了很多情節，希臘悲劇從此起源。

悲劇一詞，在希臘語中原意就是「山羊劇」。

63 悲傷並快樂著
幸運的悲劇大師索福克勒斯

索福克勒斯可能算是希臘最幸運的悲劇作家了。

他出身富貴，才藝過人，且又有著驚人的美貌，不僅如此，他還在國家政權中身居要職，且是靠自己的能力贏得的地位。

索福克勒斯擅長作戰，指揮過鎮壓薩默斯人的海戰；擔任過祭司，並以七十六歲的高齡在歐里庇得斯的葬禮上率領唱詩班為他的競爭對手唱輓歌。二十八歲那年，他參加了雅典的詩人比賽，與他一同參賽的一些選手緊張萬分，沮喪地說：「完了，在埃斯庫羅斯面前，我肯定贏不了的！」

索福克勒斯撇撇嘴，他雖然對埃斯庫羅斯的名望早有耳聞，但他並不認為名譽是奪得比賽的關鍵要素，他仍舊信心十足地將自己的四部作品呈交給評審，並耐心等待最終的評判結果。

那一年，幸運之神再度眷顧索福克勒斯，他擊敗了偉大的埃斯庫羅斯，取得了戲劇比賽的冠軍。

此後，索福克勒斯一發不可收拾，連續六十年堅持創作，並多次參加詩人比賽。他一共奪得了二十四次冠軍，相較之下，悲劇之父埃斯庫羅斯只拿到了十三次殊榮，而後起之秀歐里庇得斯只斬獲了四次桂冠。

不過，隨著索福克勒斯在政壇上的舉重若輕，他的地位不可避免地影響到了評審們的判斷，從最初的才華比拼，到要給高官「一個面子」，索福克勒斯每次參加比賽，至少都能拿到第二名的好成績，這使得無數選手一看見他，就忍不住大倒苦水：「完了完了，那個索福克勒斯又來了！」

話雖如此，索福克勒斯的成就仍是毋庸置疑的，很少有人能超過他，而他也幸福快樂地度過了一生。

希臘早期的喜劇代表阿里斯托芬就這樣稱讚他：「生前完滿，身後無

索福克勒斯像

憾。」甚至連他的去世都是那麼幸運。當他離世時，正值雅典和斯巴達交戰，索福克勒斯的遺體無法下葬。斯巴達將軍竟命令軍隊先停止作戰，等雅典人將詩人安葬好之後再開戰。

就在索福克勒斯逝世兩年後，雅典向斯巴達投降，詩人安逸了近一個世紀，直到臨終前也沒有受到一點磨難。

【說文解惑】

索福克勒斯出生在雅典西北郊的克羅諾斯，從小就受到音樂、體育、舞蹈等全面的教育，因而多才多藝。十六歲時，他憑藉俊俏的容貌而被選為頌詩班領隊少年。隨後開始在政界擔任要職，並在戲劇界開始散發光芒。

他一共創作了一百二十三部悲劇和滑稽劇，不過至今只有七部流傳下來，《安提戈涅》和《俄狄浦斯王》是他的代表作。他在借鑑埃斯庫羅斯風格的基礎上，開創了戲劇的新領域。他將戲劇人物增添為三個演員，並增加了戲劇的對話和動作，還首次引進了許多可怕的場景，如埃阿斯當眾自盡、俄狄浦斯刺瞎雙目等。

索福克勒斯的一生平靜而幸福，當他死後，人們在他的墳頭上安了一尊擅長歌唱的人頭鳥雕像，充分肯定了他那偉大的戲劇成就。

【朝花夕拾】希臘三大喜劇大師

在西元前五世紀，雅典產生了三大喜劇大師：克拉提諾斯、歐波利斯和阿里斯托芬，但唯有阿里斯托芬的十一部完整作品流傳至今。阿里斯托芬的作品成為存世最早的希臘喜劇，代表作有《鳥》、《阿卡奈人》等，因此阿里斯托芬也被稱為「喜劇之父」。

智者無懼流言蜚語
批判大師歐里庇得斯

西元前四五五年，雅典新一輪的戲劇節比賽拉開帷幕，所有觀眾和選手都興致勃勃，除了最後一名——個二十五歲的年輕人歐里庇得斯。

他拿到了比賽的最後一名，不僅如此，觀眾還對著他的歌隊狂扔雞蛋和菜葉，怒罵道：「這是什麼戲劇！簡直爛透了！」

一時間，歐里庇得斯有點沮喪，他難過地想，難道自己真的缺乏創作能力嗎？

此後的二十年裡，他幾乎沒有動過筆，而是在潛心研究戲劇的創作。他用祖上的遺產購置了一個很大的藏書室，專心學習詩歌與哲學。

他的努力沒有白費，三十九歲那年，他再次參加比賽，終於獲得冠軍。比他年長十六歲的著名悲劇大師索福克勒斯認真地看完了他的戲劇，從鼻子裡發出一聲冷笑：「這麼直接的描寫，也能被稱為戲劇？他到底有沒有身為戲劇家的才藝！」

儘管被前輩批評得體無完膚，歐里庇得斯還是堅持自己的風格，他已不再是當年那個人云亦云的作家了。

為了讓自己的作品內涵更深刻，他還師從哲學家阿納薩戈刺斯。西元前四三一年，希臘內戰爆發，希臘政府給阿納薩戈刺斯安上了「傳播異端學說」的罪名，將其趕出國門。歐里庇得斯很生氣，寫下《阿爾刻提斯》來諷刺當局。後來，他又向蘇格拉底討教哲學知識，並將這些知識融入自己的戲劇中。批評家們再次發難，稱歐里庇得斯滿嘴都是哲學，劇情非常乏味。歐里庇得斯再次充耳不聞。

在希臘內戰的二十七年裡，歐里庇得斯寫下無數作品，他批判雅典的奴隸制，反對戰爭，關注小人物和婦女的遭遇，他的戲劇裡已沒有了英雄，即便有，那也是平民化的形象。

戲劇家們不能容忍這種情況的發生，他們集體攻擊歐里庇得斯：「他是要毀滅悲劇！」

即便如此，歐里庇得斯仍是微微一笑，不置可否。

隨著歐里庇得斯名氣的加大，希臘當局恐慌起來，他們害怕詩人將民主的思想傳播給民眾，就將年邁的詩人趕出了希臘。歐里庇得斯不得不前往馬其頓，並在那裡善終。他死後，人們才真正意識到他那些作品的價值，並為其中所展現的深刻含意而深深動容。

美狄亞是希臘神話中的科爾基斯公主，伊阿宋的妻子，也是神通廣大的女巫。

【說文解惑】

歐里庇得斯、埃斯庫羅斯和索福克勒斯並稱為希臘三大悲劇大師，他一共創作了九十多部作品，其中有十八部流傳至今，代表作為《美狄亞》。

歐里庇得斯不喜歡在戲劇中添置曲折的

情節，他的戲劇普遍以直接的描述為主，但他擅長人物的心理描寫，這在早期的希臘戲劇史上是罕見的。

在後世的評價中，歐里庇得斯是個極具爭議性的人物，有評論甚至說悲劇在他手中滅亡。但是，他的作品揭露出深刻的社會問題卻開創了世態戲劇的先河，因而備受後人的讚譽。博學家亞里斯多德曾誇讚他「最能產生悲劇的效果」，但丁在《神曲》中講述希臘悲劇，也只提到歐里庇得斯一人。

【朝花夕拾】 《美狄亞》的內容與寓意

在希臘神話中，美狄亞幫助伊阿宋取得金羊毛後，兩人一起逃往希臘。他們流亡到科林斯時，伊阿宋想娶科林斯國的公主，還任由國王將美狄亞驅逐出境。美狄亞惱恨萬分，毒死國王和公主，又殺死自己的兩個兒子，然後逃往雅典。歐里庇得斯透過改寫神話來控訴男女間的不平等。

65 修道院裡的平凡與偉大
史學家比德與《聖經》

「神父，我不是很明白，您所說的紀年方法是怎麼計算的？」在英國森伯利亞的一所修道院裡，一位修士正一臉虔誠地向講壇上的神父提問。聽他這麼一說，其他修士也紛紛好奇地盯向儒雅的神父。

這名叫比德的神父微微一笑，為學生們娓娓道來：「這套紀年法是我獨創的，在聖主耶穌誕生之年為基準年，往前推就是『主前』，往後推就是『主後』，這樣便於大家記錄從古至今的大事。」

「原來如此！」修士們頓悟，紛紛點頭。

八百多年後，義大利醫生兼哲學家利烏斯改革了古羅馬曆法，並提出了和比德一樣的想法，不過未免讓沒有宗教信仰的人反感，他將「主前」與「主後」改名為「西元」。隨後，教皇格里高利十三世將西元曆法公諸於世，成為歐洲通行的西曆。

從這件事情上可以看出，比德的學識是驚人的，他嚴謹治學、一絲不苟，在修道院裡做了一輩子研究。

這在別人看來是很平淡很無聊的生活，在比德眼裡卻是甘之如飴。

每一天，他會讀幾個鐘頭的書，多虧了修道院院長的收藏，圖書室裡成為書籍的海洋，柏拉圖、亞里斯多德、維吉爾等人的著作日後均成為比德引用的重要資料。

他還是修道院所屬一所學校的老師，每日給年輕的修士上課也要佔用他很大精力。

除此之外，有一項最重要的工作，就是寫作。做為神學家，比德對《聖經》的興趣極大，他精通希臘文、拉丁文，還略通希伯來文，可以藉圖書室裡的古籍對《聖經》進行研究。

他就像一臺不知疲倦的機器，將一本《聖經》從頭到尾闡述了一遍。他的研究獲得了豐碩的成果，使得《聖經》通俗易懂，從而推動了基督教在全世界流傳。他用一輩子的孤單，為後世做出了傑出的貢獻，應該為人們所永遠銘記！

【說文解惑】

比德誕生於西元六七二年左右，他七歲進入修道院，三十歲成為神父，從此就以修道院為家，再也未離開過一步。他是英國著名的史學家，有「英國史學之父」的美譽。

比德畫像

他早年的成就主要是對《聖經》的注釋，另外也包括對天文、醫藥、語法、曆法、音樂、哲學等方面的研究，他後期的著作主要是兩本書—《英吉利教會史》和《修道院長列傳》。其中《英吉利教會史》是他最重要的著作，該書保存了英國的大量史料，對後人的研究具有極大的幫助。

【朝花夕拾】歐洲幾種古語的發展

希臘文源於巴爾幹半島，《荷馬史詩》便是用希臘文寫成。希臘文促成了共同語的產生，而如今《新約聖經》即用共同語所著。如今希臘、賽普勒斯、義大利、土耳其和埃及、非洲及美洲的一些地區都在使用希臘文。

拉丁文起源於義大利中部，後成為歐洲通用語言，不過隨著歐洲各國的興起而逐漸沒落。如今只有宗教國家梵蒂岡在使用拉丁文。

希伯來文起源於阿拉伯半島，是猶太人的語言，後因為羅馬人將猶太人趕出了耶路撒冷，希伯來文被他國語言所同化，正在逐漸消亡。

66 藏於軍隊中的英雄史詩
德國《尼伯龍根之歌》

西元七九一年，法拉克國王查理大帝率軍東征阿瓦爾，照理說，查理發動了很多次戰爭，士兵們應該習以為常，可是這一次，大家明顯有點萎靡不振。

在隊伍裡，一些不滿悄悄地蔓延。

一個步兵嘟囔著：「也不知這次和匈奴人的戰役好不好打，聽說他們非常驍勇！」

另一個步兵瞪了對方一眼，斬釘截鐵地說：「怕什麼！我們日爾曼民族力大無窮，誰都比不過我們！」

「可是……」第三個步兵猶豫道，「我們的力氣是大，耐力卻很差，比起匈奴人，我們也許不佔優勢。」

正當步兵們竊竊私語時，騎兵們也在討論這場戰爭。

「聽說是巴伐利亞的柳特備嘉王后唆使匈奴王開戰的！」一個騎兵儼然得到了小道消息。

另一個騎兵直搖頭，不屑地說：「還是個國王呢！這麼好騙！」

可是無論大家怎樣的緊張、擔憂、惶恐，戰爭一觸即發，由不得大家再產生任何的負面情緒了。於是，下一次對話，就變成了這樣：「聽說古時候有個勃艮第武士，他孔武有力，擁有尼伯龍根寶藏！」

「尼伯龍根寶藏？那是個什麼玩意兒？」

「不知道，反正是一大筆財富。那武士據說有三件寶貝：魔戒、隱身盔和魔劍，他靠著這些寶貝幫助國王打敗了很多敵人！」

漸漸地，士兵們對「尼伯龍根寶藏」的故事感興趣起來，紛紛你一言我一語地拼湊起情節來。

因為厭惡柳特備嘉王后，他們就虛擬了勃艮第公主的形象，並讓武士與公主結婚，且在婚後被惡人暗殺，結果公主嫁給了匈奴人，還讓匈奴人殺掉她的哥哥和惡人。

那惡人自然就是匈奴可汗了。

士兵們藉此諷刺可汗聽信謠言，以致惹禍上身。

而勃艮第人征討匈奴的行軍路線，也與此次征討阿瓦爾的路線基本一致，法蘭克王國的軍人們希望此次能旗開得勝，成功佔有「尼伯龍根寶藏」。後來，查理的軍隊果然勝利，而由軍人們創作的《尼伯龍根寶藏》也成為了中世紀著名的敘事史詩，一直被後人傳頌。

【說文解惑】

英雄史詩《尼伯龍根寶藏》用德語寫成，全詩共三十九章，近一萬行，人們將其稱為德語的《伊利亞德》。它以神話故事和神話人物為基礎，講述了邪不勝正的真理，不過其悲劇性卻比《伊利亞德》要強，而結局也以所有人都倒在血泊中告終。

這部史詩展現了日爾曼民族的偉大品格，是中世紀流傳最廣的德語文學，雖然具有濃厚的封建意識，但至今仍當之無愧地位列世界史詩代表作之一。

【朝花夕拾】齊格弗里德的肩膀和阿喀琉斯之踵

《尼伯龍根寶藏》因為是取材自神話，所以與《荷馬史詩》有很多相似之處，例如主角齊格弗里德刀槍不入，全身上下只有一處致命傷，與英雄阿喀琉斯只有腳踝是弱點非常相像。齊格弗里德在龍血裡沐浴時，因一片菩提葉飄落至肩胛，使此處沒有浸上龍血，因而肩膀成了他全身唯一的要害，最終他被惡人哈根所殺。

67 金翅鳥的傳說
印度最初的史詩《羅摩衍那》

　　悠久的文明孕育出古老的史詩，在遙遠的佛國印度，就有兩本重量級史詩—《羅摩衍那》和《摩訶婆羅多》。

印度傳統認為羅摩是毗濕奴的化身，他殺死魔王羅波那，確立了人間的宗教和道德標準，神曾經答應蟻垤，只要山海還存在，人們就仍然需要閱讀羅摩衍那。

　　《羅摩衍那》是印度的第一部史詩，因而意義非凡，相傳它由一位婆羅門子弟寫成，而這位作者的真名，竟沒有人知曉。

　　在印度，婆羅門屬於最高階層，可是有一個婆羅門的男孩子非常不幸，他在很小的時候就被家人遺棄了，不得不想盡辦法自食其力。

　　缺乏衣物並不是最重要的，沒有食物果腹才是經常困擾這個男孩的問題。為了生存，他不得不當起了小偷，幹起了盜取路人錢財的勾當。

　　正當他「技藝」越來越精湛，道德感也越來越淡漠時，有一天，他在得手之後看到被他偷走錢袋的婦女蹲在路邊大哭起來。

　　那婦女邊哭邊說，自己的女兒生了重病，那些錢是用來給孩子治病用的，如今錢沒了，孩子的一條命恐怕是保不住了。

　　男孩受到了極大觸動，他不願世上再多一個不幸的孩子，良心督促著他將錢袋扔給婦女，然後風一般地逃進了密林中。

　　今後的他，決定靜坐修行，以磨礪自己的靈魂。於是，他開始打坐，且穩如泰山，一坐就是好幾年，從來不曾動搖過。

　　無數的螞蟻將他的身體當成了山丘，開始築窩，最後他的身上爬滿了螞蟻，並獲得了一個特殊的名字—蟻垤，即螞蟻洞口的小土堆。

　　就在蟻垤修行的數年時間裡，忽然有一隻金翅鳥飛到他身邊。這種鳥

有著一對如黃金般閃閃發光的翅膀和金屬敲擊般清脆悅耳的鳴聲。

雖然蟻垤從未睜開眼，但他的內心已經牢牢記住了金翅鳥的悅耳聲音。有一天，他忽然開悟，原來金翅鳥鳴唱的，竟是一則關於英雄羅摩的故事！可是他的語言功底實在太薄弱了，竟無法將故事記錄下來。

直到一個黃昏，一個獵人射死了一隻雌麻鷸，鳥兒在臨死前淒厲地哀嚎，那聲音刺激著蟻垤的心臟。突然間，那些押韻且優美的話語突然從蟻垤口中不斷地飄出，印度史上最偉大的詩歌就此誕生了！

【說文解惑】

《羅摩衍那》是一部梵文史詩，意思為「羅摩的歷險經歷」，它對整個南亞地區產生過重大影響。全詩用輸洛迦體系寫成，每節詩有兩行，每行又有十六個音節。整部史詩分七章，一共有兩萬四千對對句。

印度人認為史詩的主角羅摩是印度教最崇高的神「毗濕奴」的化身，因此將這部史詩當成聖文來崇拜，其實羅摩是古代英雄人物，後逐漸被神化。

《羅摩衍那》被稱為印度「最初的詩」，其中的一些詩篇已呈現華麗的詩風。史詩描寫了四大要素：政治、愛情、戰爭和風景，對印度文學的創作具有極大的借鑑意義。

【朝花夕拾】《摩訶婆羅多》

《摩訶婆羅多》與《羅摩衍那》同為印度梵文史詩，且前者的長度是後者的四倍，為印度最長的史詩。《摩訶婆羅多》被譽為印度「最初的歷史傳說」，描寫婆羅多族的兩支後裔的王位之爭，穿插有大量的傳說故事。該部史詩介紹了印度的民族文化，因而有「印度的靈魂」之稱。

第二章

理性光輝終將閃耀西方
— 中世紀到文藝復興時期的文化之旅

68 學院派的眼中釘
古典主義戲劇雛形《熙德》

在十二世紀的西班牙，出現了一些四處流浪的賣藝人，他們孤苦無依，靠吟唱自己編寫的詩歌來賺取微薄的生活費。

當地居民普遍是文盲，因此對唱詩的藝人非常歡迎，於是這幫藝人的名聲漸長，還被人們冠以「吟遊詩人」的美名。

吟遊詩人雖是個養家糊口的職業，其中有很多有才之士，西班牙最早的一部史詩《我的熙德之歌》就是出自某個不知名的吟遊詩人之手。這部史詩圍繞西班牙著名民族英雄唐羅狄克的生平事蹟展開，全詩長達三千七百多行，是迄今為止歐洲保留最完整的吟遊詩。

「熙德」源自阿拉伯文，是對男子的尊稱，「我的熙德」便是「我的先生」。到了十七世紀，西班牙劇作家卡斯楚將《我的熙德之歌》改編成了一部戲劇《熙德的青年時代》，隨後法國劇作家高乃依根據卡斯楚的劇本又改編出了一部五幕詩劇《熙德》，並在一六三六年進行了公演，沒想到卻惹來一場軒然大波。

高乃依的《熙德》轟動了整個巴黎，卻讓當時巴黎的紅衣主教兼首相黎塞留恨之入骨。因為高乃依曾是黎塞留組建的五人創作團體中的一員，專門為黎塞留進行創作，憑藉這份職業，高乃依不僅可以領取豐厚的年金，還能躋身於上層社會。黎塞留覺得自己是高乃依的恩人，而高乃依居然「背叛」了他，這自然令他懷恨在心。

為了報復不懂知恩圖報的高乃依，黎塞留找來由他一手創建的法蘭西學院的教授，授意對方攻擊高乃依。

於是，經過一番「研究」，學院創始人之一的沙波蘭親自執筆，洋洋灑灑書寫了一篇《法蘭西學院對〈熙德〉的意見書》，用滿腔學術用語結結實實地把高乃依臭罵了一頓。

沙波蘭指責高乃依不遵守古典戲劇的「三一律」，不重視「以理性為根據」的娛樂作用，是徹徹底底的失敗作品。

法蘭西學院的論調在法國文壇上傳得沸沸揚揚，大家似乎都忘了《熙德》演出之時備受歡迎的事實，轉而開始跟著雞蛋裡挑骨頭。

高乃依受此打擊，變得疑慮重重，他沉默了好幾年才敢再度寫作，而自《熙德》後，他再也沒有創作出一部違背「三一律」的作品。

但此事還沒完，在沙波蘭發文批評高乃依的第六年，法蘭西學院的院士布瓦洛又發表論文闡述戲劇創作原理，並總結亞里斯多德、賀拉斯等學者的意見，要求劇作家嚴格按照古典戲劇的套路來創作，這在後人看來，實際是有點過於刻板了。

高乃依也無法擺脫強大的輿論壓力，他後來的劇作始終陷於「三一律」的桎梏，不得不在情節和佈景上追求突破，卻疏忽了對人物性格的塑造，結果更加失敗。最終，高乃依退出了戲劇界，在孤獨和貧困中淒然離世。

【說文解惑】

《熙德》是歐洲古典主義戲劇的奠基之作，它引發了學術界對於古典主義戲劇理論的思考，並促使古典戲劇走向高潮。古典戲劇在十七至十八世紀處於巔峰，在法國發展得最為完善，至十九世紀才逐漸被浪漫主義戲劇所取代。

《熙德》的作者高乃依是一個悲劇作家，他一共寫出了三十餘部作品，其中《賀拉斯》、《西拿》和《波里厄克特》是他的三部比較出色的悲劇，他還在晚年與年輕作家拉辛競爭過，最終因為自己的作品太過光怪陸離而遭觀眾嫌棄，在完成最後一部悲劇《蘇萊拿》後，黯然退出了戲劇舞臺。

高乃依是十七世紀上半葉法國古典主義悲劇的代表作家，法國古典主義悲劇的奠基人，與莫里哀、拉辛並稱「法國古典戲劇三傑」。

【朝花夕拾】「三一律」

　　三一律，也稱三整一律，屬於西方戲劇結構理論，要求劇作者創作一齣戲時，讓故事在一天之內，在一個場景下完成，且要保證只有一個主題。它的優點是劇情集中緊湊，缺點也不言自明，因場景單一，人物個性不鮮明，很容易使觀眾產生疲憊感。

69 被逼無奈的辯護
西方第一部自傳《懺悔錄》

　　一七六二年的一個晚上，法國教育家、思想家、作家讓 - 雅克・盧梭正悠閒地躺在床上看書，他的僕人突然敲門進來，遞給他一封沒有署名的信。

　　盧梭見這麼晚還有人給自己寫信，不禁有些好奇，他慢慢展開信箋，開始讀起來。

　　這一讀得了，他立刻冷汗直冒，原來這竟是一封揭發信！信裡詳細歷數了盧梭的罪行，比如：盧梭和他的女僕私通，並將所生下的五個子女全部送去修道院；盧梭是個暴露狂，他喜歡躲在暗處向年輕女孩暴露他的臀部……

　　這封信通篇都是粗話，又句句切中要害，看得盧恍觸目驚心，他連連搖頭，驚恐地說：「不！不是這樣的！」

　　他確實與多位女性有過不正當的關係，最著名的是華倫夫人，他迄今都記得初見華倫夫人時，對方那沉魚落雁的容顏，而他竟還以為這位夫人是一位年邁的老太婆。

　　華倫夫人後來成了他的知己和情人，她幫助他成名，照顧他生活上的一切，直到她死去，盧梭也沒有回報她一絲半毫，這成為盧梭心中永遠的痛。

　　後來，盧梭與女僕瓦瑟同居，可是他對對方並沒有多少情意，他還是惦記著華倫夫人，他把自己的五個孩子送去修道院，因為怕將孩子送入教

養欠佳的家庭後誤入歧途，這也讓晚年的他深深懺悔。

他確實有暴露癖，因為在他八歲那年，他被年輕的女教師用鞭子打過，這讓幼小的他心靈扭曲，渴望被年輕女孩鞭打。他痛恨自己的癖好，可是沒有辦法，他就是無法改變。

但是對盧梭罪行的控訴還不算最關鍵的，讓盧梭震驚的，是信中說法院已判決將《愛彌兒》焚毀，並於明天逮捕他。

盧梭身上的每根神經都繃緊了，他不知如何是好，他萬萬沒想到，兩年前他所寫下的一本關於人類教育的書籍《愛彌兒》會惹怒法國當局，並遭到一再的迫害。

不得已，他逃往英國，投靠哲學家休謨，可是又跟休謨發生了分歧，不得不再度回到法國，過著隱居的生活。

人們對盧梭的謾罵並沒有結束，盧梭成了一個邪惡之徒，一個犯下滔天罪行的瘋子。

盧梭痛苦萬分，為了彌補自己的罪過，他終於與同居了二十五年的女僕瓦瑟結婚，並領回了自己的一個孩子。他決定寫一本書，解釋自己的一生，於是，《懺悔錄》應運而生。

在這本書中，盧梭雖然闡述了自己的很多罪過，卻也為他的名譽做出了最後的辯護，這本書成為名垂千古的著作，奠定了盧梭的文學地位。

盧梭的晚年極其淒苦，他後來才知那封信是他的死敵伏爾泰所寫，於是給對方寫了一封充滿怨念的信：「是您使我在自己的家鄉無法立足，是您使我將客死他鄉……我恨您，這是您自找的……永別了，先生。」

不久後，他在貧困和痛苦中遺憾地離開了人間。

【說文解惑】

　　盧梭是在童年時期因為貧窮,當過學徒、雜役、家庭書記等卑微的職業,好在他受到華倫夫人的庇護,因而得到了良好的教育。後來他被通緝,只得隻身前往法國,他參與了《百科全書》的撰寫,並先後發表了一系列論著,還創設性地用數位來代替音樂的音階,這一切的努力終於使他成為巴黎社交圈裡的名人。

　　一七六一年是盧梭最輝煌的一年,他的書信體小說《新愛洛綺絲》名滿天下,可是隨後的一年卻成了他的災難年,也就是在一七六二年,他完成了生命中最重要的兩本著作《社會契約論》和《愛彌兒》。

　　當初,出版社好心勸盧梭匿名發表《愛彌兒》,可是盧梭堅持認為身正不怕影子歪,追求幸福和真理沒有錯,就仍用真名出版,結果遭到二十多年的人身攻擊。

　　不過盧梭在死後卻突然備受尊敬,人們將他的靈柩請進先賢祠,置於他的死敵伏爾泰的靈柩旁。兩個仇人也許仍在天堂惡鬥,而世人卻在人間祈禱他們長眠。

【朝花夕拾】盧梭與伏爾泰交惡

　　盧梭反對伏爾泰在日內瓦建立一家劇院,指出劇院是傷風敗俗的學校,結果導致他和伏爾泰反目,成了終生的仇敵。

盧梭是十八世紀法國大革命的思想先驅,啟蒙運動最卓越的代表人物之一。

70 落魄之際的打油詩
英國最偉大的詩人喬叟

十四世紀末期，恢宏的倫敦塔內迎接了一位新上任的國王—亨利四世。此時正值前任國王理查的餘黨負隅頑抗、新政權還未完全鞏固之際，整個英國依舊戰亂頻繁，鎮壓和反抗成為時代的主旋律。

這一天，亨利四世接到一封奇怪的信，信的開篇便是一首打油詩，還取了個奇怪的名字—《致空囊》。信的大意是說自己有多貧窮，想當年自己身為宮廷大臣，為王室立下汗馬功勞，如今卻連年金也沒有，懇請亨利看在昔日的情份上給自己施捨一些錢財，信的落款是傑弗雷・喬叟。

亨利看完信，輕蔑地冷笑：「不過是個理查的寵臣罷了，居然敢討債討到我的頭上！」

他喚來侍從，問：「那個傑弗雷・喬叟是誰？」

侍從小心翼翼地觀察主人的臉色，發現亨利並不像生氣的樣子，就坦誠相告：「他是前朝的王室建築工程主事和王室森林副主管。不過他也是個詩人，翻譯過《玫瑰傳奇》，還寫過其他一些作品。」

「《玫瑰傳奇》！看來他還真是個了不起的人物！」亨利四世饒有興趣地說。

結果，他並不追究喬叟的身分，反而還派侍從給喬叟送去一大筆錢。亨利四世對政敵的這種寬容態度讓他的父親十分惱火，但也正展現出文人的特殊待遇，有才之士能獲得社會的尊重。

靠著這筆錢，喬叟得以全心投入到短篇小說集《坎特伯里故事集》的

創造中來。他花了十五年時間完成了這一輝煌著作。

　　喬叟深受薄伽丘《十日談》的影響，講述一群朝聖者前往坎特伯里去朝拜聖人的故事。旅途漫長而疲乏，便有人提議每人每天講一個故事，於是處於社會各階層的人紛紛把自己所知曉的有趣見聞繪聲繪影地描繪出來，組成了一部內容豐富而又寓意深刻的故事集。這本書是喬叟的巔峰之作，成為他一生中最重要的作品。

　　喬叟並沒有把《坎特伯里故事集》寫完，因為按照目錄，此書應有一百二十個故事，但喬叟只寫了二十個完整故事和四部殘劇，不過這無損喬叟在文壇上的威望。

【說文解惑】

　　《玫瑰傳奇》是十三世紀的法國寓言長詩，在法國文學史上享有崇高地位，儘管喬叟不是原作者，但他用倫敦方言翻譯了這本書中的一部分詩歌，對推動英國詩學的發展有著重要作用。

喬叟畫像

　　喬叟在歷史邁進十五世紀的那一年去世，被安葬在英國的威斯敏斯特大教堂的「詩人之角」。他是第一位葬於此的詩人，在此之前，教堂裡歷來安葬的都是王室成員。此後，來到「詩人角」的還有丁尼生、白朗寧、亨德爾、狄更斯、著名小說家哈代和一九○七年諾貝爾文學獎得主

吉卜林，此外還有無數的物理、生物、政治家也長眠於此。教堂因而被譽為「榮譽的寶塔尖」。

　　喬叟的陵墓周圍圍繞著一圈「紀念窗」，不朽之作《坎特伯里故事集》裡的情景以圖文的形式予以呈現，千百年來向世人傾訴著詩人的卓越功勳。

【朝花夕拾】英雄雙行體與英國詩歌之父

　　喬叟被譽為英國詩歌之父，因為他是首位大量運用「十音步雙行體」這一詩歌形式的詩人。這一詩體被日後的英國人廣泛使用，包括後來的大詩人莎士比亞。這種詩體與英雄雙行體很像，即一首詩中的多行詩歌有五個音步，每個音步有兩個音節，第一個為輕音，第二個為重音。不過，無論是喬叟還是莎士比亞，他們都不是英雄雙行體的創造者，因為他們不可能每行詩都做到嚴格押韻。真正創造英雄雙行體的，是英國十七世紀的桂冠詩人約翰·德萊頓。

71 強摘的瓜也甜
薄伽丘與《十日談》

上帝在關上一扇門的同時，終究會打開一扇窗。

晚年的喬凡尼·薄伽丘對此深有體會，在童年時代，他做夢也沒想到自己會有機會做自己想做的事，更沒想到有一天他能出人頭地。

薄伽丘的父親是佛羅倫斯的一個商人，在那個時代，幾乎每個富商都會有一些風流韻事，然後就生下一些私生子。這些私生子的命運大多比較悲慘，而且因為感受不到父母的關愛，所以也非常孤獨。

薄伽丘也不例外，他因生母早逝，只能與父親生活。不過其父很快就結了婚，而後母又是個狠角色，經常打罵薄伽丘，薄伽丘過得很辛苦。

上天唯一厚待薄伽丘的，是給予了他優渥的物質條件，使他能讀得起書。薄伽丘從小就喜愛文學，他曾暗暗發誓：以後一定要當個作家！

可是他的父親並不贊成兒子的想法，父親希望子承父業，壯大家族產業。在薄伽丘成年後，父親便把他送往義大利的港口城市拿波里，讓兒子在自己投資的一家商社學習。

薄伽丘不想經商，因而十分抵觸，他那敏感多情的神經一碰到細緻精準的計算就亂成一團，他毫無前瞻性，搞不清如何才能盈利，他只注重瑣碎的事物，完全沒有繼承父親天才的商業頭腦。

父親沒有辦法，只好讓薄伽丘改學法律。孰料，薄伽丘也不是學法律的料，他只對文學感興趣，卻無法施展自己的長處，這令他非常苦悶。他開始自學詩歌，並博覽群書，希望有一天父親能網開一面，讓他走上文學之路。

拿波里是個民風粗獷的地方，各種人物魚龍混雜。薄伽丘一邊學習，一邊在民間與商人的生活中行走，不知不覺收集了很多有趣的故事和經歷，而這些竟成為他日後的不朽名著《十日談》中的重要組成部分。

　　不僅如此，薄伽丘還獲得了進入安傑奧的羅伯特國王宮廷的機會，因而結識了很多詩人、學者、神學家、法學家。年輕的薄伽丘大開眼界，他那乾涸的靈魂終究感受到知識溪流的滋潤。

　　同時，他也接觸到貴族生活，這不禁又豐富了他的視野，令他的創作更趨百科全書化。後來，《十日談》中的故事涵蓋了整個社會階層，對教會和貴族進行了無情的披露和鞭撻，不得不說，在拿波里的那段生活對薄伽丘的幫助巨大。

　　在宮廷中，他還邂逅了羅伯特的私生女瑪麗婭並愛上了對方，浪漫而美好的愛情讓薄伽丘的心每天都在飛揚，即便後來他回到佛羅倫斯，那最初萌生的情愫也依舊深藏心底，揮之不去。在《十日談》中，他講述了三對男女溫暖的戀情，足見與瑪麗婭的相遇對他產生的深刻影響。

　　一三四八年，佛羅倫斯大規模爆發黑死病，短短數月，死亡人數就達到十萬以上，薄伽丘的心靈頗受震撼，他決定要用筆記錄下人類這一空前絕後的大災難。

　　於是，當時義大利的頂級短篇小說集《十日談》誕生，該書共有一百個故事，揭露教會的黑暗統治，對高潔的愛情進行了熱情歌頌，展現出作者的人文情懷，因此被人們稱為「人曲」。

【說文解惑】

　　義大利近代評論家桑克提斯認為，《十日談》可與但丁的《神曲》齊

名，前者論述人，後者闡述神，因而兩部著作可並列稱為「人曲」。

薄伽丘畫像

因《十日談》對教會進行了無情的抨擊，薄伽丘在成書後遭受到了封建統治者的殘酷迫害，有一次他惱怒至極，想把自己的所有著作燒掉，幸虧他的好友彼得拉克好心勸說，《十日談》才保存下來。

薄伽丘與彼得拉克相識二十五年，儘管前者比後者年輕九歲，兩人還是結下了深厚的友情。彼得拉克潛心研究古典文學，常將自己的文學成果分享給薄伽丘，他們還支持一位名叫里昂古奧‧彼拉多的希臘人把《荷馬史詩》全部翻譯成了拉丁文。

薄伽丘對彼得拉克有著近乎狂熱的崇拜，當彼得拉克逝世時，薄伽丘悲痛欲絕。後來，薄伽丘也離開人世。而十五世紀中葉後，儘管義大利在建築、繪畫方面的成就斐然，卻也再未出現過一位能與薄伽丘和彼得拉克媲美的作家。

【朝花夕拾】《十日談》為何取名「十日談」？

《十日談》講述的是七個有教養的年輕小姐在佛羅倫斯大瘟疫時期遇到了三個英俊男子，從而有三對戀人產生。這十個人決定離開佛羅倫斯這座充滿死亡氣息的城市。他們來到郊外山上的一座別墅裡避難，大家商定每個人每天都要講一個好聽的故事，於是在十天內一共講了一百個故事，終於度過了那段最難熬的時光。

詩人的情感總是豐富的，可是但丁的暗戀比任何人都純粹，他完全是柏拉圖式的戀愛，而且對方完全不知情，甚至可能對但丁毫無印象。

　　這個幸運的女子便是但丁的初戀貝特麗絲。在她八歲那年，但丁遇見了她，驚為天人，從此，但丁將貝特麗絲視為自己的精神伴侶，直到他死去。

　　但丁惦記著貝特麗絲明亮如星辰的雙眸和淡粉如櫻花的雙唇，一晃九年過去了，他依舊沒有忘懷這個美麗的姑娘。

　　在一個春意融融的日子裡，但丁去城中走訪親友，他來到波光粼粼的阿爾諾河河畔，準備穿過河面上那座古羅馬時期遺留下來的木質廊橋。

　　突然，宛若一道霹靂擊中了他的心臟，但丁渾身的血液都沸騰起來。

　　在他的前方，出現了一位迷人的淑女，她手捧一束鮮花，由侍女陪伴著，正從廊橋的另一頭款款走來。

　　但丁激動得渾身顫抖，他想喊貝特麗絲的名字，卻發現自己無法喊出口，他想朝著心愛的人兒邁出步伐，卻發現自己如石像般不能動彈。

　　後來，但丁在詩集中這樣寫道：「啊！天下玫瑰三千，我只對這一朵鍾情。妳的微笑是我永遠的風，只因為那一瞬，信仰和力量無窮地產生！」

　　貝特麗絲並不知自己眼前的詩人內心正洶湧著巨浪，她嘻嘻地笑著，與侍女邊走邊聊，很快從詩人的身邊過去了。

　　詩人只能痛苦地轉頭，看著心愛的人輕盈地向前走去，漸漸離開自己的視線。他太愛她了，以致於不敢告訴她，在她面前，他彷彿是一粒塵土，

這一幕，後來被名畫家亨利・豪里達畫進了自己的油畫裡，
取名為《但丁與貝特麗絲邂逅》。

微不足道。

　　後來貝特麗絲遵從父命嫁給了一位伯爵，不幸的是，她二十四歲即離開人世，直到死去都不知背後有個叫但丁的男人在默默關注著她，並愛她愛得肝腸寸斷。

　　但丁為貝特麗絲的逝世痛不欲生，他創作了詩集《新生》，在詩篇裡，詩人將貝特麗絲描繪成一個純潔的天使，她在追求真理的過程中飛入天國，重獲新生。《新生》中共有三十一首詩，講述的都是對貝特麗絲的懷念之情。

　　但丁對貝特麗絲的愛矢志不渝，即使到晚年，他也仍思念著對方。在史詩《神曲》中，他又將貝特麗絲比作集真、善、美於一身，引領他進入天堂的女神。他是如此渴望貝特麗絲仍在人世，於是不斷用詩歌寄託自己的哀思，若真有靈魂和天堂，相信他們來一世定能再度重逢。

【說文解惑】

提到歐洲文藝復興，不能不提及但丁。但丁是十三世紀末的義大利詩人，他以一部長詩《神曲》敲開了文藝復興的大門。他被認為是西方最傑出的詩人及作家之一，恩格斯曾給予他高度評價：「他是中世紀最後一位詩人，同時又是新時代的第一位詩人。」

提起但丁，就不能不提及他的《神曲》。《神曲》講述了三十五歲的但丁在一座黑暗的森林中被三隻分別代表貪婪、野心和享樂的野獸攔住，情急之下，他意外喚出了古羅馬詩人維吉爾的靈魂。維吉爾的魂魄引領但丁穿過地獄、煉獄，來到貝特麗絲的魂魄面前。貝特麗絲帶但丁飛上天堂，最後見到了主宰真理的上帝。這部詩代表了中世紀文學的最高成就，啟發人們不斷追求人世間的真、善、美。

【朝花夕拾】阿爾諾河上的廊橋

阿爾諾河貫穿佛羅倫斯，河面上橫跨著許多造型優美的古橋，其中位於三聖橋下的「舊橋」最為聞名。「舊橋」也是阿爾諾河上唯一的一座廊橋，此橋在一三四五年重建，橋身兩側建有三層錯落有致的樓房，橋中段長約二十公尺，可做為觀景臺。在第二次世界大戰中，阿爾諾河上的十座古橋中有九座被納粹炸毀，唯「舊橋」安然無恙。

73

暗戀讓他成為詩聖
人文主義之父彼得拉克

彼得拉克推動了十四行詩的發展，並獨創了自己的詩歌形式，普天之下唯有莎士比亞能與他齊名，被人們冠以「詩聖」的美譽。

讓彼得拉克馳名中外的是他的一部詩歌集—《歌集》，在這部作品中，他懷著火熱的激情讚美了他所暗戀的一位年輕貴婦蘿拉。正是《歌集》，使彼得拉克的詩歌迅速擄獲了大批讀者的心。

蘿拉是個怎樣的女孩呢？彼得拉克對她的描述很少，人們只能從詩歌中獲悉這是一個有著金色頭髮和謙虛笑容的貴婦，但這不妨礙蘿拉成為廣大青年的夢中情人。

在彼得拉克二十三歲那年，他去阿維農的一所教堂做禮拜。當時是夏天，天空很藍，周邊除了綠樹再也無其他，彼得拉克卻突然聞到了雛菊的香氣。

這股如陽光般的金色氣息，跳躍著，在詩人的眼前徐徐綻放。蘿拉的笑容跳入詩人的視線，她那張美好而嫵媚的臉龐瞬間讓彼得拉克的心跳停滯。

彼得拉克被迷得神魂顛倒，可是他內心存著驕傲，他認為男人追女人的行為是可恥的，於是他只能旁敲側擊地打聽到蘿拉的名字，並得悉她是一個騎士的妻子，年方二十，除此之外，他竟只能默默地在遠處關注對方了。

同一年，一個也叫蘿拉的女士在阿維農的教堂裡演出戲劇，她也有著和彼得拉克所愛慕的蘿拉一樣的金髮，也有著同樣迷人的微笑和高貴氣質。

彼得拉克凝神注視著舞臺上的蘿拉的一顰一笑，他心潮澎湃，再也按捺不住創作的慾望，回家之後，他著手寫詩，前後一共寫下三百六十六首詩歌，其中大部分是為蘿拉而寫，且大多數詩歌是十四行詩。

他把蘿拉比喻成聖母，用盡讚美的詞彙讚頌蘿拉的美麗與高貴品格，他的詩歌格調清新，相當能打動人心，以致於《歌集》發表後，無數年輕人為蘿拉傾倒，不惜長途跋涉來阿維農探望這位絕代風華的佳人。

此時，蘿拉已經四十歲了，她的眼尾生出了密集的細紋，嘴角也開始下垂，她不解地看著那些陌生人，看到他們的表情由喜悅變為沮喪，她不明白究竟發生了什麼事，讓自己成為了焦點人物。

她更不知道，其實有個叫彼得拉克的詩人一直在關注她，儘管歲月奪走了她的美貌，詩人仍對她愛慕有加，甚至這份愛意如貯存的酒，越發醇香。

彼得拉克這一生都沒有與蘿拉說過話，但他始終忘不了對方，他終生未婚，七十歲死於一個名叫阿克瓦的小村莊。當人們發現他時，他已經埋首在維吉爾的手稿中，停止了呼吸。

「詩聖」彼得拉克

【說文解惑】

十四行詩是義大利民間流行的一種抒情詩，誕生之初可做為歌曲吟唱，因此普遍流傳。彼得拉克改良了十四行詩，將其分成四

個詩節，即前兩個詩節四行一節，後兩個三行一節，韻腳為：一二二一
二三三二　四五四　五四五（同樣的數字為同一韻腳）。

　　彼得拉克的詩體後來廣為後人效仿，如英國詩人喬叟、莎士比亞都學
過他的詩，因為詩歌上的偉大成就，彼得拉克在三十七歲時被羅馬元老院
授予「桂冠詩人」的稱號，而這個名號在此之前已經中斷有一千三百年之
久。佛羅倫斯學者布魯尼在《彼得拉克傳》中這樣誇讚這位詩人：維吉爾
能詩不能文，西塞羅能文不能詩，唯有彼得拉克兩者兼備，是當之無愧的
全才之人！

【朝花夕拾】「阿爾卑斯主義之父」

　　彼得拉克不僅是個詩人，還是一位獨具開創精神的冒險家。他在
一三三六年四月二十六日與自己的親兄弟等三人登上了法國南部阿爾卑斯
山近兩千米的 Mont Ventoux 山頂，他將此次旅行記錄了下來。在當時，
不為任何目的而登山在人們眼中是另類的行為。於是，一三三六年四月
二十六日就成為了「阿爾卑斯主義」誕生日，彼得拉克也被稱為「阿爾卑
斯主義之父」。

74

浪漫的靈魂現實的身
莎士比亞的愛情悲劇

人生，為什麼就不能十全十美呢？

這是困擾英國大文學家莎士比亞一生的問題，他時常感到遺憾，最後不得不認為，也許遺憾就是上天的旨意。

他出生在一個富商之家，父親曾是鎮長，因此他在童年時受到了良好的教育，不僅掌握了寫作技巧，還學會了拉丁語和希臘語。

在莎士比亞的故鄉，經常有劇團來演出，莎士比亞很快對戲劇著迷。可是，父親沒多久破產了，年僅十四歲的莎士比亞只好輟學，替家裡打工。

十八歲那年，莎士比亞結婚了，對方是一個貧困的農家女，且比莎士比亞大了八歲。妻子三年給丈夫生了三個孩子，每天除了帶孩子就是做家事，與丈夫毫無共同語言。

年輕的莎士比亞感覺到心底深深的空虛，他嘆息：「女人應該與比自己大的男人結婚。」他渴望愛情，可是他已為人夫、為人父，似乎喪失了戀愛的權利。

不過，他沒有忘記自己的責任，始終對妻子禮遇有加，盡自己最大的能力去養活家人。他擺脫不了現實的束縛，只能把感情深藏心底。

後來，莎士比亞去了倫敦，在那裡，他成為了劇院的馬童，雖然工作和戲劇不搭邊，但他因此得到了實地學習的機會，並趁著劇團需要臨時演員的時候毛遂自薦，一展其表演才華。

莎士比亞戲演得好，態度也很認真，終於成為了正式演員。

同時，他開始將精力投入到戲劇創作中。

在當時的英國，一個好的編劇其實比好演員更稀缺，因為一場戲若得不到觀眾的認可，就得馬上停演，這勢必會造成人力和財力上的浪費。

莎士比亞非常聰明，他很快掌握了戲劇創作的技巧。二十七歲時，他創作的歷史劇《亨利六世》大獲成功，他終於實現了自己的夢想。

與此同時，一份愛情也悄然闖入莎士比亞的生活。雖然對方的姓名不可知，但莎士比亞在自己的《十四行詩》中袒露了心跡，稱對方為「黑女郎」。

這是個有著烏黑頭髮和眼眸的性感女人，有著年輕的身體和活躍的氣息，一度讓莎士比亞心醉神迷。

可是不久後，莎士比亞就察覺出自己喜歡的只是黑女郎的肉體，而當他短暫地離開後，黑女郎又與其他人私通，完全沒有專情的跡象。

莎士比亞痛苦至極，在詩中怒斥對方，他斷絕了與黑女郎的關係，用寫作來轉移自己的注意力。

一五九五年，他寫出了一部充滿浪漫色彩的悲劇《羅密歐與茱麗葉》，此劇轟動了整個倫敦，收穫了無數觀眾的淚水。

在這部劇裡，莎士比亞熱情歌頌了一場自由戀愛，並將自己心中理想的愛情模型描繪成男女主角。

這恰好與他自身的愛情截然相反，他再也不敢越雷池半步，只能透過戲劇來寄託浪漫情懷。他離開妻子二十多年，終於在將近五十歲時回到故里，也許此時他已知自己命不久矣，最終還是要走到落葉歸根這一步。

莎士比亞始終沒有逃離內心的束縛，卻又擁有了文人的浪漫思想，最終只能是一聲嘆息。

【說文解惑】

英國文豪莎士比亞，全名為威廉・莎士比亞，是文藝復興時期最重要的作家、戲劇家和詩人。他馳名世界文壇，有著「人類文學奧林匹克山上的宙斯」的美譽。

他的傳世之作包括三十八部劇本、一百五十四首十四行詩和兩首長詩。他的戲劇大都取材於民間，且不遵循古典主義的三一律，他的四大喜劇——《仲夏夜之夢》、《皆大歡喜》、《第十二夜》、《威尼斯商人》和四大悲劇《哈姆雷特》、《奧賽羅》、《馬克白》、《李爾王》是世界風靡的戲劇，至今仍熱度不減。

莎士比亞之墓

莎士比亞對文壇後輩的影響深刻，雨果、司湯達等作家就稱莎士比亞的光芒照耀著人類前進。歌德、巴爾札克、普希金、屠格涅夫都說莎士比亞是自己的榜樣；而馬克思因為痴迷莎士比亞，竟在著作中引用莎士比亞的語句有三、四百處之多。

【朝花夕拾】「莎翁」

在東方，「翁」是對男性，特別是對老者的敬稱，所以中國人一般尊稱莎士比亞為「莎翁」，正如人們將孔丘稱為孔子一樣。

75

數度入獄的倒楣作家
「現代小說之父」賽凡提斯

在西班牙文學史上，有一位不能被忽視的鉅著—《唐吉訶德》，此書講述一個沒落貴族的悲慘故事，但請相信，這本書的作者賽凡提斯絕對比唐吉訶德慘，他的一生，簡直可以用慘烈來形容。

一五四七年的一個秋日，小賽凡提斯出生。他的父親是一個理髮師兼外科醫生，也算是一個沒落的貴族，但離奇的是，時至今日，人們始終沒有找到賽凡提斯的出生紀錄。

二十二歲那年，賽凡提斯嶄露出其文學天分，發表了幾首詩，還在馬德里擔任教師之職，可惜戰爭隨即爆發，他被迫開始了自己的軍隊生涯。

兩年後，他在參與對戰土耳其的戰役中胸部中彈，使得左手終生殘廢，獲得了「勒班陀殘臂人」的外號。

更慘的事情還在後頭，賽凡提斯征戰多年，對戰爭感到厭倦，他與弟弟決定返回家鄉，沒想到在歸途上遭遇海盜襲擊，一幫人均被俘虜，後來又被當作奴隸賣掉。

此後就是長達五年的奴隸生涯，賽凡提斯不堪 辱，花了一年的時間計畫逃跑，可是他運氣太差，無一例外都被抓回到暴跳如雷的奴隸主面前，而等待他的，是一次又一次無情的鞭笞。

因為不聽話，賽凡提斯被押解到開往軍事但丁堡的船上服苦役，這是一次

賽凡提斯肖像畫

奪命航行，沒有人能從船上活著回來。

也許老天不忍心再折磨賽凡提斯了，讓一位叫胡安·希爾的修士花了大量金錢救下賽凡提斯。這段被奴役的經歷讓賽凡提斯心有餘悸，也成為他在《唐吉訶德》等書中的素材，他在小說中感嘆道：「自由，是上天給予人類最美麗的贈品！」然而，他越想得到自由，卻越是要承受牢獄之災。

四十五歲那年，他已成為皇家軍需官，為無敵艦隊和陸軍採購軍需用品，卻被誣告帳目有問題，因而入獄。五年後，他擔任稅史，又被指控貪汙，再度身陷囹圄。

時隔一年，他才出獄，並開始創作《唐吉訶德》。在書中，賽凡提斯頗具諷刺意味地以「唐吉訶德」這個主角來抨擊社會信仰的缺失，當然，這個人物也象徵了他自己，一個總遇到倒楣事的落難貴族。

一六〇五年，《唐吉訶德》上卷開始銷售，並取得轟動效應，各地很快出現大量盜版，發行僅三個月就開始了第二次印刷。

沒想到等待賽凡提斯的，竟又是一次監禁。

這一次，他不僅自己吃了官司，還連累姐妹、女兒和外甥女一起坐牢，所幸幾日後誤會被澄清，賽凡提斯一家得以重獲自由。

此後，《唐吉訶德》被翻譯成多國語言，並風靡世界，成為最受歡迎的書籍之一。

一晃十年過去了，賽凡提斯終因重病不治，在馬德里與世長辭。離奇的事情再度發生，他的墳塚至今未被人們找到。

生亦無蹤，死亦無影，他彷彿從未留在人間，唯有一本《唐吉訶德》至今仍在世間流傳。

【說文解惑】

西班牙著名小說家、戲劇家、詩人賽凡提斯，全名為米格爾・德・賽凡提斯・薩維德拉，他因一部《唐吉訶德》而被譽為「現代小說之父」。

《唐吉訶德》分上下兩卷，被稱為世界文學史上的第一部現代小說，該書誕生於文藝復興時期，此時正是舊信仰解體而新信仰未形成之時，賽凡提斯藉唐吉訶德這個瘋瘋癲癲的人物諷刺了當時社會的可笑之處。這和魯迅的小說《風

《唐吉訶德》插圖

波》有異曲同工之妙，魯迅也是透過小說揭露了辛亥革命後社會沉渣泛起、新思潮尚未成形的畸形社會現象，深具時代特有的憂患意識。

【朝花夕拾】《唐吉訶德》內容簡介

一個沒落貴族阿隆索・吉哈諾喜歡讀騎士小說，時間一久竟以為自己是個中世紀騎士，還自封名號為「唐・吉訶德・德・拉－曼卻」，意思是德・拉－曼卻地區的守護者。其實騎士時代已經消失有一個多世紀了，阿隆索・吉哈諾渾然不覺，硬要鄰居桑丘・潘沙當自己的「僕人」，他們兩個一起騎著馬和驢，執一柄生銹的長矛去「拯救世界」，結果吃了不少虧。

最後，阿隆索・吉哈諾帶著滿身傷痕回到家鄉，終於意識到自己的荒唐，並在悔恨中逝去。

76

當榮耀成為噩夢

「波斯的荷馬」菲爾多西

燦爛的中東文化孕育出一大批充滿異域魅力的文人，在西元一○○○年左右，波斯土地上出現了四位重量級的詩人，他們便是「波斯詩壇四柱」，其中最著名的一位即是菲爾多西，他享有「伊朗最著名的詩人」的美稱。

因一部《王書》，菲爾多西成為古代偉大的詩人，甚至與荷馬相提並論，被稱為「波斯的荷馬」。

可是這部史詩卻為菲爾多西帶來了無盡的噩夢，成為他生命中最輝煌的涅槃。

西元七世紀上葉，阿拉伯軍隊推翻伊朗薩珊王朝，帶給伊朗人民長達兩個世紀的屈辱與壓迫。波斯人被迫學習阿拉伯語，原有的宗教拜火教也被伊斯蘭教取代，整個民族的文化到了岌岌可危的程度。

於是，波斯的詩人們肩負著使命出動了，他們要用手中的筆挽救波斯文化。菲爾多西躊躇滿志，他的眼中充滿自信：「我要用一部史詩拯救一個國家！」

他開始研讀波斯古籍，搜集各種民間傳說，花了二十九年時間創作出一部帶有神話色彩的波斯民族史詩《王書》。

在書中，他不僅生動描寫了薩珊王朝的光輝事蹟，還將筆觸延伸至民間，栩栩如生地描繪了農民起義領袖卡維和英雄魯斯坦姆勇殺妖怪、抵禦外敵的動人故事。

菲爾多西對自己的這部作品甚為滿意，他驕傲地說：「這部史詩註

菲爾多西之墓

定將世世代代流傳，凡有理智的人都會對它誦讀瞻仰！」

他迫不及待地將史詩獻給當時的統治者—伽色尼國王瑪赫穆德，本以為國王會對自己大加讚賞，萬萬沒想到瑪赫穆德在看過之後勃然大怒，歷數《王書》的罪行，甚至想將菲爾多西處以極刑。

原來，菲爾多西剛寫《王書》時，伊朗尚處於薩曼王朝的統治下，可是待長詩完成時，薩曼王朝早已歸降伽色尼王朝，《王書》中卻有大量反抗外侵者的篇幅，使得伽色尼國王十分生氣。

再加上這部史詩中用多位王子的遭遇，控訴了國王的專政，讓伽色尼國王誤以為菲爾多西是王子的幕僚，寫《王書》是要推翻自己的統治。

於是，國王大發雷霆，還沒看完史詩就派出軍隊捉拿菲爾多西。

可憐的詩人非但沒有拿到封賞，反而還東躲西藏。儘管如此，他仍堅持認為《王書》是自己的驕傲，又花了十一年時間對史詩進行修改。在《王書》成書之前，已有五部波斯王書存世，其中的三部為散文、兩部為詩歌。比菲爾多西早出生的塔吉基曾為《王書》寫下一千行詩歌，即被僕人殺害，為了紀念這位宮廷詩人，菲爾多西將這一千行詩全部收進了《王

書》中。

　　直到菲爾多西逝世，他也沒能獲得伽色尼國王的原諒，他的遺體不能葬入公墓，只能被家人偷偷埋在自家的後院裡。

　　直至二十世紀三〇年代，詩人的陵園才正式建成，如今人們時常在他的墓前流連，為他的不朽著作而深深敬佩。

【說文解惑】

　　菲爾多西生於霍拉桑圖斯城郊，本是一個貴族，他精通波斯語、阿拉伯語和巴列維語。他的《王書》長達六萬雙行，時間跨度四千多年，從神靈造天地一直寫到六五一年波斯帝國滅亡，闡述了五十多個帝王將相的生平事蹟。

　　《王書》語言優美，情節生動，毫不留情地揭露了統治階級的暴政，熱情地頌揚了勞苦大眾的反抗精神，並且為後人提供了豐富的在創作素材。俄羅斯作家車爾尼雪夫斯基認為《王書》的價值遠在《荷馬史詩》之上：「《王書》裡的章節是如此之美，甚至連《伊里亞特》和《奧德賽》都望塵莫及。」

【朝花夕拾】《王書》─中伊兩國友好的見證

　　《王書》中多次提及中國的瓷器、繪畫和絲綢等特產，可見早在西元一〇〇〇年前，中伊兩國就開展了友好交流。在菲爾多西的陵園內，至今仍留有兩位中國穆斯林的輓聯：「先生之風，山高水長。」

第三章

百家爭鳴
一 近現代西方文學的巨匠

77 難以遏止的文學夢想
英國詩人密爾頓

「請容許我告誡您，先生，您不能再日以繼夜地寫作了！」一六四九年的一個夏天，一位戴著黑色圓框眼鏡的醫生在醫藥室裡正嚴肅地勸導他的病人。

站在醫生面前的，是一位神情疲憊的中年人，他的眉頭蹙著，雙目因無法承受窗外射入屋內的明亮陽光而微翕，他似乎已經很累，聲音卻依舊鏗鏘：「我是絕不會棄筆的！」

他如何能放棄寫作呢？此時英國已是克倫威爾執政時期，各國政府寄來的書信多如牛毛，他得將信翻譯成英文，同時還必須用拉丁語進行回答。另外，克倫威爾的政敵正對新政權虎視眈眈，每天都有無數的人身攻擊等待他去反擊。

而更重要的是，他不會停止對文學的夢想。

這個人就是約翰・密爾頓，文藝復興時期一位偉大的英國詩人。

密爾頓從小就愛書如命，他至今都記得十歲那年，自己沉浸在書本的海洋中廢寢忘食，還在深夜學寫詩歌，常常為一個字一句話絞盡腦汁。當時，他也確實寫出了一些不錯的詩歌，可是如此勤奮的代價，是把身體搞壞了，從此讓他落下了病根。

大學畢業後，密爾頓本來打算當牧師，卻正逢國教徒與清教徒的激烈戰爭時期，密爾頓放棄了傳教，但也不知自己將何去何從。

這時，心底隱藏的那個聲音開始呼喚他：「做個詩人，做個詩人吧！」

密爾頓聽從了自己內心的呼喚，搬到倫敦附近的莊園裡生活。在將近五年的隱居時光中，他奮筆疾書，先後有《快樂的人》、《沉思的人》、

《列西達斯》、《科馬斯》等短詩問世。

　　不過，密爾頓不是陶淵明，他並不鍾愛田園風光，於是他踏上了漫遊歐洲之旅，渴望做個吟遊詩人。

英國內戰

　　就在密爾頓旅行的時候，轟轟烈烈的英國資產階級大革命爆發了。密爾頓感受到時代的召喚，他內心的愛國熱情一觸即發，就想回國為革命出一份力。

　　他風塵僕僕地來到倫敦，還未喘一口氣就加入了反對保皇黨的抗爭。在九年的時間裡，他發表無數論文，主張革新舊制，為英國革命的勝利奠定了理論基礎。

　　就在密爾頓獲得越來越輝煌的成就之時，他的眼睛出問題了。長年的艱苦寫作讓他的視力迅速下降，醫生痛心疾首地警告他，若不停止寫作，他就有失明的危險！

　　可是他怎麼停得下來呢？他是如此熱愛創作啊！

　　在不到三年的時間裡，他真的失明了，只好用口述的方式讓別人幫忙把自己的文字記錄下來。當時他的妻子已經病故，給他留下三個嗷嗷待哺的女兒，他活得很辛苦，卻從未放棄。

　　後來，查理二世復辟，密爾頓身陷囹圄，他的書稿也蒙受了焚毀之災。即便在這樣惡劣的情況下，他也仍舊無法阻止自己創作的慾望。

　　他開始醞釀自己最偉大的詩篇《失樂園》，仍是口述，然後請女兒或朋友幫他記錄。這個過程異常艱辛，因為看不見自己的文章，他得憑記憶來潤色，或者讓親友幫忙閱讀，有時他會忽然大叫一聲：「對！就是這裡需要修改！」

　　足足花費了七年時間，《失樂園》才完成，令密爾頓欣慰的是，這本

書在文壇上引起了極大迴響，很多慕名而來的學者甚至不遠千里來找他交流文學、探討靈魂，他用這一生追尋文學夢想，終於沒有荒廢。

早期出版的《失樂園》

【說文解惑】

約翰‧密爾頓是英國文壇最偉大的六位詩人之一，他的《失樂園》與《荷馬史詩》、《神曲》齊名，被人們稱為「西方的三大詩歌」。

密爾頓為資產階級民主運動奮鬥終生，他在革命時期寫下的擁護民主與自由的小冊子在民眾中造成轟動，當革命勝利後，狂喜的他又寫下大量隨筆，讓清教徒的領袖們印象深刻。

在寫完《失樂園》後，密爾頓又創作出了《復樂園》和《力士參孫》，這三部著作均是密爾頓失明的作品，可見其堅忍的鬥志和對文學的執著。

《失樂園》講述亞當和夏娃受撒旦誘惑而被上帝驅逐，《復樂園》則描寫耶穌戰勝撒旦從而恢復伊甸園寧靜的故事；《力士參孫》中的參孫則像密爾頓一樣晚年雙目失明，但依舊堅強不屈，具有震撼人心的力量。

【朝花夕拾】亞當和夏娃的故事

這兩個人物來自於《聖經》。亞當是上帝用塵土製造而成，夏娃則是上帝取下亞當身上的一根肋骨做成，所以如今有說法稱「女人是男人的肋骨」。兩個人赤身裸體住在伊甸園中，起初並不知羞恥，後被惡魔撒旦附體的蛇引誘吃下禁果，被上帝逐出伊甸園，於是成為人類的祖先。

亞當與夏娃偷吃禁果

78 來自天國的心靈洗滌
約翰‧班揚與《天路歷程》

一六六一年的一個酷夏，毒辣的陽光差點刺瞎人們的雙眼，樹上的鳴蟬彷彿瀕死似的發出淒厲的哀鳴，一位名叫伊莉莎白‧班揚的婦女正站在法庭上，承受著當權者充滿惡意的目光。

「我懇求您，放了我的丈夫約翰‧班揚先生！」她一邊說，一邊緊攥著雙拳，手心全是汗。

法官輕蔑地昂起頭，傲慢地問她：「如果妳丈夫能停止講道的話，我們可以放了他！」

「不，大人，我的丈夫是不會停止講道的。」這個可憐的婦女堅決地說。

所有法官都陰沉著臉，回絕道：「他滿嘴胡說八道，活該被關起來！」

「不！」婦女渾身顫抖，尖叫起來，「他說的都是神的旨意！」

一位留著長長的白色鬍鬚的法官發怒了，緊皺眉頭斥責道：「不能放他四處走動，他會害人！」

婦女幾乎要哭出來，她哽咽著哀求：「大人，他是神派來的使者，他做了很多善事！」

這位婦女便是英國著名作家約翰‧班揚的第二任妻子，在他們新婚剛兩年的時候，約翰‧班揚就被政府以無執照布道的罪名抓入牢房，這一關，就是整整十二年。

就在妻子拼盡全力為丈夫申訴的時候，約翰‧班揚正在做什麼呢？

沒想到，他正在監獄裡懺悔，並真誠地向神認罪。

他回憶起自己十六歲那年參加的那場清教徒與保皇派之間的戰爭，他本來要隨軍隊轉移，臨行前卻被一個年輕小伙子攔住了，對方有一雙明亮的綠眼睛，微笑著問他：「你能跟我換崗嗎？」

約翰・班揚同意了，結果小伙子在站崗時被一顆流彈打中，死於非命。

約翰・班揚覺得自己有罪，那個小伙子代替他送了命，他必須得為自己的苟且偷生而懺悔。

類似的罪行還有很多，比如他在獄中服役，卻讓妻子伊莉莎白獨自養育不是她骨肉的四個孩子，這讓約翰・班揚的內心極為不安。

可是，他有著更重要的事情做，就是撰寫宗教寓言集《天路歷程》。他整整寫了十五年，直到第二次入獄時才完成此書。他的內心存在一個理念：如果一個人回首往事，他一定能找到自己飽受磨難的緣由。他把自己的想法訴諸於《天路歷程》，於是一部日後為萬千讀者祝福的書就此誕生。

約翰・班揚是個優秀的布道者，他善於抓住聽眾的心，而在寫作方面，他也毫不遜色。《天路歷程》出版後，成為世界上僅次於《聖經》的暢銷書，這是他從未想到的。

《天路歷程》第一部，帶有約翰・班揚的自傳性質，講述一個男性基督徒離開毀滅城，奔向天國城的故事。後來，約翰・班揚又開始寫第二部，描述一個女基督徒和她鄰居的故事。

約翰・班揚在六十歲生日前夕，受一位被父親趕出家門的年輕人委託，冒著大雨去勸父子倆和好，結果染上重感冒，不幸逝世。

也許這也是上帝的旨意，約翰・班揚從不為苦難而後悔，他完成了人生最後的贖罪，可以帶著平靜的靈魂在天國得到長眠。

【說文解惑】

約翰‧班揚是英國著名作家和布道家，他在青年時期曾參加英國內戰，從而對戰爭有了深刻的認識。戰爭結束後，他回到家鄉開始布道，卻被復辟的斯圖亞特王朝以莫須有的罪名抓了起來，前後監禁了兩次，共計十三年。

約翰‧班揚

不過入獄的好處是讓約翰寫出了風靡全球的《天路歷程》，這本書影響了眾多讀者，包括蕭伯納等文人。迄今為止，該書的銷量已超過十萬冊，被翻譯成兩百多種語言和文字，被譽為「英國文學最著名的寓言」。

【朝花夕拾】清教徒

清教徒是基督教新教的派別之一，在十六世紀六〇年代產生，該教要求清除英國國教中的天主教弊端，強調所有信徒在上帝面前一律平等，且提倡「節儉清潔」的生活習慣，因而被稱為「清教徒」。不過在十六世紀末，清教徒因受迫害，大多遷往北美，也有部分流亡至歐洲大陸。

79 生於舞臺死於舞臺
喜劇大師莫里哀

「他的喜劇接近於悲劇,在他的面前,沒有人敢模仿他,他是絕世聰明之人!」

這是歌德對喜劇大師莫里哀的讚譽,表達了一位文學大師對另一位文學名家的崇拜之情。對忠於自己夢想的莫里哀而言,他絕對配得上更多的讚美。

莫里哀以寫喜劇聞名,他的一生卻似一場悲劇。

他父親是法國王室的侍從,因而莫里哀一出生就享受到了良好的貴族教育。幼年時,小莫里哀經常隨外祖父觀看民間戲劇,不知不覺,一顆熱愛戲劇的種子在他心裡發芽了。

長大後,莫里哀想從事戲劇事業,可是他父親卻覺得伶人卑賤,一定要兒子從商,莫里哀和父親爭吵不休,一怒之下,他宣布放棄「王室侍從」的世襲權利,與同齡人組建了「光耀劇團」。

為了夢想而甘於一輩子落魄,這需要何等的勇氣!可嘆的是莫里哀的劇團經營得並不好,幾年下來欠了一屁股債,讓莫里哀承受了牢獄之災。

家人以此批評莫里哀耽於幻想,讓他回去,可是莫里哀固執地拒絕了,他毅然離家出走,過著漂泊的生活。

此後的十多年裡,莫里哀從民間汲取創作素材,寫出了一系列喜劇。一六五八年,莫里哀的人生發生了轉折,他的《多情醫生》獲得了巨大成功,也吸引了法國國王路易十四的注意。

國王要求莫里哀回巴黎,莫里哀欣然前往,從此他一直在巴黎創作和演出。

儘管能頻繁出入凡爾賽宮為王室演戲，可是莫里哀的身分仍是卑微的，他也未獲得家人的支持和理解。

正是因為處於社會底層，莫里哀對封建統治有了深刻的

凡爾賽宮的路易十四

體會，一六六四年，他寫成了代表作《偽君子》，毫不留情地揭露了封建貴族和宗教團體的虛偽和醜惡面目。

也許是知道此劇會激怒王室，《偽君子》第一次登場凡爾賽宮時只演出了三幕，但這已經讓上層階級大為不滿。貴族和主教怒氣沖沖地面見國王，控訴莫里哀蔑視宗教。

於是，國王下令禁演《偽君子》。莫里哀心急如焚，兩次向路易十四求情，甚至以不再寫喜劇來換得《偽君子》的演出，均無果。

直到五年後，《偽君子》才得以恢復公演，這部喜劇大獲成功，一時間，偽君子達爾杜弗這個名字在歐洲成為偽善的代名詞，為很多人所唾棄。

可是，伶人的地位不會隨作品的受歡迎程度而提高，莫里哀仍是貧窮的，更可怕的是，長期的辛勤工作已令他患上了嚴重的肺病，喜劇大師的生命之火即將熄滅。

一六七三年二月的一個夜晚，巴黎劇院正在上演一部喜劇《無病呻吟》。為節約經費，莫里哀決定帶病上場。

「求求你，換別人來演吧！」年輕他二十歲的妻子痛苦地哀求。

莫里哀無奈地搖搖頭，一邊咳嗽一邊說：「如果不演了，劇團裡那五十個兄弟就活不了了，我不忍心！」

他不顧妻子的勸阻，臉色蒼白地登場了。劇中的他無病呻吟，經常假裝咳嗽，而實際上，莫里哀已經咳出了血，他甚至連站立的力氣都沒有

了。

　　觀眾為莫里哀的「逼真」表演連連喝彩，演出非常成功。謝幕時，臺下一片掌聲，可是臺上的莫里哀卻沒有站起來，他永遠倒在了自己深愛的舞臺上，享年五十一歲。

喜劇大師莫里哀

【說文解惑】

　　莫里哀是文藝復興時期的先鋒人物，他本名為讓－巴蒂斯特·波克蘭，後取藝名莫里哀。他創立了古典主義喜劇和芭蕾舞喜劇，為後人留下《唐璜》、《吝嗇鬼》、《憤世嫉俗》等名作。除了創作，他還是一位頗有天分的演員，他以生命的代價換來了戲劇的發展，為世界戲劇作出了巨大的貢獻。

　　在莫里哀生活的時代，封建統治日益衰亡，資產階級已蓬勃興起，莫里哀用一種詼諧幽默的筆觸抨擊了封建階級的腐朽、宗教團體的坑蒙拐騙和資產階級的虛偽，他撕開各個剝削階級的醜惡嘴臉，讓這些人在觀眾的哀哭中受到應有的批判。

【朝花夕拾】悲劇和喜劇

　　兩者皆為戲劇體裁，悲劇主要展現主角之間不可調和的矛盾，結局是悲慘而不圓滿的。魯迅曾對悲劇有一句精闢的總結：悲劇就是把有價值的東西毀滅給人看。喜劇則通常展現的是積極的力量和情緒，無論是嬉笑怒罵，結局基本上是完美的。對此，魯迅先生也做出總結：喜劇是把無價值的東西撕破給人看。

80 讓拿破崙為之傾倒的日記
《少年維特之煩惱》

　　一七九八年，濃重的硝煙在尼羅河三角洲瀰漫著，法蘭西總司令拿破崙被困在埃及已達數月之久，他的艦隊被英國軍隊摧毀，西征時又遭遇到瘟疫等天災，讓他如熱鍋上的螞蟻，急得團團轉。

　　此時的名將，在用什麼減壓呢？誰都不會想到，答案是一本書—《少年維特之煩惱》。這部書信體形式的小說在二十年前由名作家歌德寫成，講述了一個法國青年維特日夜思慕心上人夏綠蒂，最終憂鬱自殺的纏綿故事。在法國軍隊遠征埃及之時，居然被拿破崙閱讀了整整七遍。

　　此時的拿破崙新婚剛兩年，且在成婚後不久就奔赴前線，幾乎沒有和妻子約瑟芬有過幸福的同居生活。長久的分別讓這為驍將難耐一顆浪漫的心，他反覆唸著維特的語句：「我費了多少努力才放棄那件藍色的外套，那是我第一次與夏洛蒂跳舞時穿的，終於破舊不堪了。於是我重新做了一件，與原先的那件一模一樣……」

　　他想起第一次與愛妻約瑟芬跳舞時，自己穿的也是一件藍色外套，不

拿破崙稱帝時，在教宗庇護七世旁觀下，他替跪下的妻子約瑟芬加冕為皇后。

禁心潮澎湃，提筆給妻子寫信道：「妳激發了我的愛，奪走了我的靈魂……我是為妳而戰……」

一本書居然有如此大的魅力，能讓一位馳騁沙場的將軍愛不釋手，足以見它的魅力所在。

一九七四年，對歌德來說是生命中重要的一年，他的成名作《少年維特之煩惱》成為了暢銷書，並引發了無數激烈的話題。

德國年輕人爭相效仿維特的裝扮和語言，他們以穿藍外衣、黃馬甲和黃褲子為榮，喜歡唸叨維特的話語：「我要享受現在，過去的事情就讓它過去吧！」

青年們學維特喝咖啡、喝下午茶，在他們身邊的茶几上，總擺著一碟小餅乾，自從「維特」出現後，喝茶品咖啡被人們認為是一件有情調和品味的事情。

後來，有狂熱的維特迷也跟著書中的主角一起自殺，這使得批評家們再也坐不住了。他們指責歌德扭曲了社會的道德觀念、公然為破壞家庭的第三者進行辯護且引誘年輕人自殺。

誠然，維特愛上了已有婚約的女子夏綠蒂，但小說的語言實在優美，這使得人們淡忘了畸戀的事實，而將注意力集中在真愛的可貴上。而當時確實有一些青年自殺，但人數遠低於教會宣稱的數量。對於自己所受的抨擊，歌德給予如下反駁：我是維特的原型，我並未自殺，可見這本書並沒有教唆人自殺的力量。那十來個愚蠢的人無事可做，若沒有我的作品，他們一樣可以自己吹熄生命的燭光。

【說文解惑】

如歌德所說，《少年維特之煩惱》是根據他的事蹟而寫成，書中的女

子夏綠蒂是歌德在德國韋茨拉爾愛戀過的一個姑娘夏綠蒂‧布甫，而歌德當時和維特一樣，想當一名律師，後來歌德始終無法得到夏綠蒂‧布甫的心，因為對方已有了婚約，歌德痛苦萬分，只得離開了韋茨拉爾。

歌德的肖像畫

後來，歌德的一個同事因愛自殺，歌德便將自己和同事的事蹟結合起來，寫成了《少年維特之煩惱》。其實，做為一個偉大的創作者，歌德的代表作不計其數，但《少年維特之煩惱》是第一部讓他蜚聲文壇的小說，也是在當年歌德的同輩人當中閱讀最多的小說，這對歌德來說，意義重大。

【朝花夕拾】書信體小說

顧名思義，書信體小說便是用書信組成的小說，故事情節、人物性格和環境背景的塑造都透過書信的形式來呈現。小說以第一人稱敘事，以「我」的所見所聞娓娓講述一系列故事，增添了親切感。代表人物有英國小說家撒母耳‧理查森，代表作有歌德的《少年維特之煩惱》，盧梭的《新愛洛綺絲》。

從文學新手到創作大師
莫泊桑拜師記

很多人都讀過短篇小說《羊脂球》，因而也就對其作者莫泊桑印象頗深。莫泊桑是法國十九世紀偉大的短篇小說大師，寫下不少膾炙人口的作品，可是又有誰知道，曾經的他也不過是隻醜小鴨。

幼年時，莫泊桑就喜歡上了寫作，可是他發現自己總也寫不好，以為是不夠努力的緣故，於是他更加勤奮地去創作，卻一直等到成年也沒寫出一部佳作。

莫泊桑十分沮喪，他聽說大文豪福樓拜對創作很有心得，就帶上自己的作品求對方指導。在敲開福樓拜的家門後，莫泊桑一臉誠懇地說道：「老師，為什麼我書讀得很多，小說也寫了不少，可是文章卻總是不吸引人呢？」

福樓拜似乎對此類問題習以為常，他連眼皮都沒抬，不屑地說：「很簡單，你的功夫還不到家。」

莫泊桑頓時好奇萬分，睜大眼睛問：「請問，我要怎樣練習？」

福樓拜慢悠悠地說：「你明天站在家門口，把每輛經過的馬車都用文字記錄下來，過一段時間我看看你的成績。」

莫泊桑有點莫名其妙，但他覺得老師肯定是在考驗自己，於是第二天就認真地站在門口，聚精會神地盯著街道上的馬車看。

可是他一連看了好幾天，並未看出什麼端倪，倒覺得自己在浪費時間，萬般無奈之下，他只好又去請福樓拜指教。

福樓拜搖搖頭，說道：「我叫你看馬車，你還真的就只看馬車啊！我

是讓你看每輛車的行走狀態、裝飾、車夫的衣著神態和言語，看來這些你並沒有留心。」

莫泊桑恍然大悟，他頓時羞愧不已，趕緊回家繼續觀察路上來往的行人。

日積月累，莫泊桑對生活有了比較細緻的體會，他寫了一些作品，滿懷期待地請福樓拜指導。

這一次，福樓拜的臉上意外地出現了笑容，他認真地將莫泊桑的稿子看完，誇獎道：「不錯不錯，你進步很多！要堅持下去！」

不過，福樓拜又指出莫泊桑的不足：「你還沒完全學會觀察，每個人、每件事物都有它的特點，你得把這種特點寫出來，讓我一眼就能把它與其他事物區別開來。」

莫泊桑深受鼓舞，加倍努力地去發現事物的特性。後來，他寫出了自己的成名作《羊脂球》，在這篇小說中，他將小商人、士兵、官僚和妓女描繪得栩栩如生，寫出了法國社會各個階層的鮮明特徵。當他把《羊脂球》給福樓拜看時，福樓拜終於驚喜地點頭稱道：「這正是我想要的，你可以出師了！」

短篇小說大師莫泊桑

【說文解惑】

十九世紀，世界上出現了三位齊名的短篇小說大師，他們分別是俄國的契訶夫、美國的歐・亨利和法國的莫泊桑。

莫泊桑在中學畢業後就加入了普

法戰爭，兩年的軍旅生活使他充分認識到戰爭的殘酷與人民的疾苦，這種對人民的同情心對他日後的創作產生了很大影響。他一生共寫下三百餘篇短篇小說和六部長篇小說，中短篇代表作有《我的叔叔于勒》、《項鍊》、《菲菲小姐》，長篇代表作有《一生》、《漂亮朋友》等。

福樓拜則因一部《包法利夫人》而廣為人知，他在赴巴黎讀大學時認識了維克多‧雨果，儘管在巴黎有很多朋友，但他卻選擇了在法國里昂孤老終生。

他要求弟子莫泊桑學會觀察，他自己也身體力行，去非洲、中東和歐洲南部累積素材，但各種醜惡的社會現狀令他失望，以致於他逐漸對人類前途喪失了信心。除了《包法利夫人》外，代表作有《薩朗波》和《情感教育》。《薩朗波》根據歷史改編，講述西元前三世紀迦太基的雇傭軍起義遭鎮壓的故事，《情感教育》則以一個青年因太過貪婪而虛度一生為主線，表現了福樓拜的悲觀思想。

【朝花夕拾】《包法利夫人》惹的禍

《包法利夫人》雖然引起轟動，卻也給福樓拜招來了災難。法國當局因這本書對福樓拜進行嚴厲的指控，罪名為「傷風敗俗、誹謗宗教」。福樓拜雖然沒有坐牢，可是他仍面臨著巨大壓力，這使得他後來放棄了現實題材的創作，轉而寫起了一部歷史題材的小說《薩朗波》。《薩朗波》問世後七年，他的第二部現實主義小說《情感教育》才出現在公眾的視野中。

82 詩人的浪漫調情
善於抒情的海涅

　　女人愛詩人，尤其愛詩人海涅，因為海涅擅長寫情詩，他的情詩浪漫憂傷，能瞬間擊中女人脆弱的心房，無論什麼事情，從他的嘴裡說出來便宛如一朵徐徐綻放的花，讓人不由得心旌蕩漾。

　　海涅自稱是「流氓」，喜歡巴黎香榭麗舍大道上顧盼生姿的灰衫女，他愛調情，可謂閱盡無邊春色，可是人們仍然愛他，因為他的文采並不比他的情感遜色。

　　他去爬山，在半山腰的亭子裡邂逅一名俊俏的女郎，女郎的棕色頭髮在陽光下閃爍著明亮的光澤，像極了他的初戀。

　　海涅與女郎相互看了看，兩人的眼裡都流露出對彼此的欣賞。海涅看得出來女子對自己有好感，他自然不會放過這個調情的機會，便對女子說：「親愛的姑娘，我們雖然不認識，可是您實在美麗極了，當我第一眼看見您，就如同基督徒看見上帝一樣，內心充滿喜悅。如果我不把這份喜悅分享給您，就是對您的美麗的褻瀆了。」

　　女郎聽到這番話後，有些吃驚，她還是第一次聽到男人如此直接地對她表達愛慕之情，這讓她既有些得意，又羞澀不已。她的臉頰染上了緋色，手腳也不知該往哪裡放，顯得十分尷尬。

　　海涅看出女郎想走，急忙補充了一句：「您不要生氣，您可以微笑或者就這樣靜靜地坐著，否則就與周圍的風景不協調了！」

　　女郎聽他這麼說，便不好意思離開，只好低聲默許道：「您說吧！」

　　於是，一連串充滿了珍珠光澤和玫瑰花香的陽光話語從海涅嘴裡流出來，宛若清澈的小溪，令人心醉：「美麗的姑娘，我有一個很冒昧卻又很合理的要求。」

女郎紅脣翕動，好奇道：「什麼要求？」

海涅沒有直接回答，而是接著恭維道：「我們並不認識，巧的是，我從很遠的地方來，您也從很遠的地方來，在一個偶然的時刻裡，我們邂逅了，比兩條閃電在夜空中相遇還偶然。我知道再過幾分鐘，我們就要分開了，此生再也不能見。不過，當您在幾十年後，回憶起今日這一幕，必定會覺得和我這樣時髦的青年能夠相遇，必定是上天的安排，您會覺得我很可愛，即便您現在覺得我並不那麼可愛，因為，回憶總是那麼美好，對不對？」

可愛的姑娘被逗笑了，她饒有興趣地繼續聽詩人抒情。

「也許我們的一生，只有這一次見面的機會，這是多麼富有詩意的神祕一刻！為了紀念這一刻，我請求在您的紅脣上輕輕一吻，為這份神祕再添上一份絢麗的色彩。請您不要拒絕，我們這一吻是飛鳥與花的對話，也是大自然的絕美風景啊！」

此刻，那純真的姑娘徹底被海涅的說法迷倒了，她果真沒有拒絕，而是和詩人進行了一場熱烈的長吻。

看到這裡，或許大家會覺得海涅不過是個登徒子，但其實每個放浪不羈的人生背後總有一段血淚史，海涅就因為曾經被傷害過，才會變得如此多情。他在少年時愛上了表妹阿瑪麗，可惜阿瑪麗這廂與海涅戀得熱烈，轉眼便嫁給了富豪，令海涅傷心欲絕。

七年後，海涅又向阿瑪麗的妹妹特蕾絲表白，這次更可悲，特蕾絲完全看不上貧窮的海涅，直接予以拒絕。

海涅深受打擊，從此流連於聖保利的煙花巷，整日尋歡作樂。他一生激情不斷，甚至在臨終前一年還戀上了比他小三十歲的女子瑪嘉麗特。不過多情的海涅還是結了兩次婚，而對他影響最深的就是他那目不識丁的妻子瑪蒂德。

瑪蒂德同樣是灰衫女，她缺乏上流女子的禮儀，在卡爾‧馬克思等人的眼裡是個粗俗不堪的下等女人，可是就是這個女人照顧了癱瘓在床、大小便失禁、雙目失明的詩人八年，且海涅死後二十年她再也未出嫁，死後仍以海涅妻子的身分下葬。也許詩人始終為得不到理想中的愛情而悲傷，但有這樣一位妻子卻是他此生最大的幸福。

海涅肖像畫

【説文解惑】

海涅是一位有著革命意識的猶太詩人，因為取得德國公民權而皈依基督教，他是德國的第一位專欄記者，還創立了報紙的所有文體，時至今日，《明鏡週刊》斷言，當今德國超過一半的廣告語言的使用都要歸功於海涅。

當海涅來到巴黎後，他結識了很多文豪，與馬克思、大仲馬過從甚密，這一時期是他的創作高峰期，他創作出了很多批判現實主義的作品，他的《詩歌集》在他在世時就再版達十三次，足見其天資過人。

在巴黎的二十年間，海涅的健康狀況不斷惡化，一九四八年他最後一次出門，在羅浮宮觀看維納斯女神像時突然中風，從此以後他一直躺在床上，卻咬牙堅持創作，完成了《羅曼采羅》這部詩歌傑作。

【朝花夕拾】何為灰衫女？

在巴黎，有一群女子，她們介於工人階級和上層社會之間，因衣著普遍為灰色而被稱為灰衫女。灰衫女在晚間行走於塞納河邊，希望能偶遇到中意的學生或者文人，發生一段愛戀。事實上，她們最終嫁的大多仍是門當戶對的工人階級，不過她們柔美的身影卻不失為塞納河的一道亮麗風景。

席勒的頭骨之謎

　　在十八世紀的歐洲，有很多文豪是生死之交，在他們身上，完全看不出文人相輕的影子，有的只是惺惺相惜的深情厚誼。

　　德國的兩大作家歌德和席勒尤其如此。席勒在二十多歲時醉心於文史和美學研究，本已擱筆七年，不料在結識歌德後，受對方的鼓勵而煥發出藝術創作的第二春，兩人更是合作寫下了上千首詩歌，足見這份友誼對二人的重要性。

　　席勒在三十五歲時認識歌德，從此他摒棄了原有的浪漫主義風格，轉而向古典主義靠近。這期間，歌德也寫出了《浮士德》的第一部。兩人的合作被譽為是德國文學史上的「古典主義」時代。

　　儘管席勒與歌德在生活習慣上有很大不同，比如席勒喜歡中午起床、晚上工作，歌德很不能理解；席勒還喜歡打牌和抽菸，歌德每次進席勒的房間，都要皺眉抱怨好友不講衛生，但是這一切都無損他們的友誼，他們如兄弟一般，始終關心對方，視彼此為自己生命中最重要的人。

　　席勒在四十六歲時不幸早逝，歌德對此悲痛萬分，他哽咽道：「席勒的離去，帶走了我一半的生命。」

　　二十年後，席勒的遺骨所在的墓地需要遷移，結果在倉促的動土後，席勒的頭骨與其他三十個頭骨混在一起無法分辨。

　　魏瑪市市長束手無策，這畢竟是大文豪的頭骨，不能有一點閃失啊！後來，他靈機一動，擅自挑了一個最大的頭骨，送到了圖書館裡。

　　歌德聽說後，非常激動，他迫不及待地去圖書館，花了一番口舌把頭

骨借回家，然後深信這就是席勒的頭骨，便私藏了頭骨達數月之久，懷著對好友的思念之情，他還創作了一首詩─《注視席勒的頭骨》來緬懷這位摯友。

六年後，歌德因病去世，臨終前，他要求將自己的遺體與席勒的頭骨合葬在一起。

然而，在一百年後，事情發生了戲劇性的變化，科學家又發現了一個疑似席勒的頭骨，這一下，大家都有些茫然，不知該如何分清真偽。

這個世紀之謎一直拖到二十一世紀初才得以解決。德國專家組透過DNA檢驗得出結論，兩個頭骨的主人均不是席勒，甚至連所謂的席勒的遺骨，也非其本人。

歌德若在天有靈，知曉這一情況，大概會長吁短嘆一番，不過他與席勒的交情是有目共睹的，不會隨著時間泯滅，而是在一篇又一篇的詩歌中得到昇華和永生。

位於魏瑪的歌德與席勒雕塑

【說文解惑】

　　席勒是德國有名的詩人、作家、哲學家，也是德國「狂飆突進運動」的代表人物。他在十八世紀德國文壇上的地位僅次於歌德，被稱為「德國的莎士比亞」。

　　他自幼熱愛寫詩，十六歲起就開始進行了抒情詩的創作，青年時期的席勒是輕鬆而愉悅的，他寫出了如《歡樂頌》這樣鼓舞人心的詩歌，而當他遇到歌德後，他骨子裡已經形成的反專制理念開始表現出來，於是他創造了著名的歷史劇《瓦倫斯坦》，這部戲劇將德意志民族在三十年戰爭中所經歷的傷痛嶄露無遺。

　　可以說，歌德對席勒的影響是巨大的，席勒在瞭解了莎士比亞、盧梭與歌德的作品後，才真正決定獻身寫作事業。他雖創作時間不長，卻為後人留下了大量寶貴的精神財富，也許這就是大師的魅力所在吧！

【朝花夕拾】狂飆突進運動

　　十八世紀，德國文學界開始反對理性，提倡個人情感至上，在文學風格上由古典主義向浪漫主義轉變。參與運動的知識分子都是一些初登文壇並具有反抗封建專制思想的年輕人，他們勇於揭露社會的黑暗，呼籲創新和自由，這場運動的代表人物即為席勒和歌德。

84 他活著卻已死亡
幽默諷刺大師馬克‧吐溫

「有人說我能夠成功是因為運氣，可是你看，我運氣那麼差，一出生就被淹死了！」

站在演講臺上的美國作家馬克‧吐溫正不乏幽默卻又可憐兮兮地對著提問者「哭訴」，因為有聽眾認為他一帆風順，輕而易舉就出了名，似乎從未遭受挫折。

實際上，此時正是他最艱苦的時候。

幾年前，他投資的自動排字機產業失敗，導致他多年辛苦創作賺下的資金付諸東流，兩個女兒一病一死，妻子也重病不起，急需用錢的他才會遊歷歐洲四處演講，希望能盡快還清債務。

即便如此，他仍是堅強樂觀地應對著一切，他平靜詼諧地調侃著自己剛出生時的那場悲劇，彷彿從未恐懼差一點死於非命。

馬克‧吐溫其實有一個雙胞胎弟弟，兩兄弟出生時長得一模一樣，連他們的母親都分辨不出來。

有一天，保姆帶著兩兄弟在浴缸裡洗澡，結果不慎讓其中的一個淹死了，而活著的那個，卻不知究竟是哥哥還是弟弟。

於是，母親就認為活著的是弟弟，並把屬於弟弟的名字給了倖存下來的孩子。誰知馬克‧吐溫是活下來的哥哥，於是他在長大後就經常戲稱自己已經死去，能活在世上純屬意外。

這也不是馬克‧吐溫第一次「死亡」，他原名薩繆爾，而「馬克‧吐溫」是一個離世者的名字，他相當於是替別人又活了一次。

原來，在一八五八年有一位叫塞勒斯的船長用「馬克‧吐溫」為筆名

發表了一篇驚人的文章，預言新奧爾良市即將被洪水淹沒。薩繆爾一貫愛捉弄人，就模仿船長的風格寫了一篇辛辣的諷刺小品。

不料此舉大大傷害了船長，老船長從此罷筆，四年後，他離開了人世。薩繆爾得知這一噩耗後，頓時為自己當年的幼稚舉動而追悔不已，從此，他一直用「馬克·吐溫」這個筆名創作作品，以告慰老船長的在天之靈。

經歷兩次「死亡」之後，馬克·吐溫已對各種不幸看淡，無論是獲取了巨大的名利還是遭受破產和家人離世的雙重打擊，他都能泰然處之，而將更多的激烈情感投入到對醜惡現實的嘲諷中。

在某一年的愚人節，擅長捉弄他人的馬克·吐溫反遭人戲弄，其離世訃告刊登在了紐約一家知名報紙上。

馬克·吐溫的親戚、朋友聽說後哀痛不已，紛紛從全國各地趕往紐約，來為馬克·吐溫舉行葬禮。

誰知，就在大家沉痛地來到馬克·吐溫家門口，準備替這位傑出的作家打點後事時，卻發現當事人正坐在自家窗前專注地寫作呢！

這時，眾人才知道上了當，不禁怨聲載道，怒罵造謠者和報紙沒有職業道德、隨意發表虛假資訊。

馬克·吐溫見門口聚集了一大幫親朋好友，有點吃驚，當他弄明白原委後，不由得哈哈大笑，安慰大家：「你們都別生氣了，報紙上說得沒錯，我確實有死的那一天，只是死亡日期給提前了。」

眾親朋見馬克·吐溫都沒有生氣，也就不再計較此事，大家也趁此機會聚在一起，倒也不失為一大樂事。

在馬克·吐溫的一生中，發生了很多大大小小的情況，但因為他的樂觀和幽默，無論面對的問題是好是壞，馬克·吐溫總能微笑面對。他是

一個有趣的人，經常給人們帶來喜悅和歡笑，因而深受人們愛戴。

【說文解惑】

馬克‧吐溫出生平民家庭，在他童年時代，父親就過早離世，窘迫的生活逼得年幼的他找過很多工作，這些生活經歷倒豐富了他日後的寫作題材，也算是好事一樁。

幽默大師馬克‧吐溫

馬克‧吐溫是美國批判現實主義文學的創始人，文章以揭露人性醜惡面為主，因語言辛辣尖銳，被譽為「美國文學史上的林肯」。

他在三十歲時娶妻，曾形容婚前三十年都白過了，「早知道婚姻生活這麼幸福，我在嬰兒時期就該去過鍋碗瓢盆的生活」。

不過，婚後他的妻女均身體欠佳，加上商業危機，他欠下不少債務，直到他去世前十二年，才把所有負債還清。

馬克‧吐溫一生都在跟資產階級對抗，喜歡諷刺富人，因而也是富豪們的眼中釘，但這都無損於他身為「美國最傑出的作家之一」的稱號。

【朝花夕拾】「馬克‧吐溫」的意思

「馬克‧吐溫」是水手術語，意思為水深三英尺。在馬克‧吐溫在密西西比河當領航員時期，他經常與搭檔測量河水深度。當搭檔喊「馬克‧吐溫」時，馬克‧吐溫就知道水深兩潯（三英尺），這時輪船就可安然航行了。

85　人生最得意的「作品」
大仲馬和小仲馬

　　大仲馬是十九世紀法國著名的浪漫主義作家，他和雨果、維尼等文人齊名，在當時擁有極高的知名度。

　　很多人都聽說過《三個火槍手》，也記住了大仲馬的名字，但大仲馬的兒子小仲馬，相信知道的人會更多。

　　而在十九世紀中葉，小仲馬卻是無人問津，即便他愛好文學，寫出了很多稿子，卻始終被出版社拒之門外。

　　大仲馬體諒兒子的辛苦，又自負於自己的名望，便對兒子說：「下次你投稿，就說你是我兒子，那些編輯肯定會重視你的作品！」

　　誰知小仲馬並不領情，反而回絕道：「我不想坐享其成，請讓我繼續以自己的名義來寫作！」

　　大仲馬知道兒子性格倔強，也就沒再勉強小仲馬，儘管他一直想補償兒子。

　　小仲馬是大仲馬與一位女裁縫師的私生子，當小仲馬出生後，大仲馬依舊四處沾花惹草且不承認小仲馬母子的身分。直到小仲馬七歲那年，大仲馬才突然心生愧疚，他透過法庭取得了小仲馬的撫養權，然後父子倆一起生活了半個世紀。

　　因為痛恨父親的朝三暮四，小仲馬對妓女的印象並不好，不過當他成年後，他還是對巴黎上流社會的一位名妓瑪麗產生了熾熱的情愫。

　　瑪麗雖然也喜歡小仲馬，可是她卻不肯從良。小仲馬氣憤至極，給瑪麗寫下絕交信，兩人從此老死不相往來。

　　五年後，瑪麗身患肺病，小仲馬獲悉後，覺得將自己和瑪麗的故事寫

成小說，一定能吸引上流社會的目光，於是他寫成了
著名的小說《茶花女》，並寄給一家出版社。

皇天不負苦心人，這部小說終於得到了一位資深
編輯的欣賞。巧合的是，這位編輯是大仲馬的好友，
他發現小仲馬的地址就是大仲馬的家裡住址，不禁心
生疑惑，以為《茶花女》出自大仲馬的手筆。

然而，《茶花女》的寫作風格並不似大仲馬一貫
的手法，這令編輯百思不得其解。他趕緊找到大仲馬
詢問緣由，這才知道原來小仲馬才是真正的作者。

編輯好奇地問：「你為何要取一個其他姓氏的筆
名呢？」

小仲馬笑著說：「就是怕你們把我和我父親有所
聯想，我是想看看我的真實水準。」

於是，《茶花女》順利出版，得到了法國書評家
們的一致稱讚，大家都認為這部小說超越了大仲馬的
名作《基督山伯爵》。

傳世經典 —《茶花女》

大仲馬也為兒子的成績而驕傲不已，當他在比利
時首都布魯塞爾流亡期間，適逢《茶花女》的話劇在
巴黎初演，小仲馬給他發了一封電報，說：「演出盛
況空前，會讓人以為是您的作品！」

大仲馬笑著回電：「兒子，我最得意的作品就是
你！」

【說文解惑】

憑藉《茶花女》，小仲馬聲名鵲起，被選入法蘭西學院，這可是巴爾札克、大仲馬可望不可及的學府。

但小仲馬也為此背負了沉重的心靈枷鎖，因為該作品是在瑪麗病危咳血之時完成的，小仲馬相當於是利用將死的瑪麗完成了成名的願望，所以在餘生中，他一直良心不安。

亞歷山大·小仲馬

為了懺悔，小仲馬在寫作時加入了很多道德說教，致使他的作品情節平淡，語言比較死板。他大力宣揚家庭和睦、婚姻和諧，對資產階級的婚姻風氣有著深刻的抨擊，被後人譽為「社會問題劇的創始人之一」。

【朝花夕拾】大仲馬簡介

大仲馬全名為亞歷山大·仲馬，他是法國的小說家和劇作家，一生創作了三百部作品，他的小說以歷史背景做基礎，加上生動巧妙的語言，組構出驚險刺激的情節，他也因此被稱為「通俗小說之王」。

醜小鴨的成名之路
童話大師安徒生

很多人從小就熟知醜小鴨的故事，做為童話，《醜小鴨》除了帶了浪漫色彩外，還呈現出一種勤勉勵志的積極意義，它更像是一部正能量的文學作品。

《醜小鴨》之所以會被寫出這種風格，是跟它的作者安徒生有關。

綜觀安徒生的童年，便是一部不折不扣的醜小鴨成長史，他出生於丹麥第二大城市歐登賽，父親是個窮鞋匠，母親則淪為酒鬼，祖父母性格嚴重缺陷，而姨母則在丹麥第一大城市哥本哈根開妓院。安徒生生在社會底層，他的童年，便是與貧窮、謊言、欺詐為伍，頭頂上覆蓋著厚重的陰霾，似乎永遠沒有陽光普照的那一天。

幸運的是，安徒生的父親非常喜歡閱讀，所以收藏了很多書。安徒生性格孤僻，從不與其他孩子玩耍，就拿父親的書籍來打發時間，沒想到這成了他童年時期的啟蒙。

從此，安徒生與書籍結下不解之緣，夜晚，他讓父親在床邊給他唸《一千零一夜》；夏天，他則在院子裡安靜地看一下午書，看到眼睛痠病時，他則抬起頭來，凝視著在風中搖曳的醋栗葉子，調節一下自己的情緒。

在他十一歲時，父親不幸離世，安徒生非常傷心，瘦小的他整日在外面流浪，卻沒有人關心他。當他到十四歲時，

安徒生兒時在歐登塞的家

母親要他去當學徒維持生計，他卻胸懷演藝的夢想，堅決不肯。他哭著將那些苦盡甘來的名人發跡史講給母親聽，最終說服母親同意了他的想法。於是，他只帶著十枚銀幣，就踏上前往哥本哈根的尋金路。

現實是殘酷的。安徒生雖求助那些「貴人」，卻因平凡甚至可說是醜陋的外貌，始終未獲得進入皇家劇院的機會。

他不顧眾人的嘲笑，鍥而不捨地摸爬滾打，在一年半後好不容易撈到一個角色—扮演一個侏儒。

他以為自己的人生即將展開新的篇章，然而現實總是在冷嘲熱諷，他只能當一個不起眼的配角。失望之下，他決定另闢蹊徑當一個作家，可是他的小說無法出版，甚至有人勸他死心：「別出書了，如果你想得到我尊重的話。」

在哥本哈根漂泊的三年間，安徒生始終很窮，他已經長大，卻買不起合適的衣服，在人們眼中，他的行為舉止異常可笑，是一隻不折不扣的「醜小鴨」。

安徒生的監護人不忍看到這個孩子意志消沉下去，就送安徒生去文法學校就讀，誰知在那裡，安徒生又遭到校長的無理謾罵，還被禁止寫作。安徒生跌入了人生的最低谷，他以為自己這輩子就這麼完了，甚至想到要結束自己的生命。

幸好，醜小鴨在徬徨之際樹立起了信心，勇敢地蛻變成美麗的天鵝，安徒生將對校長的不滿寫成了一首揚名海外的詩歌《垂死的孩子》。

第二年，這首詩以德語和丹麥語兩個版本登在了《哥本哈根郵報》的頭版上，而此時，文法學校的校長仍在固執地阻止安徒生寫作。

不過此時，安徒生已經逃出了禁錮自己的校園，他在三年時間內創作出一系列為後人津津樂道的童話—《打火匣》、《豌豆公主》、《小意

達的花兒》，並獲得了巨大成功。四年後，他出了自傳性作品《醜小鴨》，用童話的筆觸對自己的童年做出了總結，而此時，他的藝術春天已經真正到來。

安徒生是丹麥著名的童話作家和詩人，被譽為「世界兒童文學的太陽」。

【説文解惑】

當年，安徒生離開歐登賽時，做夢也沒想到自己將響徹世界，後來他在歐洲漫遊時，見到了狄更斯、格林兄弟、雨果、大仲馬父子等多位名家，還享受到丹麥皇家的尊貴禮遇，足見他的成就為世人矚目。

在安徒生七十歲壽辰時，國家決定在哥本哈根的中央公園為他樹立一座雕像，初稿卻令安徒生大為不滿，因為設計者畫了一個孩子在安徒生懷裡，安徒生則認為自己不僅僅是個兒童文學家，更是個為所有人寫作的作家。後來，設計者按安徒生的意思只雕了他一個人，拿著一本書。

一年後，安徒生因肝癌去世，丹麥全國為失去這樣一位傑出的大師而哀痛不已，並為其舉辦了隆重的葬禮。

【朝花夕拾】 安徒生的遺憾

安徒生一輩子未婚，他覺得是自己的相貌和經濟條件阻斷了自己的結婚之路。不過研究者卻認為，安徒生骨子裡的自卑感才是阻礙他幸福的元兇，因為童年時期的陰影，他一方面想戀愛，另一方面又逃避女性，終於導致了他一生的孤獨。

87 一個可憐女孩留下的陰影
富有正義感的雨果

　　維克多‧雨果是法國十九世紀享有盛名的大文豪，他富有正義感和同情心，對普通百姓深切關注，並寫下很多為人民呼籲平等和自由的鉅著。

　　雨果為何會如此熱愛普通百姓呢？這還要從他少年時說起。

　　在一個炎熱的夏日，雨果去拜訪朋友，途徑巴黎法院門前的廣場時，他看到一位年輕美麗的女孩被綁在柱子上。女孩瞪著灰色的大眼睛，嚇得瑟瑟發抖，她的身上沾滿塵土，衣服也破了好幾處，似乎在被綁之前經歷了一番兇狠的掙扎。

　　「看，這就是偷竊的下場！」雨果身旁一位穿金戴銀的貴婦傲慢地對她的女僕說。

　　女僕看一眼柱子上的女孩，低下頭去，唯唯諾諾：「是的，夫人！」

　　雨果這才知道，被當眾羞辱的女孩犯了偷竊罪，可是他看著女孩那純真如雨露一般的面孔，始終無法相信對方是小偷。

　　這時，一個行刑者獰笑著，從女孩面前的火盆裡拿出一根燒得通紅的烙鐵。

　　只見那女孩抖得更厲害了，她驚恐地張大嘴，狂叫著：「求求你！放過我！求求你！」

　　廣場上所有的人都無動於衷，甚至帶著看好戲的神情等待對女孩的懲罰。

　　雨果為女孩的遭遇而揪心不已，他無能為力，只能眼睜睜看著行刑者將烙鐵毫不留情地按在女孩裸露的後背上。

　　女孩發出高分貝的尖叫聲，兩眼翻白，暈死過去。烙鐵卻仍留戀著她

的肌膚，冒出絲絲蒸氣，一時間，廣場裡充斥著皮肉焦糊的味道，彷彿那女孩已成了一隻烤熟的小鳥。

名畫《自由引導人民》描繪了七月革命的情景

雨果不忍再看下去，他轉身就走。可是，女孩的慘狀仍深深刻在他的腦海裡，揮之不去。

成年後的雨果成為了一個作家，一八三一年，他發表了富有浪漫主義色彩的《巴黎聖母院》。在書中，他以那位被懲罰的女孩為原型，描寫了一個美麗又可憐的吉普賽姑娘埃斯梅拉達。

埃斯梅拉達有驚人的美貌，卻也因此蒙受了巨大的災難。她被巴黎聖母院的副主教弗洛羅覬覦，卻拒絕了後者的示愛，結果被誣陷殺人，死於絞刑架下。

雨果藉埃斯梅拉達的故事，表達了對封建制度和教會的強烈不滿，他希望民眾能夠不再受到歧視和壓迫，整個社會都能平等和進步。

十多年後，法國掀起了轟轟烈烈的大革命，七月王朝被推翻，可是不久後皇室又搞起了復辟。

雨果遭到迫害，不得不開始了流亡生活。他再出佳作，創作出代表作《悲慘世界》。在這部小說中，廣場上的女孩又變成了農村姑娘芒汀，芒汀進城務工時受人誘騙，生下了一個女兒，她把女兒送到一家旅店寄養，卻受到店老闆的惡毒敲詐。她沒有辦法，被迫賣掉美麗的頭髮和牙齒，又當了妓女，卻仍無法與貧困和疾病抗爭，最後痛苦地死去。

在《悲慘世界》中，雨果對資本主義社會的控訴達到空前激烈的程度，他揭示了不同階層深刻的矛盾，抨擊了資產階級的虛偽。

雨果終其一生都在為人民而抗爭，八十三歲時，他與世長辭，法國議會為他舉行了國葬，而飽受壓迫的底層民眾紛紛前來哀悼，為這位富有正義感的大文豪送上最後一程。

維克多‧雨果被人們稱為「法蘭西的莎士比亞」。

【說文解惑】

維克多‧雨果是十九世紀浪漫主義文學運動的代表作家，他的一生幾乎貫穿了整個十九世紀，並對當時的法國和世界產生了巨大的影響。

他致力於反映各階級之間的尖銳矛盾和貧富差距，因而作品中充滿了人道主義的光輝。他一生著作頗豐，六十多年裡創作了二十六卷詩歌、二十部小說、十二部劇本和二十一部哲學論著。

著名哲學家沙特認為，雨果可能是「法國唯一真正受到民眾歡迎的作家」，他的作品飽含愛國熱情，風格昂揚、充滿鬥志，這使他越來越像一個拿著筆的戰士，而他還曾用自己的稿費為國家買了兩門大砲，充分顯示了他的無私奉獻精神。

【朝花夕拾】 《阿黛爾‧雨果的故事》

阿黛爾‧雨果是維克多‧雨果的小女兒，因痴戀英國軍官平松而導致精神錯亂，最終老死在法國休養院。文豪雨果有兩個女兒，一死一瘋，小女兒雖未有作品，卻因這段悽慘的往事而留在了人們的記憶裡。一九七五年，電影《阿黛爾‧雨果的故事》在法國上映，再現了雨果家族的難言經歷。

88 無法自拔的藝術人生
法國大文豪巴爾札克

「現代法國小說之父」巴爾札克堪比勤勞的啄木鳥，他在十九世紀三〇至四〇年代筆耕不輟，在短短二十年時間裡足足寫出了九十一部作品，足見他的認真程度。

凡事有利也有弊，正是因為認真與勤奮，巴爾札克鬧出了不少笑話。俗話說，人生如戲，可是在巴爾札克眼裡，人生就是萬千戲劇，他已分不清戲裡戲外的差別了。

巴爾札克喜歡跟朋友們聚會，很多文藝界的朋友會時常來到他的住所閒聊。某一次，巴爾札克坐在眾人的中間，正在興高采烈地發表觀點，突然，他變了臉色，竟從嘴裡吐出一連串惡毒的咒罵：「你這個混蛋流氓！你該下地獄！我看你怎敢在這裡胡說八道！」

朋友們頓時吃了一驚，他們見巴爾札克雙頰潮紅一臉嚴肅，均以為這位好友在罵著在場的某個人。

大家莫名其妙，面面相覷，心裡泛起了嘀咕，怕巴爾札克對自己有所不滿，可是又覺得奇怪，自己並沒有做錯什麼啊！

就在眾人一頭霧水之際，巴爾札克站起身，充滿歉意地說道：「各位，非常抱歉，你們繼續聊，我得進屋改小說了！」

好友們這才明白來，不由得哈哈大笑。原來，巴爾札克是覺得不該這樣寫小說，在罵他自己呢！

後來，朋友們都習慣了巴爾札克對工作的狂熱態度，也就不再在意他驟然異常的言行。巴爾札克感激朋友們對他的理解，卻沒有改變自己的性格，越是讓自己變得像個文學「瘋子」。

有一天，他正準備出門，一個朋友和他打招呼，問他去哪裡。巴爾札克仍在思考自己小說的情節，不禁脫口而出：「我要去阿隆松，到戈爾蒙小姐和貝奈西先生所在的葛蘭諾布林城去。」

　　朋友好奇地問：「誰是戈爾蒙小姐和貝奈西先生？」

　　巴爾札克揮一揮手，不客氣地說：「談論他們並沒什麼好處，還是談一談歐也妮葛朗台小姐吧！她是我見過的最善良的女人！」

　　這下他朋友更驚奇了，因為他根本不知道葛朗台小姐是誰。朋友沒有辦法，只好與巴爾札克交談起來，結果談了半天，他才又好氣又好笑地發現巴爾札克口中的人全是小說人物！

　　巴爾札克正談得高興，他忽然一拍腦袋，對朋友喊道：「我送給你的那匹白馬還好嗎？」

　　「白馬？」朋友一愣，哭笑不得地說，「我怎麼不記得有這回事？」

　　巴爾札克仔細想了一下，頓時笑起來，向朋友道歉：「不好意思，我在小說中寫過送朋友白馬，還以為給你送了呢！」

　　好在朋友已對巴爾札克的思維習以為常，並沒有怪他。也許正是這種對作品的代入感，才成就了一個偉大的藝術家，才能讓一部又一部的佳作問世，豐富世人的精神世界。

【說文解惑】

　　巴爾札克出生於法國一個中產家庭，因對文學充滿喜愛之情，他不顧父母的反對開始寫作，可惜最初遭遇失敗。灰心的他開始從事商業活動，不料損失更重，讓他債臺高築。

　　塞翁失馬，焉知非福，從商的經驗為巴爾札克提供了寫作的素材，從

第一部小說《朱安黨人》開始，他用辛辣的筆觸揭露資產階級的腐朽與黑暗，贏得了社會上的極大關注。後來，他的小說被統稱為《人間喜劇》，被譽為「資本主義社會的百科全書」。

巴爾札克肖像畫

【朝花夕拾】負債終生的巴爾札克

巴爾札克之所以會瘋狂寫書，一定程度上跟他的債務有關。早年他經商失敗，欠下大筆債務，加上之他揮霍無度，所以直到他去世，債務仍舊沒有還清。因為負債，巴爾札克不得不經常變更住址，來逃避債主和員警，而他最大的願望，則是能娶到一個富孀。在筆耕二十載後，他終因過度勞累而與世長辭，享年五十一歲。

89 戲劇雙雄的倫敦之爭
蕭伯納和王爾德

一八九二年，倫敦上演了一場關於戲劇的戲劇性爭鬥，城裡的人們饒有興趣地議論著風暴中的兩個焦點人物 — 蕭伯納和王爾德，一時之間為選擇去看誰的戲劇而愁破了頭。

看蕭伯納，還是王爾德，這是個問題。

這一年，對蕭伯納來說是具有人生轉折意義的一年。他的多部劇本，如《鰥夫的房產》、《蕩子》、《華倫夫人的職業》終於問世，並被改編成舞臺劇，享譽倫敦。回望之前的八年，他因階級無名而遭受各種白眼和怠慢，真是一個天上一個地下啊！

與此同時，另一位戲劇家王爾德也是不遑多讓。在一年前，王爾德以一部《道連格雷的畫像》轟動文壇，而他的戲劇《溫夫人的扇子》也為人津津樂道。

比起半路出家的蕭伯納，王爾德可謂順風順水，他的家境不錯，所以有錢去讀書，碰巧他又是個天才，更有資格去彰顯個性。

王爾德畢業於牛津大學，以優異的成績拿到了全額獎學金，而後又出版了第一部詩集，開始在文壇嶄露頭角。

雖然還是個新人，王爾德卻相當自信，他一直以「活得瀟灑」做為自身信條，堅持特立獨行的風格，竟然意外獲得了社交界的認可。

在當時，倫敦的風氣還是比較開放的，愛穿奇裝異服、一開口就愛嘲諷人的王爾德很快就脫穎而出，一些雜誌以登他的諷刺小說為榮。

相較之下，蕭伯納的境況就慘多了，他因家境貧寒而被迫輟學，當移居到倫敦後，他欲投身文藝界，孰料第一部書稿即遭審稿人的斷然拒絕。

後來他想從事戲劇創作，並和他人合夥創作，又因雙方意見不一致而擱淺。

　　屢遭挫折的蕭伯納在一八八八年認識了馬克思的女兒愛琳娜，因後者而接觸到了易卜生的戲劇，從而改變了他以為戲劇作家都是烏合之眾的想法。

　　從此，蕭伯納對易卜生膜拜至極，積極研究對方的戲劇理論和風格，並受其影響，批評王爾德「為了藝術而藝術」，兩位戲劇家的爭鬥已達到白熱化程度。

　　一八九四年之時，這兩位劇作家在倫敦爭霸稱雄，為英國戲劇界帶來新鮮血液，沒想到僅一年之後，他們的人生就發生了驚天動地的變化。

　　王爾德被上流社會指控傷風敗俗，隨後被判處兩年有期徒刑，在他最艱難的時期，他的妻子離他而去，連他的朋友也明哲保身。有意思的是，蕭伯納卻挺身而出，竭力維護王爾德的聲譽，這也許是文人之間的惺惺相惜吧！

　　出獄後的王爾德心灰意冷，他去了巴黎，但他的聲望已大不如前，僅僅四年，他就因腦膜炎而離開人世。蕭伯納的聲勢卻扶搖直上，一九二五年，他獲得了諾貝爾文學獎，其後他的作品又被魯迅引進至中國，成為中國家喻戶曉的人物。

蕭伯納與魯迅、蔡元培的合影

【說文解惑】

　　蕭伯納，全名為喬治·伯納·蕭，是愛爾蘭劇作家；王爾德，全名為奧斯卡·王

爾德，也是一位愛爾蘭文學家。愛爾蘭雖是個小國，卻對世界文學做出了極大的貢獻。

愛爾蘭文學的範疇包括：詩歌、小說、戲劇。愛爾蘭的詩歌最早可上溯至西元六世紀，十八世紀後出現了一批傑出的詩人，如喬納森・斯威夫特、葉芝等。愛爾蘭的小說誕生於十八世紀，喬納森・斯威夫特的作品《格列佛遊記》是代表作，到十九世紀，愛爾蘭文壇出現了一位偉大的作家詹姆斯・喬伊絲，他的《尤里西斯》被譽為意識流小說的巔峰之作。

都柏林王爾德雕像

至於戲劇方面，則首推蕭伯納、王爾德和葉芝的作品。蕭伯納擅長愛爾蘭式的幽默的諷刺風格，而王爾德則是唯美主義的代表，至二十世紀，撒母耳・貝克特創作出《等待戈多》等一系列存在主義鉅作，揭露了荒誕的社會現實，對後來的文學流派產生了重要影響。

【朝花夕拾】易卜生簡介

易卜生是挪威劇作家，被譽為「現代戲劇之父」，他清醒地認識到資本主義社會的虛偽與罪惡，寫出了《玩偶之家》、《人民公敵》等風靡世界的劇本。在他晚年時，因瑞典文學院擔心身染重疾的他不能上臺領獎，而與諾貝爾文學獎失之交臂。二十世紀初，他在中風長達十六年後去世，政府為他舉行了國葬，送葬群眾不計其數。

90 未完成的絕筆
尾崎紅葉和《金色夜叉》

　　提及日本作家，很多人會想到村上春樹、渡邊淳一，認為二者是暢銷小說的代表，實際上，有一個作家的著作超越了前兩人，是日本文壇當之無愧的暢銷小說家。

　　此人就是硯友社文學的創始人尾崎紅葉，而他的暢銷書，就是他的絕筆之作《金色夜叉》。

　　金色夜叉是渾身散發著黃金般光芒的惡鬼，這是對小說的男主角貫一的比喻。貫一熱烈地愛著女主角阿宮，卻遭遇對方的背叛，他憤怒地選擇了致富的捷徑—放高利貸，從而讓自己變成了金錢的惡魔。

　　在小說的開篇，少女阿宮傾國傾城，是所有男人關注的焦點，即便富二代富山手上有顆價值連城的鑽戒，也依舊和貫一在一起。

　　誰會想到，這樣一對纏綿的情侶，竟然因金錢而分手，二人在伊豆半島的熱海溫泉邊訣別，催人淚下。因為這部小說，熱海溫泉竟成為了日本著名的旅遊勝地，而泉水邊至今仍矗立著男女主角的雕像，可見尾崎紅葉的影響力。

　　在寫《金色夜叉》之前，尾崎紅葉已經組建了文學社團「硯友社」，他用七年的時間發展壯大該社，社團鼎盛時期人數達到了兩百多人，成為當時最大的文學流派。

　　尾崎紅葉還廣收弟子，他與唯美派作家泉鏡花的師徒情被傳為美談。

　　泉鏡花十九歲時，去東京拜訪尾崎紅葉，家境貧寒的他隨後成為尾崎家的門丁。

　　鏡花喜歡寫作，卻得不到指導，因而非常苦惱。此時的尾崎紅葉

二十五歲，已發表了《兩個比丘尼的色情懺悔》、《香枕》、《三個妻子》等作品，在文壇享有一定的聲望。

尾崎紅葉很快就知曉了鏡花的心思，於是收對方為徒，悉心指導。鏡花因父親去世，喪失經濟來源，差點選擇自殺，要不是在恩師的指引下出版了自己的第一部小說《冠彌左衛門》，一顆文壇新星或許將從此在世間消失。

有意思的是，在《金色夜叉》裡教導人們「若愛，請深愛，不要因為金錢的誘惑而誤入歧途」的尾崎紅葉，居然反對徒弟的自由戀愛。

鏡花在二十六歲時邂逅了藝伎阿鈴，旋即墜入愛河中。可是尾崎覺得阿鈴身分太卑微，堅決反對這場戀愛。

那時，《金色夜叉》已經在報紙上連載，每天都有萬千讀者翹首以待。鏡花讀著恩師的小說，心中五味陳雜，他雖深愛阿鈴，卻不能忘記恩師的知遇之恩，於是婚事就這樣拖了下來。

寫《金色夜叉》時，尾崎的胃病一天天地嚴重了，到故事的結尾，他竟然咳出了血。儘管他努力想將小說收尾，可是老天並沒有那麼慈悲，在三十四歲時，尾崎終於撒手人寰，留下未竟的絕筆《金色夜叉》，不由得讓人感慨萬千。

鏡花得知恩師的死訊後，悲痛欲絕。儘管他已無阻力且順利和阿鈴成婚，但他仍牢記恩師的教誨，努力寫作，為後人留下了一系列充滿浪漫色彩和唯美傾向的著作。

【說文解惑】

尾崎紅葉雖然生命短暫，卻因《金色夜叉》和硯友社而成為重要的作

家，早在讀大學時，他就和小說家山田美妙
等人創作了硯友社，他早期的創作風格受古
典主義的影響，注重文字遊戲，但後來的作
品風格變成了風俗化寫實，開始關注情節和
趣味性。經過尾崎紅葉的努力，硯友社文學
在明治時期具備了一定影響，使很多讀者對
文學產生了興趣，因而尾崎在世時，硯友社
時代又被稱為「紅葉時代」。

才高命短的尾崎紅葉

尾崎紅葉的著作偏好浪漫主義，多是悲
劇，《金色夜叉》是他最重要的作品。在他
離世後，讀者仍期待著《金色夜叉》的完結，
甚至有一名貴婦立下遺囑：希望有朝一日能
將小說的最終版放一冊在自己的靈位前。

【朝花夕拾】世界兩大「愛情教科書」

　　《金色夜叉》和加西亞・馬奎斯的小說《霍亂時期的愛情》被並稱為
「兩大愛情教科書」。《霍亂時期的愛情》是根據馬奎斯父母的故事改編
而成，作者將一段長達半個多世紀的愛情置於霍亂橫行的大背景下，展現
出真愛超越時空和困境的無窮魅力，因而又被西方媒體譽為「我們時代的
愛情大全」。

91 是逃犯也是天才
「歐‧亨利」的由來

三百六十行，行行出狀元，就算是逃犯，也會發光。

十九世紀末，一個叫西德尼‧波特的年輕人心煩意亂地踏上火車，準備前往奧斯丁。原來，在五個月前，他被德克薩斯州的陪審團控告侵吞銀行公款，結果在被傳訊的前一天，他驚慌失措地出逃，當下又因良心不安，想回城自首。

可是，波特確實是個天才，他擅長寫作，能在腦海中輕易勾繪出扣人心弦或是驚心動魄的場面，現在，他不由自主就開始幻想被捕後的情景，甚至以後自己將被終生囚禁然後被惡人陷害，在一個暴風驟雨之夜猝死。

他越想越害怕，恐懼瞬間攫住了他那顆脆弱的心，他差點癱在列車上，眼看著還有兩站就要到達終點，他匆忙在下一個月臺下車，又買了一張車票，逃往新奧爾良。

接著，他又去了洪都拉斯。在那裡，他終於可以免除被引渡的危險。然而，文人猶豫不決的弱點使他變得極度思念故鄉，最終，他重新回到新奧爾良。

波特仍是在遲疑，一方面想回奧斯丁，另一方面又害怕接受法律的制裁，於是他在新奧爾良止步不前。

城內有一家「菸廠酒吧」，老闆叫亨利，最喜歡給記者們提供一些獨家消息。因此，各家報紙的記者們時常在酒吧內聚會，分享各種新聞，菸廠酒吧也就有了另一個名號 — 報業俱樂部。

對文學十分感興趣的波特自然受到吸引，也經常光顧菸廠酒吧。

有一天，他發現藝術家斯特斯・海普納和記者比利・包爾在吧檯邊喝酒，就走過去搭訕。

　　波特對著老相識亨利打招呼道：「歐，亨利，我要一杯和他們一樣的酒！」然後，他掏出自己的一篇文章，對海普納和包爾說：「來看看我的大作，只是我還缺一個筆名，你們能幫我想想嗎？」

　　海普納聽完，戲謔道：「你不是經常說：歐，亨利！我看你用這個名字正合適。」

　　波特和包爾哈哈大笑。

　　第二年，他接到妻子病危的消息，就馬不停蹄趕往奧斯丁，可惜剛回去就被逮捕，五個月後，妻子也不幸離世。

　　第三年，他被判處五年有期徒刑。波特的女兒還在上學，波特感到了前所未有的經濟壓迫感，為了維持生計，他在獄中開始寫短篇小說。

　　當監獄裡的第一篇小說完成後，波特再度遇到取筆名的難題。他不想用真名，因為這代表了被囚禁的恥辱。

　　突然之間，他回想起曾經在菸廠酒吧的那個笑話，那些溫暖的玩笑激蕩著他的心田，他會心一笑，署上了「歐・亨利」的名字。從此，

舉著竹傘的威廉・波特

「歐・亨利」開始創作出一系列短篇小說，成為著名的世界短篇小說大師。

【說文解惑】

　　歐・亨利屬於「逼上梁山」的作家，經濟原因迫使他不得不在監獄裡寫作，而他之所以選擇短篇小說，就是因為篇幅短小的作品能快速寫好，且能在很多地方發表。

　　不過，歐・亨利對寫作是發自心底的熱愛，他曾立志當個畫家，二十九歲時，他被生計問題所逼當上了銀行的出納員，卻不只一個顧客反映，這位心不在焉的出納員在悶頭畫畫。

　　後來，歐・亨利決定改變自己的志向，他創辦了《滾石雜誌》，後又當上專欄作家，但是隨著他的入獄，人生被改寫，轉而向短篇小說進軍。

　　十年後，歐・亨利名利雙收，卻染上了酗酒的惡習，過度的身體透支讓他的健康急遽惡化，不過他仍創作出了舉世矚目的佳作《最後一片葉子》，讓世人領略到他所要表達出來的細膩柔情。

【朝花夕拾】 歐・亨利式結尾

　　在歐・亨利的作品中，主角的命運或心理總會陡然發生變化，雖在情理之中，卻有人覺得讀多了沒有意思。於是，歐・亨利在逝世那年開始寫作《夢》，期待能藉這部小說轉型，可惜還未等他完成作品，就溘然長逝了。

92 愛情總在輕易說再見
印度詩人泰戈爾

人生最痛苦的，莫過於情感上的得不到和已失去，而這兩樣卻偏偏讓印度大詩人泰戈爾佔全了。

上帝是公平的，愛情雖然不幸，泰戈爾的家境卻十分闊綽，這讓他不必為了生計而煩惱，可以投入全部身心進行文藝創作。

十八歲那年，泰戈爾遵從父命去英國學習英文，誰知他在動身去歐洲前，陷入了一場熱烈的愛戀中。

對方是個與泰戈爾年齡相當的活潑少女，連名字都那麼可愛 — 安娜，安娜是泰戈爾的英語老師，她對這個異國少年非常好奇，兩人剛接觸的時候，她常常會被泰戈爾的印度口語逗得捧腹大笑。

可是時間一長，安娜就發現泰戈爾是個天才少年，她旋即為對方的才情所傾倒，不禁動了少女的芳心，絞盡腦汁想對泰戈爾表白自己的心意。

有一天，安娜正在教到英國人的禮儀習慣，她靈機一動，告訴泰戈爾，如果能偷到正在熟睡的女人的手套就可無條件地吻她。她說這些時眼裡充滿著期待，可惜泰戈爾竟然沒有任何表示。

當安娜說完這些話，她真的在安樂椅上「睡著」了。可是泰戈爾明明看見少女偷偷睜開眼，對著掛在晾衣架上的長手套飛快地瞥了一眼。那一刻，安娜的表情是失望的，那雙手套一直都在，從來不曾丟失。

其實，泰戈爾不是不明白安娜的心思，只是他深知時間會帶來可怕的變數，而他們都太年輕，無法預料未來會怎樣，也許他只是沒有勇氣去接受將來的變化，與其長痛，不如立刻放手。

兩個月後，泰戈爾告別安娜，踏上了前往英國的郵輪。

臨行前，他才敢透露出一點自己的愛戀，他為安娜取了個充滿詩意的孟加拉名字 ── 納莉尼，並給心愛的少女寫了一首詩，在詩中他小心翼翼地寫道：「我望著她的臉，晶瑩的眼淚顫動著，直到不能說話的痛苦，燒得我的睡眼，如同一個水泡……」

　　泰戈爾走後，安娜被迫嫁給了一個大她二十歲的男人。她過得一點也不幸福，且仍在思念泰戈爾，結果只用了一年，就在無盡的憂傷中香消玉殞。

　　臨死前，她還給泰戈爾的哥哥寫信，提及曾與泰戈爾相處的那些快樂。

　　兩年後，當泰戈爾回國，接到的是安娜死去的噩耗，他悲痛欲絕，痛恨自己沒有早點告訴安娜他的心意。

　　此時，泰戈爾的家人正忙著幫他找結婚對象。泰戈爾的父親認為兒子過分專注文學創作是在玩物喪志，為了讓泰戈爾恢復責任心，父親竟挑了一位比泰戈爾小十一歲的姑娘做兒媳婦。

　　這位名叫帕茲達列妮的姑娘在與泰戈爾成婚時只有十一歲，且幾乎是個文盲，但泰戈爾並未反對這門婚事，愛情在他心中已經死去，他要的不過是個婚姻的形式而已。

　　他給妻子改名為穆里納莉妮，將情人的名字安在了這位陌生的小姑娘身上。妻子並不知其意，反而覺得這名字是丈夫給予自己的一個期待，因而很高興。

　　婚後，穆里納莉妮努力地做著一個妻子應盡的職責，她生了五個孩子，全力照顧著丈夫的生活。為了對泰戈爾的創作有幫助，她學會了孟加拉語、梵語和英語，甚至還能把用梵文書寫的印度史詩《羅摩衍那》翻譯

成孟加拉語。她還參與演出了丈夫的戲劇《國王與王后》，她在與泰戈爾相伴的二十年時光裡任勞任怨，盡到了一個妻子的本分。

可是泰戈爾仍在想念心中的納莉尼，並未意識到妻子的重要性。直到他四十二歲那年，妻子積勞成疾一病不起，他才心慌起來。

他突然發現自己對妻子的依賴，在妻子去世前的最後兩個月裡，他日夜守護在她身旁，為她讀書，給她送水遞飯，然而詩人的一腔深情卻沒能獲得死神的恩賜，最終穆里納莉妮在無限遺憾中去了天堂。

泰戈爾感覺自己的精神世界都崩潰了，他成天在陽臺上踱來踱去，不和任何人接觸。從此，他再也未娶妻，在他的心中，妻子只有一個，就是穆里納莉妮。

【説文解惑】

印度詩人泰戈爾在全世界享有盛名，他一生共寫了兩千多首詩，包括為中國人所熟悉的詩集《新月集》、《飛鳥集》，其中《吉檀迦利》獲得了諾貝爾文學獎，而他也成為亞洲首位獲得諾貝爾文學獎的作家。

泰戈爾的詩在印度享有史詩的地位，
他被許多印度教徒看作是一個聖人。

此外，他的藝術成就還表現在戲劇和小說創作上。他共寫了四十多部劇本、十二部中長篇小說和一百餘部短篇小說。令人驚奇的是，他還創作了兩千五百多首歌曲，連印度國歌都是他的傑作，他還在晚年學起了繪畫，並以六十九歲高齡在巴黎舉辦了自己的首屆畫展，獲得巨大的成功。

【朝花夕拾】泰戈爾寫給「林徐戀」的情詩

　　一九二三年，蔡元培、梁啟超和胡適邀請泰戈爾來華訪問，徐志摩激動不已，連發兩封信給偉大的印度詩人，表達自己的喜悅之情。當年四月分，泰戈爾如約而至，徐志摩和林徽因一路陪伴在其左右，擔任翻譯和接待工作。聰明的老人很快便洞穿了徐志摩和林徽因的情愫，因而寫成了一首小詩：「天空的蔚藍，愛上了大地的碧綠，他們之間的微風嘆了聲：唉！」這微風，自然是泰戈爾了，可見泰戈爾對「林徐戀」也是深表遺憾。

賺小費的大文豪
《戰爭與和平》作者托爾斯泰

完美主義者追求完美，卻未想到「完美」也是對他們的懲罰。

寫下鴻篇鉅著《戰爭與和平》的作家托爾斯泰，就是一位被自己的思想所連累的人。他在晚年經常外出走動，以排解內心的憂鬱情緒。

他住在亞斯納亞・波利亞，離俄國首都莫斯科有兩百公里。他逐漸喜歡上了徒步，背上一個雖然陳舊但很乾淨的大布口袋，跟流浪漢們一起旅行。

一般五天後，他就可以到達莫斯科，中途如果要吃飯休息的話，托爾斯泰就會在馬路邊的小旅館裡解決，當然，如果運氣不好，他也不會計較，隨便找個地方歇息，絲毫沒有大文豪的架子。

誰也不認識這位白髮蒼蒼的老人，托爾斯泰反而很享受這種狀態。他覺得透過行走，能更好地瞭解俄國人民的生活，這樣就能讓他更好地修正自己的思想，累積創作素材。

有一回，他來到火車站，本來又困又餓，想在三等車廂的候車室休息，可是火車來來回回的穿梭聲和汽笛聲吸引了他，他忽然起了興致，決定去月臺上走走。

一輛列車停靠在月臺旁，即將啟動。正當托爾斯泰慢慢地往前走時，一個尖銳而焦急的聲音響起：「老頭，等一下！」

托爾斯泰聞聲望去，只見一個打扮時髦的貴婦人將腦袋探出車窗，呼喊著：「你去盥洗室把我的手提包拿來，快點！」

儘管婦人的口氣很衝，托爾斯泰卻並沒有不悅，他見對方很著急，就三步併作兩步地取回手提包，交還到婦人手裡。

「太好了！」貴婦人眉開眼笑，打開手提包，取出一枚五戈比的銅錢，遞給托爾斯泰，說道，「這是給你的賞錢！」

托爾斯泰沒有拒絕，平靜地將銅錢收下。

這時，坐在貴婦人身邊的乘客認出了托爾斯泰，不由得大吃一驚，對婦人說：「妳知道妳在和誰對話嗎？」

婦人斜睨一眼樸素得跟農民一樣的托爾斯泰，從鼻子裡發出一聲冷哼：「我怎麼知道！」

「哎呀，妳怎麼這樣孤陋寡聞！」乘客搖頭嘆息，告訴對方，「他就是大名鼎鼎的列夫·尼古拉耶維奇·托爾斯泰呀！」

貴婦人張大了嘴巴，她目瞪口呆了兩秒，忽然從喉嚨裡爆發出一陣尖叫：「天哪！居然是大文豪！天哪，我都做了些什麼呀！」

她慌忙對托爾斯泰請求道：「原諒我吧，先生！我真的很抱歉，請把銅錢還給我，我不是有意的！」

托爾斯泰笑著搖搖頭，回應道：「這五戈比是我的報酬，我應當收下。」

臉上的妝容都快被汗水弄花的婦人還想解釋，火車卻毫不留情地拉響了汽笛聲，將這位婦人拉走了。

在此後的幾年，托爾斯泰始終處於一種游離的狀態，他一方面同情農民階級，另一方面又對自己的莊園主生活感到不安，終於在幾年之後，不顧妻子的苦苦挽留，再度踏上出走之路。

可是這一次，他再也沒有回來，就在路上，他患上了肺炎，數日內病情就迅速惡化，最後在阿斯塔波沃車站病逝。

【說文解惑】

正如托爾斯泰苦惱的那樣，他雖致力於為人民爭取利益，但他自己卻是一位不折不扣的中產階層。

他一生中的大部分時光在亞斯納亞‧波利亞的莊園中度過，在那裡，他創作出了《戰爭與和平》、《安娜‧卡列尼娜》等不朽著作，其中《戰爭與和平》他寫了六年，修改了無數次，其中他因為一名不堪軍官虐待的士兵辯護，開始反對法庭和死刑，並形成了自己的看法。

托爾斯泰是十九世紀中葉俄國偉大的批判現實主義作家、思想家，除了創作出大量小說、劇本外，他還寫下了很多童話。此外，他還提出了「托爾斯泰主義」，亦是一位卓越的政治運動家。

托爾斯泰身著農民服裝，列賓畫於一九○一年。

【朝花夕拾】托爾斯泰主義

托爾斯泰追求完美，於是托爾斯泰主義宣揚了一種理想狀態：在道德上需自我完善、不以暴力解決問題，對整個世界充滿愛。雖然該主義太偏激，但也是特定時間的產物，因此仍具有一定的合理意義。

94 決裂十七年後的重逢
屠格涅夫的陰差陽錯

十九世紀的俄國出現了很多文學巨匠，他們之中的一些人成為了朋友，並關係融洽，只是當時的俄國正處於社會劇烈動盪時期，各種思想激烈爭鋒，導致文人們常出現友誼破裂的情況。

最漫長的決裂當屬屠格涅夫與托爾斯泰長達十七年的絕交。

事情源自兩人的一次閒談。

當時，屠格涅夫稱讚自己的女兒將她不穿的乾淨舊衣物送給窮人的行為是一種善舉，坐在一旁的托爾斯泰聽不下去了，當場反駁道：「您覺得這樣做合適嗎？」

「當然合適！」屠格涅夫聽出了托爾斯泰話裡的諷刺之意，不悅地大聲說。

托爾斯泰不肯罷休，繼續說：「把自己不要的東西送人，根本就不是慈善之舉，只有把心愛的東西給別人，才能真正展現善良的心！」

如此一來，屠格涅夫在朋友們面前很沒面子，他氣得暴跳如雷，面紅耳赤地嚷道：「你要繼續說下去，我就扇你一巴掌！」

托爾斯泰也氣壞了，他立刻出門找來一把手槍，準備和屠格涅夫決鬥。

可是二人畢竟還是朋友，托爾斯泰並不想徹底毀掉這份友誼，於是他給屠格涅夫寫了一封信，希望對方能向自己道歉。

其實，當托爾斯泰氣沖沖地出去後，屠格涅夫也很快意識到自己的言行欠妥，當收到托爾斯泰的信後，他馬上回了一封信，表達了自己真摯的歉意。

誰知，陰差陽錯，屠格涅夫的這封信送到了托爾斯泰的莊園裡，而此時托爾斯泰還沒有回家，送信人只好將信帶回。

屠格涅夫不得不又書寫了一封信，正要吩咐僕人送過去，卻接到了托爾斯泰的一封言詞激烈的挑戰信。

原來，托爾斯泰遲遲沒有收到屠格涅夫的信，以為對方毫無悔過之意，頓時氣得七竅生煙，正式要求決鬥。

屠格涅夫沒有辦法，只得一邊道歉，一邊同意接受挑戰。朋友們得悉此事，連忙進行勸慰，終於息事寧人，然而決裂已無可避免，而這份仇恨竟深埋了十七年。

有句話講得好，恨即是愛的另類表現。雖然二人不願提及對方名字，但他們仍在默默地關注對方。

十四年後，屠格涅夫欲將托爾斯泰的幾部作品翻譯成法文，並準備翻譯托爾斯泰的《哥薩克》。他讓好友去問托爾斯泰是否同意，托爾斯泰聞訊愕然，往昔的情分在他心中激蕩，他頗有感慨地默許了屠格涅夫的做法。

隨後，托爾斯泰名揚歐洲，屠格涅夫功不可沒，而兩位文豪已經感覺到了深深的遺憾，卻礙於面子，一直沒有開口和解。

又過去了三年，托爾斯泰在五十歲時終於覺悟，他主動給遠在巴黎的屠格涅夫寫信，請求對方能原諒自己。

屠格涅夫終於等到了托爾斯泰的道歉，他激動得哭了出來。三個月後，屠格涅夫回國，終於和托爾斯泰見面，二人回憶起十七年的冷漠，不由得唏噓錯過了那麼多的光陰，從此以後，他們再也沒有過分歧。

【説文解惑】

　　一直以來，屠格涅夫給予了托爾斯泰很大幫助，托爾斯泰的鉅著《戰爭與和平》就是經屠格涅夫的翻譯而風靡歐洲。

　　屠格涅夫是俄國的現實主義作家，他擅長批判風格，因寫下揭露殘酷農奴制的《獵人筆記》而慘遭俄國政府放逐，在被拘留期間，他又寫成了著名的反農奴制短篇小說《木木》。

　　隨後，屠格涅夫又陸續發表了《父與子》、《煙》等代表作。他的小說以中長篇為主，主題圍繞著愛國主義、民主展開，富含哲理，但又充斥著悲觀情緒。

屠格涅夫是第一個現實主義精神最充分、現實主義手法最純熟的俄國小說家。

【朝花夕拾】**絕交前的裂痕**

　　托爾斯泰在還未成名時，寫了一部名為《童年》的小說，得到了屠格涅夫的極大讚揚，二人還因此成了朋友。不過，二人在年輕時常因觀點的分歧而發生矛盾。托爾斯泰對貴族風格不屑一顧，而屠格涅夫又恰巧是在托爾斯泰討厭的階級裡的，於是兩人在絕交前就十分痛苦，渴望接近對方卻又無能為力。

當精神病患者在清醒時
普魯斯特和《追憶似水年華》

　　這世界像一艘沉悶的方舟，被黑暗的羽翼所包圍。

　　密不透風的暗色系窗簾，緊閉的鐵門和窗，門外的鳥語花香彷彿是幾個世紀以前的往事，那滿大街行走的風情女郎和溫柔紳士已去了遙遠的神祕世界。

　　「咳咳咳……」房間中那個暗黑的年輕人咳嗽起來，現在已是白天，他的身旁卻擺放著兩座燭臺，高大的蠟燭不斷滴落下白色的眼淚，冒出的黑煙薰得年輕人咳嗽不止。

　　「孩子，開窗透透氣吧！你這樣可不行！」肥胖的母親絮絮叨叨地走進來，不由分說就去拉窗簾。

　　「不要！」虛弱的年輕人大叫一聲，猛地跳起來，卻又被排山倒海的咳嗽壓垮，「砰」地一聲摔在地上。

　　母親嚇了一跳，顧不得拉窗簾，趕緊過來扶自己的兒子。

　　哪知，年輕人忽然淚流滿面地抬起頭，大吼道：「我恨你們！」

　　母親只能無奈地搖搖頭，嘟囔著：「這孩子，又發神經了！」

　　昨天，她的兒子說自己做了一個夢，夢見一個金髮碧眼的美麗姑娘只喜歡同性，然後他與姑娘結婚，最終讓姑娘喜歡上了自己。

　　母親皺著眉頭，認為兒子是個妄想症患者，就把兒子罵了一頓，結果兒子認為母親不理解他，哭了很久，這讓做母親的又大為不忍。

　　兒子十歲就患上了嚴重的哮喘，從此只能悶坐在家中，連基本的社交生活都沒有，她又怎能打擊自己那脆弱如風雨中的花骨朵般的兒子呢！

「我昨晚又做夢了。」兒子擦乾眼淚，對母親講。

「是什麼呢？」母親用鼓勵的眼神看著他。

「我夢見一個端著『小瑪德蓮的點心』的姑娘款款向我走來。姑娘微笑著，遞給我一杯茶，那茶水無意間碰到了我的下顎，我能清楚地看到茶水上沾著的黑色點心渣，那帶著澀味的清新茶香讓我想起暴風雨前的苦丁花，我覺得我要把這些寫下來！」

「那就寫下來吧！」儘管不知道兒子在說什麼，母親還是給予了一個肯定的目光。

年輕人興奮起來，他鋪開稿紙，繼續完成自己未完成的小說，他的作品，就是日後鼎鼎有名的《追憶似水年華》，而他本人，就是法國著名的意識流小說家馬賽爾・普魯斯特。

普魯斯特從三十六歲起，在幽閉的房間中獨自創作這本帶有自傳性質的小說，直到去世前夕，他才完成這本傳世佳作。

當時，法國正被第一次世界大戰的腥風血雨所裏挾其中，可是普魯斯特毫不關注，他只固守在他的「方舟」裡，不時「發神經」做白日夢，而當自己清醒後就把自己的想像寫成文字。他的執拗收到了成效，直到今天，《追憶似水年華》依舊是意識流小說的代表作，被譽為「法國傳統小說的最後一顆碩果」。

【說文解惑】

在十九世紀末，法國誕生了一個新的文學流派，即意識流派，而馬賽爾・普魯斯特便是先驅者。他是一位體弱多病的貴公子，因長年哮喘而不得不待在斗室裡。無聊的生活讓他拿起了筆，而豐富的想像力又使他的小

說充滿了跳躍性的意識。

　　比如，普魯斯特看到牆根的丁香花，就會聯想起一位頭髮上繫著紫色髮帶的金髮姑娘，又因姑娘的金髮，他會聯想到夏日的汗滴、秋日的風；又比如，看著銅器上的銅綠，他會想到孔雀羽毛上的藍綠圓圈，然後由孔雀又想到馨香多彩的蘭花。這種不斷跟著思緒走的寫作手法有別於普魯斯特之前的所有文學寫法，因而是開一代先河的文藝類別。

在一九八四年六月，法國《讀書》雜誌公布的讀者評選歐洲十名「最偉大作家」中，普魯斯特名列第六。

【朝花夕拾】小瑪德蓮的點心

　　在《追憶似水年華》中，小瑪德蓮的點心是一種類似貝殼形狀的小糕點，可以放在茶水中，泡軟後食用。普魯斯特稱食用這種點心使自己超凡脫俗，有了戀愛的感覺，給予其至高的評價。把一樣毫不起眼的東西描繪得宛如人間仙境，大概也只有文人才有這能力吧！

96 差點消失的傳世之作
表現主義作家卡夫卡

在世界近代史上，有這樣一位業務作家，他的作品不多，且風格還被很多人批評為「陰暗」，可是這一切並不妨礙他成為一位偉大的文學家。

這個人的名字叫卡夫卡，他是一位表現主義大師，在短暫的一生中，創作出了大量的中短篇小說和三部未完結的長篇小說。

然而，有著自我厭惡傾向的卡夫卡對自己的作品十分挑剔，他甚至在臨終前要求至交好友馬克斯·布洛德燒掉他所有還沒發表的稿子。

幸好，馬克斯·布洛德違背了卡夫卡的意願，不僅沒有將卡夫卡的作品銷毀，反而勞心勞力地整理卡夫卡的作品，並委託出版社出版。

可惜，卡夫卡的女友按照囑託燒毀了很多作品，這成了布洛德心中永遠的遺憾。

卡夫卡從小就喜歡文學，可是他骨子裡的陰鬱成分又令他對榮譽十分厭惡，他甚至認為寫作是上天對他的懲罰。他雖然充滿著對創作的熱情，可是每當一部作品完成後，他卻從不看，因為他會覺得那些小說實在是爛透了！

他的願望很簡單，就是找一個沒有人的地方，安安靜靜地寫書。為此，他拒絕結婚，原因很簡單，就是害怕婚姻會破壞他寫作的環境。

以卡夫卡這種性格，他本該與時光一起消逝，不會在歷史長河中留下一點印記，但也許是老天可憐卡夫卡，為他安排了生命中的貴人布洛德，這才讓卡夫卡的畢生心血不至於白費。

一九〇二年，十九歲的卡夫卡在卡爾·費迪南特大學結識了布洛德，

志趣相投的兩人很快成為摯友，卡夫卡因布洛德還結識了自己的第一任未婚妻菲利絲。

和卡夫卡不同的是，布洛德性格外向，熱衷名利，享受寫作帶來的榮譽，他在二十四歲時就出版了第一本小說《奈比吉城堡》，從此在德國打響了名氣。他一生共出版了二十多部作品，還獲得了為表彰希伯來文學優秀作品而設立的表列可獎。

布洛德覺得卡夫卡是個天才，就此埋沒十分可惜，於是他並沒有遵照卡夫卡的囑託去焚毀對方的作品，而是讓卡夫卡那些「很爛」的中短篇小說先後問世，並在一九二五年至一九二七年的兩年時間內出版了卡夫卡的三部長篇小說─《審判》、《城堡》和《美國》。

一九三七年，布洛德又為卡夫卡作傳，出版了《卡夫卡傳》，他用深情的筆觸為好友寫序，號召後人一起來紀念這位生命短暫卻異常傑出的表現主義大師。

布拉格的卡夫卡銅像

在捷克語中，「卡夫卡」是「寒鴉」的意思，這也頗似卡夫卡的性格。卡夫卡的影響力在他生前並未展現，直到他去世後，他的創作風格才開始流行起來。二十世紀的世界各大文學流派紛紛認為卡夫卡是其創作先驅，並對這位大師致以熱烈的崇拜。

卡夫卡是一位用德語寫作的文人，他的作品往往主題晦澀，且情節跳躍性很大，語言中還暗含對現實的諷刺，因此粗淺的閱讀是不能領會卡夫卡所要表達的深刻含意的。

卡夫卡一直在為底層小人物鳴不平，他致力於反映弱勢群體在飽受壓迫的世界中如何惶恐與卑微。比如在《變形記》中，主角第二天醒來，發現自己變成了一隻甲蟲，最後連親人也背棄他，他只好悲涼地死去。這些作品令人震驚，展現出作者強烈的悲憫心和憂慮感。

【朝花夕拾】什麼是表現主義？

表現主義始於二十世紀初的歐洲，最初是美術用語，以區分印象派而命名，後發展到其他文藝領域。表現主義著重表現作家的內心世界，往往缺少對事物的具體描寫，其主體大多沉重和陰暗，對現實進行扭曲和抽象化的描寫，以展現出一種恐懼的情感。

97 拒絕諾貝爾文學獎的大師
存在主義作家沙特

一九六四年十月的一個清晨，法國存在主義作家讓‧保羅‧沙特接到了一通電話，在電話線的那頭，對方用興奮的語氣跟他說：「沙特先生，恭喜你！你獲得了今年的諾貝爾文學獎！」

出乎對方意料的是，這個戴著黑框眼鏡，滿臉桀驁之色的老人靜默了幾秒鐘，然後非常平靜地說：「我暫時不能回覆你，謝謝！」

在結束了這通電話後，沙特深吸一口氣，開始給瑞典文學院寫信，在信中，他感謝評審會對自己的肯定，卻又表示自己一貫不接受任何獎項，這次也不會例外。

當這封奇特的信送到瑞典文學院裡時，所有人都震驚了，他們覺得沙特在開玩笑，畢竟諾貝爾獎是全世界最重要的獎項，又有誰能拒絕它的誘惑呢？

於是，評委員經過商議，仍舊決定給沙特頒獎，而且評委會一致認為：沙特那些描述自由精神和對真理的探求的作品具有劃時代意義，沒有人能取代他得到諾貝爾文學獎。

很快，獲獎名單公諸於世，沙特驚訝地發現自己仍在獲獎名單之列。他無可奈何，又起草了一份聲明，名稱為「作家應該拒絕被轉變成機構」，請瑞典的出版商在瑞典首都斯德哥爾摩發布。

在聲明中，沙特這樣寫道：「我的拒絕並非是一個倉促的行動，我一向謝絕來自官方的榮譽。這種態度來自我對作家的工作所抱的看法。一個對政治、社會、文學表明其態度的作家，只有運用他的手法，即寫下來的文字來行動。他所能夠獲得的一切榮譽都會使其讀者產生一種壓力，我認

為這種壓力是不可取的。」

他再次強調自己具有獨立性和自由性，不依附於任何機構而生存，所以這輩子都不會領取任何獎項。

儘管如此，瑞典文學院還是發表聲明稱，就算沙特不接受諾貝爾獎，也無法改變他是諾貝爾獎得主的事實，他們只能宣布頒獎儀式無法舉行。

沙特以其鮮明的態度在世界文學史上留下了奇特的一筆，他信奉民主和自由，這一點還能從他與同居女友波伏娃的關係上看出來。

波伏娃是法國著名的女權主義作家，她在十九歲時即發表個人的「獨立宣言」，聲稱「絕不讓自己的生命屈從於他人的意志」。她是一位驚世駭俗的女子，也是女權運動的宣導者，她的著作《第二性》被譽為「西方女性的聖經」。

沙特與波伏娃在巴爾札克紀念碑前合影

然而，兩性的地位在波伏娃所處的時代並沒有那麼平等，隨著《第二性》的出版，波伏娃遭遇到前所未有的惡毒攻擊，人們對她的叫罵聲不絕於耳。

沙特卻並未因人們的嫌惡而對波伏娃的情感產生動搖，兩人雖然從未結婚，卻

是終身伴侶，都具有獨立精神的二人聲稱，愛情需要建立在知性而非婚姻基礎上，他們是知己、朋友和同事，是無法被外力拆散的戀人。

【說文解惑】

　　法國存在主義創始人沙特全名為讓・保羅・沙特，他原本是一名中學教師，後來前往德國學習哲學。二十世紀二〇年代，他以第一名的成績獲取哲學教師資格，並結識了波伏娃。三〇年代起，他開始創作，並於一九三八年出版了長篇成名作《噁心》。

　　在作品中，沙特表達了存在主義思想，即認為人是先於物質而存在的，一切情景與過程不過是人由人的行為而演化生成的，人是因，命運是果。他的寫作風格鬆散，常以意識流手法打亂敘事結構。他的存在主義思想對全世界造成了深遠影響，整整塑造了兩代人的價值觀。

【朝花夕拾】主動拒絕諾貝爾的女作家

　　世界上共有兩位作家主動拒絕了諾貝爾文學獎，除了沙特，另一位便是奧地利女作家艾爾弗雷德・耶利內克。二〇〇四年，瑞典文學院認為耶利內克的作品揭露了社會現實，要授予她諾貝爾獎，她卻以自己的著作意義並不深刻為由予以拒絕。此外，還有一批人是因政治問題被迫拒絕諾貝爾獎的，比如前蘇聯的帕斯捷爾納克、索爾仁尼琴，越南的黎德壽，德國的庫恩、布迪南特、多馬克等，但這些人對諾貝爾獎是嚮往的，並非像沙特和耶利內克一樣淡漠名譽。

98 存在絕非只為了叛逆
新小說作家羅伯－格里耶

「我們這個時代再也不能像巴爾札克那樣寫作了！」

這句驚天動地的話語一出，所有人都為之側目。

可是看看吧！說出這句話的「新小說」派作家阿蘭・羅伯－格里耶是怎麼做的：他先是比巴爾札克更事無鉅細地描述櫥櫃的陰影、欄杆的花紋，然後又轉而詳盡描繪人在死亡前的那一刻血腥場面。

對此，羅伯－格里耶的解釋是，這個世界就是叛逆的、變化的，讓他無法理解，所以他需要用文字去開創另一個世界。

不過，人們始終對羅伯－格里耶開創的世界持懷疑態度。

一九五一年，羅伯－格里耶完成了自己的第一部小說《橡皮》，並於兩年後將該作品出版。從此，他辭掉了工作，正式成為一名職業作家。

《橡皮》看起來是一部偵探小說，卻有個出人意料的結局：本該調查真兇的偵探最後卻殺死了被害者。

可能因為羅伯－格里耶還是個新人，法國評論界並沒有把這個青年人放在眼裡，不過倒是有一位評論家用大量筆墨讚揚了羅伯－格里耶的奇特風格，此人就是羅蘭・巴特。

巴特稱讚羅伯－格里耶是「小說界的哥白尼」，還專門為對方訂製文學術語，如「不在現場」、「視覺的升晉」。豈料，羅伯－格里耶並不領情，還諷刺巴特長有「一個狗鼻子」，令後者氣得咬牙切齒。

一九五五年，羅伯－格里耶出版了自己的第二部小說《窺視者》。這一次，他終於成功了。小說因對殺戮場面的詳盡描述而引發了社會上的熱議，甚至連羅伯－格里耶的母親都無法讀完那些露骨的文字。

也許是因為《窺視者》的關注度過高，小說居然獲得了巴黎批評家獎，這個結果遭到了一些評審的激烈反對。評審們有的以辭職抗議，有的聲稱此書該被送去法院。

羅伯－格里耶卻依然如故，繼續沉溺於謀殺、性、暴力中，於是桀驁的他理所當然成為社會主流的眼中釘，一生受盡法國文藝界的輕慢和攻擊。

直到他八十一歲那年，法蘭西學院才給他遞來了橄欖枝，邀請他成為學院四十位終生院士中的一員，可是他拒絕進入學院，拒絕被人們稱呼為院士，用他的原話說：「我痛恨他們發給我的那套綠色制服！」

好在隨著時代變遷，人們對羅伯－格里耶的看法逐漸在改變，並冠以他「新小說」鼻祖的殊榮。其實羅伯－格里耶一直覺得委屈，他埋怨道：「在過去，大家都認為外界是人的外界，可是我覺得外界就只是外界，和人無關呀！我不過是描寫人性，卻被大家罵為『反人類』。」

二〇〇五年，八十二歲高齡的羅伯－格里耶來到中國雲南旅行，他始終滿懷著新鮮感去走訪那些已經過度商業化的景點，甚至對著路邊的野花都要端詳上好半天，讓人們疑惑不已：這就是那個對世界充滿憎惡，始終帶有灰色情緒的叛逆作家嗎？

也許，人們看到的，只是他叛逆的外衣而已。

【說文解惑】

羅伯－格里耶在二十世紀二〇年代生於法國布列斯特，他最初的職業是農藝師，他經常一邊工作一邊寫作，還在一幅荷蘭公牛的系譜樹示意圖

背面完成了長篇小說《弒君者》，直到他開始成為職業小說家，他再也沒做過其他任何工作。

羅伯－格里耶認為，這個世界沒有意義，但也不荒謬，它只是存在著，這導致他使用大量文筆去描述零碎的事物，試圖將人與物進行分離，結果使小說的情節極不顯眼，這是他小說的特點。一九九八年，羅伯－格里耶獲得法國最高文學獎「龔古爾獎」，同時也收穫了很多帶讚譽色彩的外號，如「新小說教皇」、「午夜魔王」等。

【朝花夕拾】電影大師羅伯－格里耶

雖然羅伯－格里耶以寫小說成名，但閱讀他小說的人並不多，真正令他蜚聲海外的是他的電影。一九六二年，他憑《去年在馬里昂巴德》一片獲得威尼斯電影節金獅獎。隨後，他的電影《不朽的女人》、《撒謊的男人》也摘得獎項。二○○五年，他還得到了伊斯坦布爾電影節的最高殊榮—終生成就獎。

99 戰爭就是一個黑色幽默
約瑟夫‧海勒的《第二十二條軍規》

　　一個秋日的下午，隨著一串清脆的鈴聲敲響，在賓夕法尼亞大學的一個教室裡，年輕的教員宣布下課，學生們紛紛起立向門口走去。

　　有一位女學生卻沒有走，她反而面帶崇拜地一路小跑著，飛快地跳到男教員面前，笑嘻嘻地說：「約瑟夫先生，聽說您是一位英雄！能否講講您在第二次世界大戰時期的奇遇嗎？」

　　教員約瑟夫‧海勒有些驚訝，他看著面前那雙熱情洋溢的眼睛，腦海中瞬間又響起飛機的呼嘯和炮彈的爆炸聲，雖然已離開戰場七年，但他竟然又嗅到了令人作嘔的硝煙氣息。

　　他皺皺鼻子，擺了擺手，彷彿要甩掉那些不快的記憶，他苦笑了一下，對學生說：「沒什麼奇遇，最多就是在飛機上，伸手抓住了一顆飛來的子彈。」

　　「天哪！真厲害！」有著淺藍色瞳孔和淡黃色捲髮的女學生倒吸一口氣，嘴巴張得大大的，眼裡閃著激動的光芒，又羨慕地說，「請問約瑟夫先生，第二次世界大戰是不是您至今最美好的回憶？您在那裡揮灑了青春和汗水，您一定覺得此生充滿了意義吧？」

　　「意義？」約瑟夫‧海勒的嘴角勾起一絲嘲諷的微笑，揶揄道，「我對戰爭確實印象深刻，因為那裡是我青春的墳墓。」

　　女學生不解其意，好奇地看著神情陰晴不定的老師。

　　約瑟夫嘆了一口氣，重新恢復了笑容，對學生說：「戰爭本身就是一個笑話，等妳再大一點，就明白了。」

　　說完，他禮貌地點一點頭，告別離去。

女學生以為約瑟夫教員在開玩笑，因為這位教員平時就以語言幽默著稱，他經常在課堂上逗得學生們樂不可支，誰能想到他今日所說的話卻是發自肺腑的呢？

三年後，一本名為《第二十二條軍規》的小說悄然出世，作者的署名正是說「戰爭是個笑話」的約瑟夫・海勒。

此書立刻引起轟動，因為小說用荒誕不經的語言狠狠諷刺了第二次世界大戰，將戰爭描敘成一場各路野心家為爭奪資源而進行的不義之戰，而且小說架構鬆散、內容詭異，一點都不符合當時人們的閱讀習慣。

作家伊芙琳・沃甚至不客氣地給出版商寫信諷刺道：「《二十二條軍規》能算小說嗎？它根本就沒有結構，而且總在不斷地重複！」

但是大學生們很快就喜歡上了小說的主角「尤薩林」，一時之間，抗議泯滅人性的官僚主義的風潮在年輕人中興起，「第二十二條軍規」成為家喻戶曉的話題，約瑟夫的反戰目的達到了。

「知道我為什麼如此痛恨戰爭嗎？」約瑟夫在採訪中冷笑，「我在一九四四年的五月到十月間共執行了六十次空投任務，每一次都是死裡逃生，當時我都快崩潰了，我長期失眠，在睡夢中大吼大叫，如果戰爭持續下去，我想我會真的變成一個瘋子！」

長期的戰爭磨滅了約瑟夫的熱情，使他逐漸理智起來。他看清了戰爭的實質不過是各有所圖，而上級為爭取功名不顧士兵們的死活更是令他心寒。在小說中，他化身為尤薩林，尖銳地批判道：我不想繼續飛行，可是只有瘋子才能不飛。瘋子必須上報自己的病情才能不繼續戰鬥，可是如果他這樣做，他就被認為是正常人，正常人是不能不戰鬥的，這就是第二十二條軍規。

【說文解惑】

《第二十二條軍規》寫的雖然是美國軍隊中的故事，卻已經影射到整個美國社會，作家看清了社會腐敗墮落的本質，對為慾望皆可犧牲一切的官僚們給予了極大諷刺。它不同於同為反戰小說的《西線無戰事》，它的風格是荒誕幽默的，充滿了激進的抗議。

海勒是黑色幽默文學的代表人物，其作品在黑色幽默文學中影響最大，成為這一流派的支柱。

這本小說被譽為黑色幽默文學的鼻祖，而約瑟夫・海勒也被稱為黑色幽默派創始人。戰爭將約瑟夫塑造得神經質、古怪、刻薄，卻也賜給他獨特的創作風格。他用冷漠譏諷的手法為眾人表現出痛苦詭異的現實，於是便有了書中吉德・桑普森歸然不動，但上半身已被飛機的螺旋槳攪成了肉醬的平淡場景。他的一生著作不多，除了《第二十二條軍規》外，尚有一本長篇小說《出事了》較為有名，但無損於他在文學史上的地位。

【朝花夕拾】何為黑色幽默？

六０年代的美國正處於社會大變革時期，對外戰爭、種族隔離、資本壟斷和制度腐敗等一系列問題層出不窮，使得大批作家以誇張幽默的手法去諷刺現實，促成了黑色幽默文學流派的形成。作家寇特・馮內果對黑色幽默有個形象的比喻：囚犯在上絞刑架之前，不僅沒有害怕，反而指著繩索問行刑官：「你確定這玩意兒不會斷嗎？」簡單地說，黑色幽默就是將幽默與恐懼融合。

人之將死，其言也善，曾有過的矛盾與干戈，在此時已化作雲煙，渴望和解的甘霖就會降臨人間。

一位名叫路易士・亞歷杭德羅・貝拉斯科此刻正虛弱地躺在病榻上，他回憶起與作家賈西亞・馬奎斯的法律糾紛，淚水不禁沾溼了枕頭。醫生告訴他，他只有幾個月的壽命了，在彌留之際，貝拉斯科越是想得到馬奎斯的寬恕。

事情的緣起究竟是什麼呢？

原來，在一九五五年，一艘哥倫比亞驅逐艦在加勒比海遭遇颶風，艦上的八名海軍失蹤，人們原以為這些士兵已無生還希望。誰知一星期後，一名水兵在哥倫比亞北部的沙灘上被人救起，他就是貝拉斯科。

馬奎斯聞訊，想寫一部關於哥倫比亞海軍走私電器的書籍，便去拜訪貝拉斯科。當時的貝拉斯科心思單純，把海軍的祕密和盤托出，於是馬奎斯根據自己的想像和高超語言的能力寫出了一部長篇通訊錄—《落難海員的故事》。

在這部作品中，貝拉斯科成為主角的原型，以第一人稱的口吻，自述了在艦船上的所見所聞。

這篇報導開始在《觀察家報》上連載，結果引起哥倫比亞政府的強烈不滿，甚至使馬奎斯遭遇了生命危險，而貝拉斯科則從一個英雄變成背叛國家的罪人。

好在，《落難海員的故事》依然如期寫完。馬奎斯為此在《觀察家

報》上還寫了一段長長的序：「當他好不容易生還後，全國都稱讚他是英雄，這個國家的皇后還不吝惜地親吻了他，廣告商也找上他，他變得十分富有。可是噩夢來臨，他受到了政府的嫌棄，於是那些鮮花和掌聲瞬間銷聲匿跡了……」

十五年過去了，馬奎斯獲得了諾貝爾文學獎。他決定將《落難海員的故事》集結成書，做為對貝拉斯科的補償，於是將小說的版權給了對方。

在此後長達十三年的時間裡，貝拉斯科憑此書每年能獲得兩千美元的收入。貪心不足蛇吞象，一九八三年，貝拉斯科給馬奎斯寫了一封信，索取該書的解釋權。

這一回，馬奎斯沒有答應。貝拉斯科很生氣，向法庭提起訴訟。訴訟的結果是馬奎斯贏得了這場官司，而貝拉斯科則永久失去了小說的版權費。

貝拉斯科一直為此事生氣，但如今到生命的最後關頭，他才良心發現，為自己的貪婪真心懺悔。他親切地稱呼馬奎斯為「卡博」，並真誠地說：「我希望他能原諒我當年的錯誤，忘記一九八三年所發生的不悅，其實我一直都惦念著他……」

兩個月後，貝拉斯科病逝。

馬奎斯聽說此事後，也不禁熱淚盈眶，在情感豐富的文人心中，金錢並不能代表一切，唯有真情才是人生最終的意義。

【說文解惑】

賈西亞・馬奎斯是拉美魔幻現實主義作家，是現代最具影響力的文豪之一。他擅長描繪鬼怪、巫術等超自然現象，為現實抹上一層荒誕的色彩。

他的代表作為《百年孤寂》，該部
小說一經問世即蜚聲海外，馬奎斯也因
此從一個默默無聞的小說家躋身為世界
一流名作家之列，並憑此書獲得了諾貝
爾文學獎。

馬奎斯的筆觸帶有悲觀色彩，在《百
年孤寂》的結尾，一場颶風過後，百年
輝煌的布恩迪亞家族從地球上徹底消失，
然而馬奎斯本人卻有著積極樂觀的性格，
他認為縱然衰亡，曾經的輝煌依然會獲
得重生的機會。

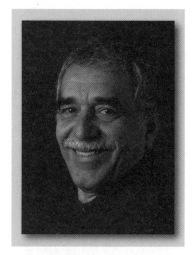

「孤獨」思想一直貫穿於馬奎斯
的整個創作過程中，他用自己的
文字刻劃了人類心靈中最深刻、
最本質的「孤獨」。

【朝花夕拾】魔幻現實主義

二十世紀五〇年代左右，拉丁美洲開始興起一種新的文學流派，它展
現出拉美人民反對殖民獨裁的思想覺悟，多以描寫神鬼、巫術及神奇的人
物和現實為主，揭露黑暗社會的瘡疤，呈現出一種詭異的真實。它將拉美
文學帶上了繁榮的時代，使後者奇蹟般地名列世界領先水準。

國家圖書館出版品預行編目資料

文學我來了／歐陽文達著.
　　－－第一版－－臺北市：宇河文化 出版；
　　紅螞蟻圖書發行，2017.8
　　面 ； 公分－－(Discover；40)
　　ISBN 978-986-456-294-7（平裝）

1.中國文學史 2.通俗作品

820.9　　　　　　　　　　　106012691

Discover 40

文學我來了

作　　者／歐陽文達
發 行 人／賴秀珍
總 編 輯／何南輝
責任編輯／韓顯赫
校　　對／鍾佳穎、周英嬌、賴依蓮
美術構成／張一心
出　　版／宇河文化出版有限公司
發　　行／紅螞蟻圖書有限公司
地　　址／台北市內湖區舊宗路二段121巷19號(紅螞蟻資訊大樓)
網　　站／www.e-redant.com
郵撥帳號／1604621-1　紅螞蟻圖書有限公司
電　　話／(02)2795-3656（代表號）
傳　　真／(02)2795-4100
登 記 證／局版北市業字第1446號
法律顧問／許晏賓律師
印 刷 廠／卡樂彩色製版印刷有限公司
出版日期／2017年8月　第一版第一刷

定價 300 元　　港幣 100 元

ISBN 978-986-456-294-7　　　　　Printed in Taiwan